푸른 행성이 있었다

푸른 행성이 있었다

프랑수아 를로르
양영란 옮김

마시멜로

"대체 어떻게 이런 이야기를 생각하셨나요?"

이따금 이런 질문을 받을 때가 있습니다. 기대감으로 상기된 얼굴로 답을 기다리는 모습을 바라보며 저는 '그 문제'에 대해 조금 진지하게 생각해봤습니다. 그리고 '모든 이야기는 이미 당신 안에 있다'는 식의 조금 모호한 답을 내놓았지요. 정확히 말하자면 내가 쓰는 이야기들은 지금의 내가 새롭게 생각해냈다기보다 이미 내 안에 이미 있던 것을 끌어낸 것에 가깝기 때문입니다. 그 기원을 찾으려 한다면 나의 어린 시절, 그러니까 반세기가 넘는 아주 오랜 시간을 거슬러 올라가야 합니다.

저는 탐험 이야기를 무척 좋아하는 아이였습니다. 특히 섬에서 펼쳐지는 모험에 관한 책을 읽는 날이면 며칠 동안 가슴이 설렐 정도였지요. 여행이라고는 거의 가보지 못한 당시의 어린 파리지앵인 나에게 해적들이며, 야트막한 석호 주변으로 끝없이 이어지는 모래밭과 야자수, 깃털로 치장한 원주민 이야기는 한없이 이국적이며 무엇으로도 설명하기 힘든 신비로움으로 다가왔습니다. 청소년기는 파리지앵의 필독서인 철학 동화와 연애 소설-이 두 가지 주제는 프랑스 문학의 중심 테마이기도 합니다-에 푹 빠져 지냈습니다. 동시에 태어나서 처음으로 사랑이란 것에 눈을 뜬 시기이기도 합니다. 사랑이 주는 기쁨과 감내해야 할 고통까지도 고스란히 경험하게 되었음은 두말할 필요가 없을 테죠.

사랑스러운 아이의 아버지가 된 요즘에는 우리 아이들이 살게 될 미래의 세상과 그것이 동반할 예고된 격변-비단 생태적인 변화뿐만 아니라 인류와 인류가 누려온 자유를 위협할 기술 발전까지 포함하여-에 대한 걱정이 많습니다. 그러다 보니 자연스럽게 사랑 이야기면서 철학 동화이기도 하고 모험 소설이기도 한 이야기가 떠올랐지요. 바로, 그 이야기가 이 소설의 모티브가 되었습니다.

이번 소설 《푸른 행성이 있었다》에서 나의 젊고 아름다운 주인 공은 사랑하는 연인과의 재회를 위해 장애물을 극복하고, 지구 와 화성에 사는 비슷한 처지의 동료들을 구하기 위해 최선을 다 합니다. 이타심, 사랑, 미래 예측, 인간의 본성과 자유… 이런 주 제들은 전 세계인이 사랑하는 한국 영화에서도 자주 다뤄지고 있지요.

나는 한국의 독자들이 나의 지난 작품들의 주인공인 '꾸뻬 씨' 를 좋아해주었듯이, 이번 작품의 주인공 '로뱅'도 따뜻하게 맞 이해주기를 소망합니다. 이번 이야기에서는 인공지능이 중요 한 역할을 하는 게 사실이지만, 그럼에도 이 작품은 인공지능 이 아닌 나, 그러니까 인간에 의해 집필되었음을 말해두고 싶 습니다.

이번 이야기 속에서 로뱅이 자유와 행복, 그리고 사랑을 찾아 여정을 떠났듯, 당신도 이 소설을 통해 당신만의 답을 찾길 바랍니다.

언제나처럼 독자 여러분이 행복하기를 바라며

프랑스 파리에서

프랑수아 를로르

"만나게 되어 기뻐요."

콜레트 사령관이 말했다.

그러나 늘 그렇듯, 그녀의 얼굴은 기분 좋은 표정이 아니었다. 사령관의 기분이 정말로 언짢은 건지, 아니면 내 앞에서 권위를 보이기 위해 일부러 양미간을 찌푸리는 건지는 알 수 없었다. 그동안 관찰한 바에 따르면, 직급이 높은 대부분의 여성 장교들은 못마땅한 표정을 짓기 일쑤였고, 그건 같은 계급의 남성 장교들도 다를 바 없었을 것이다. 왜냐하면 방금 사령관 집무실로 이어지는 복도를 지나면서 본, 벽에 걸린 사진 속 전임 사령관들의 모습 또한 하나같이 엄숙했기 때문이다.

"분부만 내리십시오, 사령관님."

"여긴 다른 사람들이 없으니, 조금 긴장을 풀어도 괜찮아요. 자, 앉아요."

사령관은 미소를 지으며 자리를 권했다. 이제 보니 그녀가 따뜻한, 아니 환하게 빛나는 미소를 지을 줄 안다는 사실을 한 번쯤은 분명하게 인지해둘 필요가 있었다. 콜레트 사령관의 지시를 받기 시작한 이래 이 년이 넘는 지금까지, 이렇게 환하게 미소 짓는 그녀의 모습을 보는 건 지금이 두 번째였다. 한 치의 흐트러짐도 없이 깔끔하게 쪽 지듯 뒤로 틀어 올린 구릿빛과 은빛이 감도는 머리채는 사령관의 갸름한 얼굴과 그 안에 반듯하게 자리 잡은 이목구비를 또렷해 보이게 만들었다. 어찌나 오목조목 반듯한지 마치 인조인간처럼 보일 정도였다. 아니, 그건 말도 안 되는 소리지. 나를 향해 미소 지을 때 잡히는 눈가의 자글자글한 잔주름은 사령관이 인간이라는 사실을 여실히 증명하고 있으니 말이다.

"내가 왜 당신 상사인 제시카 중위를 통하지 않고, 직접 당신을 불렀는지 궁금하겠군요."

"솔직히 약간 놀랐습니다, 사령관님."

놀라다니, 그 말은 너무 약했다. 이급 신병에 불과한 나는 웬만하면 장교 직급을 가진 상사와도 직접 볼 일이 없는데, 하물며 사령관이라니. 최고의 지위를 지닌 사령관의 부름을 받을 확률은 영에 수렴했다. 게다가 나는 지금까지 치른 모든 시험에서 동기들의 평균치에도 못 미치는 성적을 내왔다. 그러니 지금 이곳에 있어야 할 이유라고는 전혀 없었다.

나는 어쩐지 겁이 나고 두려웠다. 그 사실을 애써 감추려 했지만 쉽지는 않았다. 그러나 어쩌겠는가. 젊기 때문에 감수해야 하는 불편함 가운데 하나가 바로 쉽게 감정에 휘둘린다는 점이니까.

사령관 뒤로 나 있는 타원형의 커다란 창을 통해 우리별 지구가 천천히 회전하는 광경이 보였다. 우리별을 뒤덮고 있는 회색 솜 같은 구름이 이따금씩 흩어지면서 대양처럼 깊고 푸른빛이 드러났다. 어디에서도 볼 수 없는 이 특별한 빛깔 덕분에 우리별 지구는 '푸른 행성'이라는 이름을 갖게 되었다.

책상 위에 놓인 태블릿의 화면 위로 미끄러지는 사령관의 집게손가락을 지켜보면서 나는 그녀가 어떤 파일을 보고 있다고 짐작했다.

"사실 제시카 중위와 이야기했어요. 그리고 아테나에게도 의견을 구했습니다."

아테나는 우리의 중앙컴퓨터다. 아테나와 그 이전 버전들은 출생부터 현재까지 나에 관한 모든 자료를 가지고 있었으나, 정작 나는 아주 간략하게 정리된 내용만 보았을 뿐이다. 내 모든 자료에 접근할 권한이 있는 사령관이 화면에서 눈을 들더니 내 눈을 바라보았다. 그녀의 두 눈은 아름다운 잿빛이었다. 그 눈동자 색은 이곳에 있는 사람이라면 누구나 받는 유전자 개조 과정을 전혀 거치지 않은, 완전한 자연 그대로의 것이라는 이야기를 들은 적이 있다.

사령관은 나를 주의 깊게 뜯어보았다.

"내가 왜 불렀는지, 혹시 짚이는 거라도 있습니까?"

"아뇨, 없습니다, 사령관님."

"제시카 중위가 전혀 귀띔을 해주지 않았다는 말인데, 그렇다면 중위는 당신에 대해서 뭔가 내키지 않는 게 있는 모양이로군요…. 하긴 중위가 당신에 대해서 작성한 보고서를 보고 나도 짐작은 했어요."

사령관이 책상 위에 놓인 태블릿을 가리키며 말했다.

사령관 말이 맞았다. 제시카 중위가 나를 썩 흔쾌히 여기지 않는다는 사실은 분명했지만, 나는 입을 꾹 다무는 쪽을 선택했다. 짧은 군대 생활을 통해 다른 사람 앞에서 상급 장교 험담을 하면, 비록 그 사람이 내 의견에 동의한다 할지라도, 어떤 대가를 치르게 되는지 확실하게 배웠기 때문이다.

침묵하는 나를 보며, 사령관은 내가 입을 열지 않으리라는 걸 알아차렸는지 다시 한번 싱긋 미소 지었다.

"무슨 이유라도? 제시카 중위가 당신에 대해서 적대적인 특별한 이유라도 있습니까?"

그 이유를 말하자면, 대충 이렇다. 몇 주 전인가 제시카 중위가 저녁에 나를 자신의 숙소로 부른 적이 있다. 그런데 나는 몸 상태가 좋지 않다는 핑계로 그녀에게 가지 않았다. 사흘 뒤에 중위는 똑같은 요청을 했고, 나는 똑같은 이유로 거절했다. 그때 동료들은 보스에게 봉사하는 건 전혀 불명예스러운 게 아니라, 오히려 그 반대라면서 나를 바보라고 놀려댔다. 나도 뭐, 원칙적으로 그런 일에 반대하는 건 아니었다. 다만 중위의 눈길, 가다듬어지지 않은 태도, 공격적인 비아냥거림 같은 것이 마음에 들지 않았을 뿐이다. 다른 동료들은 나처럼 까다롭게 굴지 않았고, 그래서 평점도 잘 받았다.

"잘 모르겠습니다. 아마 친근감 문제가 아닐까 싶습니다."

나는 얼버무리며 대답했다.

"친근감 문제라고? 혹시 중위의 기분을 상하게 하는 어떤 행동을 한 건 아닙니까?"

"제가 기억하는 한, 그런 일은 없었습니다만….."

사령관이 또다시 미소 지었다.

"아주 좋습니다, 정말입니다. 당신을 선택하길 잘했다는 생각이 드는군요."

"저를 선택하다니요?"

아주 잠깐 동안이었지만 그 순간 나는 사령관 역시 제시카 중위와 같은 이유로 나를 부른 게 아닐까 하고 생각했다. 그러자 얼굴이 화끈 달아올랐다. 사령관의 나이가 나보다 두 배쯤 더 많다고는 하지만, 솔직히 여자로서 풍기는 그녀의 매력에 마냥 무심할 수는 없었기 때문이다. 사령관은 내 곤혹스러움을 알아차린 눈치였다.

"아니, 당신이 생각하는 그런 이유로 보자고 한 게 아닙니다!" 그녀는 소리 내어 웃으며 해명했다.

"죄송합니다, 사령관님."

"괜찮아요. 그런데, 정말 짐작이 안 갑니까?"

"안 갑니다."

사령관은 의자를 빙그르르 돌리더니 우리별을 가리켰다.

"저기로 가 보는 건 어때요?"

지구로 돌아가다니! 지구로의 귀환은 화성 콜로니가 적어도 한 세대 내내 만지작거리고 있는 대형 프로젝트였다.

누가 이 이야기를 읽게 될지 알 수 없으니―아니, 언젠가 누군가가 읽기는 할까?―설명을 조금 덧붙이는 게 좋을 것 같다.

나는 지금 화성에 살고 있다. '화성 콜로니'라 부르는 이곳은, 처음에는 아주 작은 학자들의 공동체로 시작되었다. 그러나 거의 한 세기라는 시간이 흐르는 동안, 십중팔구 우리가 우주에 남은 마지막 인류가 되어버린 듯했다.

학교에서 공부하면서, 우리는 지금까지 알려진 사실을 바탕으로 지구의 마지막 문명이 어떻게 종말을 맞았는지를 똑똑히 배웠다. 기후 재앙과 그에 따른 경제 전복으로 인해 지구의 상황은 계속 최악으로 치달았다. 생존을 위한 이민 행렬이 밀물처럼 쓸고 지나가고, 곧이어 물이며 원자재를 차지하기 위한 각국의 치열한 국지전이 잇달았다.

그러던 어느 날, 핵폭탄이 터지면서 동양의 한 도시가 사라졌다. 명백한 테러였다. 폭탄은 미사일로 쏘아 올린 것이 아니라 미리 설치되어 있었다. 표적이 된 나라는 경쟁국들 가운데 어느 한 나라가 그 같은 테러 행위를 직접 획책했거나, 적어도 그런 일을 자행한 자들을 지원해주었을 거라고 믿을 만한 충분한 증거를 가지고 있었다. 그리고 절망스럽게도, 그 나라 정부의 장군 한 명이 결정 단계를 무시한 채 세 발의 미사일을 발사했다.

유럽국가연합의 의장은 평화와 절제를 호소했으나 그것도 잠시 뿐, 두 번째 테러 사건이 발생했다. 이 두 번째 테러는 상대적으로 평상시 수준의 테러였음에도 의장은 넋이 빠진 듯 입을 닫아버렸다. 이렇게 되자 상황은 점점 더 나빠져서 여러 대의 미사일이 완벽한 포물선을 그리며 하늘을 날았고, 그때마다 상대가 먼저 쏘아 올렸기 때문에 우리도 쏜다는 변명 내지는 비난이 쏟아졌으며, 결국 얼마 지나지 않아 그 누구도 아무도 비난할 수 없는 지경에 이르고 말았다. 이윽고 방사능 구름과 핵겨울이 몰려오면서 절대 되돌릴 수 없다고 믿었던 기후 온난화는 물론, 문명 전체가 아예 막을 내려버렸다.

화성에 세워진 콜로니에서는 두려움과 경악에 휩싸인 채 이러한 지구의 대재앙을 지켜볼 수밖에 없었다. 화성에서의 삶은 폐쇄공포증으로 인한 불안감 때문에라도 녹록지 않았다. 그러나 사람들은 몇 달, 혹은 몇 년만 견디면 언젠가 지구로 돌아가 새들의 노래와 졸졸 흐르는 시냇물 소리를 가상현실이 아닌, 실제로 들을 수 있을 거라는 간절한 희망을 놓지 않았다. 그렇게 화성에서의 일상을 견뎌갔다.

그러나 지구는 더는 우리가 알던 지구일 수 없었다. 그래서 우리는 그 별을 푸른 행성이라고 부르기 시작했다. 마치 그렇게 하면, 비극적인 과거가 지워지고 새로운 시작이 가능해지기라도 할 것처럼 말이다.

안타깝게도, 지구에서 일어난 사건은 앞으로 도래할 다른 모든 과학 기술 진보가 대면하게 될 재앙의 모습이기도 했다. 그때까지 화성 콜로니는 모든 분야에서 이루어지는 세계적인 연구들의 성과를 받아들여 그 혜택을 누리기만 하면 되었는데, 이제 믿을 데라고는 자신밖에 없는 처지가 되고 말았다. 마치 세계의 다른 곳들과의 모든 교류를 갑자기 차단당한 대학처럼 말이다.

다행히 지구에서 가장 우수하다고 여겨지는 사람들을 엄격하게 선별해서 이곳으로 보낸 데다, 그들이 화성 콜로니에 정착할 무렵에는 벌써 인공지능이 상당한 수준에 도달한 상태였기에, 새로운 곳에 정착하고 채 5세대도 안 되는 기간에 안정된 사회를 이룩할 수 있었다. 콜로니는 비교적 순조롭게 굴러갔으며, 나날이 과학적, 기술적 발전을 거듭하는 소규모 사회를 건설하는 데 필요한 창의력 같은 건 전혀 부족하지 않았다.

모든 것이 온통 장밋빛이라고 말할 수는 없지만, 화성의 유독 가스로부터 인간을 보호해주는 일종의 인큐베이터 같은 곳에 사는 수백 명의 구성원은 나름대로 완벽하게 조직된 공동체 삶을 이어가고 있다.

물론 지금까지 열거한 내용은 긍정적인 관점이고, 사실 콜로니에서의 삶이 행복하지 않다고 생각하는 사람들도 적지 않다.

왜냐고? 그야 아테나의 도움으로 모든 것이 예정되어 있고, 철저하게 계획되어 있으므로 예기치 않은 일이 일어나는 법이라고는 없었기 때문이다. 어쩌면 사랑만이 우리에게 남은 유일한 모험의 장일지도 모른다. 아니, 우리에게 남았다기보다 아테나가 우리에게 허용해주었다는 말이 더 합당할 것이다. 결정적인 순간이 오면 아테나는 틀림없이 우리에게 짧은 관계로 끝낼 상대인지 길게 지속될 관계인지 정해줄 테니 말이다.

아무튼 우리에게도 어느 정도의 자유와 예측 불가의 영역을 남겨두어야 한다는 논의들이 있었던 건 사실이다. 그렇다고는 해도 대단한 위험을 감수하는 수준은 아니었다. 예컨대, 실연당할 경우에 대비해, 대단히 효과적인 과민성 완화치료법을 준비해두고 있었다. 그 치료를 몇 번 받고 나면, 자신을 거의 미치게 만들었던 상대를 마주쳐도 혐오감이 묻어나는 무관심을 보일 수 있었다.

만약 사랑이나 사랑에 따르게 마련인 각종 걱정거리 따위가 지긋지긋하다고 여기는 사람들이라면, 약을 먹어서 그 같은 욕망을 아예 잠재우는 방법을 택할 수도 있다. 물론 그 약은 다른 부분에는 전혀 영향을 주지 않는다. 따라서 감정적으로나 성적으로 완전한 휴식이 보장되어, 업무나 관심을 끄는 다른 모든 것에 효과적으로 집중할 수 있다.

그러다가 권태가 찾아오면 치료를 멈추기만 하면 된다. 그러면 언제 그랬나 싶게 다시 누군가를 품에 안는 꿈을 꾸기 시작할 테니까.

요약하자면, 우리는 불행하지는 않았다. 콜로니에 사는 사람들은 자신에게 맞는 활동을 할 수 있었다. 그러나 자기 분야에 열정을 가지고 파고드는 학자들, 전쟁놀이에 몰입하는 군인들, 그리고 더 높은 자리로 올라가고 싶어 하는 야심가들 몇몇을 제외하면, 나머지 사람들은 따분해하는 게 사실이었고, 나 역시 그런 사람들 중 하나였다.

대재앙 이전의 지구에서 가장 아름다웠던 풍광을 가상현실로 섭렵하는 일조차 결국에는 좌절감으로 되돌아왔다. 극소수를 제외하곤, 우리는 단 한 번도 진짜 자연과 접촉해본 적이 없었기 때문이다. 어쩌면 이러한 결핍은, 고도로 발달한 사회에서 살았던 최후의 지구인들도 똑같이 경험했을지 모른다. 그 당시 지구의 환경이 너무나 척박해지고, 치안 상태가 무너져버리자 대도시 사람들은 더 이상 집 밖으로 나오려 하지 않았다고 배웠으니까.

화성 콜로니에 사는 거의 모든 사람이 언젠가 지구로 돌아가 그곳에 다시 정착한다는 대대적인 프로젝트를 꿈꾸는 것도 다 그런 이유 때문이었다. 마침내 모험, 그러니까 진짜 모험다운 모험이 시작되겠구나! 분명 위험도 따르겠지만, 몇몇 사람들이 생각하듯이, 경이로움이 선사하는 기쁨과 자유를 맛볼 수 있을 거야!

내가 보기에는, 그렇게 생각하는 사람들은 아무리 꿈이라도 너무 앞서 나간 것이 아닌가 싶다. 그도 그럴 것이 푸른 행성이라고 해서 아테나의 지배가 계속되지 않을 까닭이 없으니 말이다.

푸른 행성의 방사능 수위는, 가장 부정적인 사람들의 예상과는 달리, 벌써 오래전에 낮아졌으며, 기후도 대양 근처는 다시 사람 살기에 적합해졌다.

그런데 대관절 사령관은 왜 그처럼 중요한 계획에 나를, 군대 경험도 없고, 시험 성적도 보잘 것 없는 일개 신병에 불과한 이 로뱅 노르망디를 선택했단 말인가!

"아테나."

짤막하게 아테나를 부른 뒤, 사령관은 태블릿 화면에서 눈을 떼고는 말을 덧붙였다.

"당신이 처음은 아닙니다. 우리는 그곳에 벌써 조모를 파견했거든요."

"조모들을요?"

나는 그 말을 믿지 못했다. 나와 달리 조모는 직업 군인으로, 이들은 지구로 돌아가기 위해 특별히 훈련을 받은 사람들이었다. 그러니 도대체 내가 현장에서 그들에게 무슨 도움이 될 수 있단 말인가?

이제 사령관의 얼굴에는 장난기 가득한 미소가 흘러넘치고 있었다.

"아테나가 당신을 어떻게 생각하는지 알고 싶지 않나요?"

사령관의 집무실에서 나와 가장 먼저 떠오른 건, 유의 얼굴이었다. 사랑스러운 그 얼굴이 머릿속에 선명해지자 더는 망설일 이유가 없었다. 그녀를 만나야겠다고 마음먹었다.

유는 불투명한 챙이 달린, 그러니까 가상화면이 장착된 일종의 헤드폰을 쓴 채 작업에 몰두하고 있었다. 얼굴의 대부분을 챙이 가리고 있어서, 나는 감미로울 그녀의 입술과 어여쁜 턱만 황홀히 감상할 뿐이었다. 챙에 흐르는 영상을 보며 무언가 생각에라도 잠긴 듯 그녀의 입은 살짝 벌려져 있었다. 아, 나는 여전히 그 입술에 입 맞추고 싶다. 그녀는 발뒤꿈치에 엉덩이를 붙이고 무릎을 꿇은 자세로 똑바로 앉아 있었는데, 이것은 분명 그녀의 일본인 조상들에게는 매우 익숙한 자세였을 것이다.

사실 유가 일하는 중인지 명상 중인지는 판단이 잘 서질 않았다. 그녀가 쓰고 있는 헤드폰은 아테나와 연결되어 있다. 헤드폰을 쓰고 있는 사람의 뇌에서 일어나는 활동이 아테나에게 직접 전달되는 원리였다. 이 기술은 지구에 대재앙이 몰아친 무렵에 이미 거의 완벽하게 가다듬어진 상태였는데, 우리는 거의 한 세기가 지난 다음에야 다시 되살려낼 수 있었다.

유는 아테나의 프로그래머들 가운데 한 명이었다. 지능 면에서 상위 0.1퍼센트에 들고 운동 면에서는 몸무게가 아주 가벼운 데 비해 상위 20퍼센트에 드는, 뛰어난 역량의 소유자였다. 그리고 무엇보다 내가 사랑하는 여자였다. 당신이 "*별과 사랑에 빠진 지렁이*(le ver de terre amoureux d'une étoile, 프랑스가 낳은 시인 빅토르 위고의 희곡《뤼 블라(Ruy Blas)》에 등장하는 글귀—옮긴이)"라는 시적 은유를 좋아할지 모르겠지만, 아무튼 나는 유와 함께 있을 때면 가끔 그런 느낌이 들곤 했다.

방으로 들어가면서 자신의 이름을 부르는 내 목소리를 들었을 텐데도 유는 내내 헤드폰을 벗지 않았다.

"나 떠나게 됐어."

나의 말끝에 그제야 그녀가 헤드폰을 벗어들었다. 단발로 자른 새로운 헤어스타일이 드러나자 만화에 나오는 예쁜 주인공의 모습이 떠올랐다. 동그랗게 곡선을 그리고 있는 유의 눈꺼풀 아래쪽에서 불꽃이 튀고, 금방이라도 울음을 터뜨릴 것처럼—그러나 그녀는 절대 울지 않았다— 살짝 앞으로 튀어나온 윗입술을 마주하자 나는 유를 정말 사랑하고 있음을 또 한 번 인정할 수밖에 없었다.

"떠나다니, 어디로?"

"신선한 공기를 들이마시고 싶었거든."

내 딴에는 재미있게 말하려고 했는데, 이내 유의 두 눈이 휘둥그레졌다.

"지구로?"

"응. 콜레트 사령관이 나를 그곳으로 보내고 싶어 해."

"그건 왜?"

"조모들에게 무슨 일이 일어났는지 알고 싶대."

사령관은 지구로 파견한 조모 분대가 연락 두절되었다고 했다.

유는 잠자코 들으면서도 내게서 눈을 떼지 않았다.

"조모들이 돌아오지 않았고, 그래서 너를 보낸다는 거야?"

"응."

"너 혼자?"

"응."

두 눈꺼풀을 내리깐 채 그녀는 골똘히 생각에 집중하는 듯했다.

"너, 혹시… 우리 때문에… 나 때문에 떠나려 하는 거야?"

그 말을 하면서 유는 유심히 내 얼굴을 살폈다. 내가 진실을 말하고 있는지, 혹시 떠나려는 진짜 이유를 숨기고 있는 건 아닌지 알고 싶은 것이다. 물론 후자가 맞았다.

"아냐, 전혀, 전혀 우리 때문이 아니야. 게다가 네가 아는지 모르겠지만, 나는 그곳에 갔다가 여기로 다시 돌아오고 싶어!"

"정말이야?"

"응, 내가 장담해. 푸른 행성이 어떤 곳인지 정말 알고 싶어 죽겠다니까."

유와 나, 그러니까 우리는 육 개월 전에 헤어졌다. 아니, 그보다는 유가 나를 떠나기로 결정을 내렸다는 편이 더 정확했다.

설명할 수 없는 어떤 이유 때문에 태아 시절의 유는 나와는 달리, 유전자 개조의 혜택을 받지 못했다. 그래서 유는 예전에 지구상에 살았던 인간들처럼 빠른 속도—나보다 네 배나 빠른 속도—로 노화하게 될 예정이었다. 불멸의 존재는 아니지만, 나는 일 년의 시간이 흐를 때마다 한 살이 아닌 사분의 일 살만큼만 나이를 먹는 셈이었다. 처음 만났을 때 우리는 동갑이었는데, 지금의 유는 나보다 생물학적으로 몇 살쯤 더 먹게 되었다.

그래도 유는 여전히 젊었다. 나는 언제까지고 그녀를 사랑할 준비가 되어 있었지만, 유는 우리가 함께하는 것이 더는 의미가 없다고, 나중에 괴로워하기 싫다고 결론 지어버렸다. 유는 "나는 미래의 유를 행복하게 해주기 위해 현재의 유를 불행하게 하는 쪽을 선호한다"고 내게 말했는데, 그건 그녀가 자주 사용하는 간결한 문장의 대표적인 사례였다. 나는 새로운 언어를 익히는 것만큼이나 그런 종류의 화법에 익숙해지는 데 애를 먹었다.

지금 유는 카반과 사귀고 있다. 카반은 유와 같은 속도로 늙어가는 천재에 가까운 엔지니어였다.

"그러면 언제 돌아오는데?"

"올해 안에는 돌아올 수 있을 거라고 생각해."

나는 내 낙관적인 태도가 진정성 있게 보이기를 기대했다. 유는 뭐라고 말을 하려다가 짐짓 멈칫하더니 다시 입을 열었다.

"나를 보러 와줘서 고맙긴 하지만, 그럴 필요까진 없었어."

말끄트머리에서 유의 목소리가 약간 떨렸다.

"유…."

나는 머뭇거리다 앞으로 다가가 조심스럽게 두 팔로 유를 끌어안았다. 그녀는 내가 하는 대로 가만히 몸을 맡겨왔다. 따뜻한 온기가 느껴지는 유의 뺨이 내 뺨에 닿자 내 심장과 맞닿아 있는 그녀의 심장이 두근거리는 게 느껴졌다. 고스란히 전달되는 그녀의 두근거림에 내 가슴도 점점 달아올랐다.

"어쨌거나…."

유가 내 귀에 대고 속삭였다.

"어쨌거나, 뭐?"

"…그런다고 해서 너와 나의 미래가 달라지진 않을 거야."

유가 한숨지으며 말했다.

"유, 걱정 마."

"잘 가."

유는 내게 등을 보이며 말했다. 순간 나는 예쁜 유의 콧등에 매달린 투명한 진주를 보고야 말았다. 눈물방울이었다.

내 삶을 밝히는 빛, 내 심장을 태우는 불길, 유. 나는 너를 언제까지나 사랑할 거야.

그렇게 나는 방을 나섰다. 임무를 수락한 이유를 차마 그녀에게 말하지 못한 채.

방금 전, 나는 유를 만나러 가기 위해 플랫폼에서 사령선을 빠져나와 돔을 가로질렀다. 돔은 화성 콜로니의 대부분을 뒤덮고 있으면서 숨 쉴 수 있는 공기를 저장하고 있는 공간이다. 비록 그 모습이 우리에게는 거대해 보일지 몰라도, 우주의 관점에서 보자면 얼음 지옥, 즉 산소 결핍과 우주방사로 생명체가 살 수 없는 화성 표면 위에 내려앉은 아주 작은 공 크기의 낙원일 뿐이다.

내가 어렸을 때만 해도 돔 같은 건 없었는데, 이제는 그게 생긴 덕분에 과거 지구에서처럼 산책이라는 것도 가능해졌다. 엔지니어들은 하루의 각기 다른 시간대에 지구에서 바라본 하늘빛이 나오도록 거듭 개선된 버전을 만들어냈고, 심지어 흘러가는 구름, 계절의 변화까지도 세심하게 프로그래밍했다.

화성 콜로니에서의 삶을 시시콜콜하게 모두 묘사할 마음은 전혀 없다. 다만 이곳에서는 물리적인 힘은 전혀 쓸모가 없는 까닭에—힘을 써야 하는 일에는 로봇의 도움을 받으면 된다— 불과 몇 세대 만에 여성이 중요한 자리를 모두 차지하게 되었다는 사실만 말해두려 한다. 위험을 피하는 일이라거나 적대적인 환경에서 살아남기 위해 필수적인 세부 사항을 챙기는 일을 포함한 대부분의 분야에서 여성은 두각을 나타냈고, 리더가 되었다.

이러한 변화 속에서도 조모 부대만큼은 굳건하게 유지되었다. "만일에 대비해서…"라고, 베랑제르 사령관은 말한 바 있다. 그는 화성 콜로니 주민의 삼분의 일이 희생된 대폭동을 진압하고 정권을 장악한 인물이었다. 대폭동은 위험한 생각을 가진 사령관과 그에 맞서 항거한 부사령관 사이의 알력이 대대적인 폭동으로 번진 것으로, 두 사람—사령관과 부사령관—은 이 직위에 오른 마지막 남자들로 기억되었다.

베랑제르 사령관은 언젠가 지구로 돌아가는 것이 가능해질 것이라 믿었다. 그러나 그곳에서 맞닥뜨리게 될 미개한 사회는 십중팔구 부드러움과는 거리가 멀 것이고, 여전히 남성이 지배하는 사회일 것으로 예상했다. 그래서 조모 부대를 존속시킨다는 결정을 내렸다. 이 부대는 지구에서 특수부대라고 부르던 병력에 가장 가까웠다. 다른 점이라면 유전자 개조로 체력과 공격성 면에서는 월등히 나은 기량을 가졌다는 점 정도일 것이다.

조모는 하루 종일 다양한 전쟁과 전투 기술을 익혔다. 그들이 통로에 들어서면 멀리서도 그들의 함성과 거친 웃음소리가 들려온다. 이곳의 많은 사람들은 그들을 그다지 좋아하지 않았는데, 나는 그게 늘 부당한 처사라고 느꼈다. 내 어릴 적 친구인 스탄도 조모 부대 소속이었다.

지구로의 파견을 앞두고 나는 스탄을 만나러 갔다. 그는 맨손 전투 훈련실에서 동료 한 명을 공격하고 있었다. 두 사람 모두 마이크로 칩이 내장된 헬멧과 보호 장비를 착용한 차림으로 훈련 중이었다. 이 장치가 두 사람의 움직임을 빠짐없이 녹화했고, 이것은 나중에 검토 자료로 활용되었다. 또, 어느 한쪽의 공격력이 지나치게 세서 상대에게 피해를 입힐 염려가 있을 경우에는 즉시 전투를 중단시키기도 했다.

내가 도착했을 때가 마침 그런 상황이었다. 마이크로 칩과 연결된 컴퓨터가 훈련 종료 신호를 울렸으나, 스탄의 상대는 한눈에 보기에도 녹초가 된 상태였음에도 "안 돼! 멈추면 안 돼, 계속해야 해, 계속해야 한다고!"라고 외쳐대며 몸을 일으키려기를 쓰고 있었다. 조모들이란 원래 그랬다.

스탄이 헬멧을 벗더니 내게로 다가왔다. 멋진 외모의 소유자인 그는 용맹한 전사의 전형이었다. 탄탄한 근육이 그가 입고 있는 훈련복을 조화롭게 꽉 채우고 있었다. 짙은 일자 눈썹 아래로 보이는 결단력 있는 시선, 보조개가 들어가는 단단한 턱선, 지방질이라고는 전혀 없이 움푹 들어간 운동선수 같은 두 볼은 그에게 지휘관 자리에 어울리는 엘리트 군인의 풍모를 선사했다.

그가 종종 여자 장교들의 침소에 불려간다는 사실을 나는 알고 있었다. 그러나 규칙은 있다. 같은 사람과 연속 두 번은 안 되며, 그의 경우 한 달에 다섯 차례 이상은 안 된다고 제한을 두었다. 그건 지난 수십 년간 군인들끼리의 성관계를 철저하게 금지하고 있음에도 현실에서는 어떻게든 규칙을 우회하려는 경우가 있었기 때문이다. 그러다 보니 아테나와 그 이전 버전들은 경쟁심을 자극하거나 군대 경영에 영향을 주지 않게 하기 위해 최대한의 타협점에 도달했다. 스탄은 그 정도로도 만족했다. 그는 다양성을 사랑하는 남자로, 조모 동료들, 그리고 조모가 아닌 인간들 가운데 유일한 친구인 나를 제외하면, 누군가에게 매이고 싶은 마음이라고는 전혀 없어 보였다.

"롭, 잘 지냈어? 여기는 무슨 일로 왔어?"

나는 사령관을 만난 일과 나에게 새롭게 주어진 임무를 그에게 설명했다. 그는 유보다 더 놀라는 표정이었다.

"조모들이 돌아오지 않았는데, 너를 그곳에 파견한다고?"

방금 전에 유도 똑같이 말했는데, 왠지 모르게 나는 그 때문에 짜증이 나기 시작했다.

"…더구나 너는 직업 군인도 아니잖아." 스탄이 한마디를 덧붙였다.

군인으로서의 모든 경력 쌓기가 허용된 그와는 달리 말이다. 군사 역량 면에서나 평소 행동 면에서 뛰어난 평가를 받고 있던 스탄은, 훗날 가장 높은 지위까지도 기대해볼 수 있는 위치에 있었다. 그의 유일한 핸디캡이라면 상사인 여자 장교들에게 유난히 인기가 많다는 점일 것이다. 어쩌면 그 자신도 언젠가 부사령관, 아니 사령관이 되려는 꿈을 꾸고 있지는 않을까? 몇 세대 내내 여자들에게만 주어지던 최고의 자리에 오르는 남자 말이다.

우락부락해 보이는 겉모습과는 달리, 스탄은 상당히 섬세했다. 아무 말도 하고 있지 않지만, 나는 그가 속으로는 "더구나,

이 딱한 롭, 넌 고작 용도 불명에 지나지 않잖아!"라고 생각하고 있음을 모르지 않았다.

내 시험 결과가 여실히 말해주듯이 그게 바로 나라는 인간이었다. 내 적성은 화성 콜로니에서 고도의 역량을 요구하는 일에는 맞지 않았다. 그런 일들은 대부분 연구직이나 컴퓨터 프로그래밍 분야에 포진하고 있었다.

용도 불명이라는 용어가 어느 모로 보나 무용지물이라는 용어보다는 낫지만, 여기 사람들이라면 모두가 그 말이 무엇을 뜻하는지 잘 알고 있다. 지구의 선진 문명사회에서는 대부분의 용도 불명이라 할지라도 적어도 21세기 전반부까지는 일자리를 구할 수 있었으며, 그 일자리는 그들의 적성에 어울리는 자리였다. 그러나 로봇화와 인공지능 기술의 점진적인 발전은 이들을 점점 더 쓸모없는 인간으로 만들어버렸다. 하지만 그들이 그저 평균 수준이거나 그 수준에 못 미친다는 점 말고는 무엇을 잘못했단 말인가. 점점 그 수를 불려가는 무용지물 집단은 결국 거대한 사회적 갈등을 낳았으며, 이로 인해 이주의 물결이 끊이질 않았다. 나아가 이것은 폭력의 확산과 사회 불안을 초래했으며, 급기야 대재앙으로 이어지는 전주곡이 되었다.

대폭동을 겪고 난 뒤, 화성 콜로니는 용도 불명들을 보다 현명하게 관리해야 한다는 점을 확실하게 학습했다. 대폭동에 용도 불명들이 대거 참여했던 것이다. 대폭동은 당시 통치권자였던 최고 사령관이 이들을 콜로니와 격리된 지역으로 이주시키려 하면서 일어났다.

더는 용도 불명들을 소외시키지 않기 위해서, 요즘에는 용도 불명들에게 자신보다 능력이 나은 사람들을 보조하는 역할을 맡기고 있다. 그럼에도 콜로니 내부에서는 이 같은 잔인한 농담이 유행처럼 돌고 돌았다. 용도 불명 + 1 = 0.

아직 완전히 자동화되지 않은 직무들도 남아 있었기에 그들은 스스로 무용지물이라는 자괴감에 사로잡히지 않을 수 있었다. 가령, 로봇에게 재갈을 물리는 일이 그들의 차지였다. 그래야 용도 불명들도 활약할 여지가 생기니까. 그러나 언젠가 유지 보수 달인, 보조 달인, 또는 기술 보조 같은 직책을 맡을 수 있다는 상상은 나에겐 그다지 짜릿하지 않다.

다행스럽게도, 이곳에서는 우리가 취미 활동에 많은 시간을 할애할 수 있도록 허락하고 있다. 덕분에 용도 불명들은 취미 활동을 하다가 혹시라도 뜻밖의 재능을 발견할 수 있다는 기대—비록 아테나는 그럴 리 없다고 처음부터 예측하지만—를 안고 사는데, 나는 지구 역사 연구와 체스를 취미로 즐기고 있다.

말하자면 나는 용도 불명의 최후 세대에 속한다. 유전자학의 눈부신 발전으로 머지않아 화성 콜로니에는 용도 불명 따위는 한 명도 남지 않게 될 것이다.

아무튼 아주 드물기는 해도 용도 불명들과 그보다 능력 있는 이들 사이에서, 나와 유의 경우처럼 사랑이 싹트기도 하고, 나와 스탄의 경우처럼 우정이 지속되기도 한다.

"…그런데 왜 너를 지구로 보내겠다는 거야?"

거의 화가 난 것처럼, 스탄은 집요하게 같은 질문을 반복했다.

"너는 야만인들, 어쩌면 식인종들일 수도 있지, 아무튼 그런 사람들이 사는 곳에 가게 될 텐데! 왜 다른 조모들을 보내지 않는 걸까? 이번에는 더 여러 명을 보내면 될 텐데!"

사령관에게 듣기로는 총 열두 명의 조모가 지구로 파견됐으며, 여자 조모인 쥘마 중위가 그들의 대장이었다(쥘마 중위라면 나도 조금 아는데, 유에게 작업을 걸겠다는 단 한 가지 목적으로 체스 클럽에 몇 번 모습을 드러낸 인물이었다). 그들은 지구의 어느 한 섬에 도착했으니 안심하라는 메시지를 보낸 이후, 더는 아무 소식이 없었다. 이들의 생물학적 상수들을 자동으로 전송해주는 장치도 꺼져버렸다.

"사령관은 말이지, 추가로 조모를 파견하는 건 문제해결에 전혀 효과가 없었던 방법을 '한 번 더 반복'하려는 오류에 빠지는 거라고 생각해."

"인간들이 인공지능 행세를 하려는 걸 보고 있으면 정말이지 환장하겠다니까." 스탄이 빈정거렸다.

주의를 하라는 뜻에서 나는 뚫어져라 그를 응시했다. 이곳에서는, 언제 우리의 대화가 녹음되는지 아무도 알 수 없었다. 그런데 내가 사령관의 방에서 나오던 길인 만큼 나와 스탄의 대화는 녹음될 것이 분명했다. 그러나 모든 분야에서 뛰어난 결과를 내고 있는 자신에게 어느 정도의 무례함은 허용될 것임을 스탄은 알고 있었다.

처음에는 모두들 거의 상시적인 감시며 녹취 체제—이렇게 해서 수집된 자료는 모두 아테나에게 전송되어 처리된다—를 몹시 두려워했다. 그러나 오래지 않아 사람들은 자동화된 체제에 따른 평가가 주는 이점을 발견했으니, 가령 나에 관한 제시카 중위의 불리한 보고서처럼, 상사의 주관적인 평가는 별로 효과가 없다는 사실이었다.

아테나는 인간들처럼 기분에 좌우되지 않으며, 자기 침소로 부하 직원을 부르는 일도 없다.

"알았어." 스탄이 그제야 내 경고를 알아차리고는 말했다. "그런데 왜 하필이면 너래?"

"내가 언어에 재능이 있으니까."

"언어라니, 무슨 언어?"

하긴, 나 역시 사령관에게 똑같은 질문을 했었다.

로뱅이 다녀간 뒤로 도무지 집중을 하지 못했다. 앞으로 나아가기는커녕 제자리에서 뱅글뱅글 맴도는 기분이었다. 감정의 동요는 알고리즘을 만드는 데 전혀 도움이 되지 않는다. 아테나도 그걸 감지했는지, 나에게 "피곤하니, 유 ?", "좀 쉬는 게 좋겠어" 같은 메시지를 계속 보내왔다.

아테나는 친한 친구처럼 말을 거는데, 이건 바꿔서 생각하면 아테나가 얼마나 강력한지를 보여주는 증거라고 할 수 있다. 인공지능의 초기에는 '강한 인공지능' 같은 표현을 썼다는 내용을 언젠가 읽은 적이 있는데, 요즘에는 전혀 의미 없는 말이 되고 말았다. 결국 나는 헤드폰을 벗고, 커피나 한잔 마실 겸 나 같은 '공돌이들'만 드나드는 휴게실로 갔다.

그곳에서 내 진짜 친구 알마와 만났다.

"아니, 애 좀 봐, 걱정거리가 있는 얼굴이네."

"로뱅이 다녀갔어…."

"아, 그 사람…."

"파견 임무로 지구에 간다나 봐."

알마는 방금 전의 나만큼이나 놀란 표정이었다.

"로뱅? 그 사람이?"

"응, 그래. 왜, 그 사람은 안 돼?"

"아니, 뭐, 왜 안 되겠어? 그런데 왜 그 사람이지?"

알마는 로뱅을 좋아하지 않았다. 아니, 로뱅과 사랑에 빠진 내 모습을 좋아하지 않았다. "네 상대가 될 만큼 괜찮은 사람이 아니야"라고 알마는 입버릇처럼 말하곤 했다.

"너도 아는지 모르겠는데, 그 남자는 결국 너를 배신하게 될 거야. 나도 이유는 잘 모르겠지만, 아무튼 그 남자는 이상하게 여자들에게 인기가 많거든."

"콜레트 사령관과 아테나가 선택한 거래."

"알았어, 알았다고, 그러니 이러고저러고 왈가왈부할 것도 없네."

"그 둘이 이번 임무에 로뱅이 가장 적합하다고 판단한 거라니까."

"그래, 그래."

"나만 그 사람에게서 능력을 본 게 아니란 말이지!"

"그럼, 그럼, 그 사람에게도 장점이 있지….."

"그 사람을 다시 만나니까 기분이 아주 묘했어, 뭐랄까….."

"물론 그랬을 테지. 너하고 그 사람, 벌써 오래 되었잖아….."

"…그런데 그 사람이 이제 곧 지구로 간다니….."

"아주 거창한 임무일 테지."

"그곳에 먼저 간 조모들이 돌아오지 않았대. 그래서 그 사람이… 혼자 간대….."

"에고, 내 가엾은 유. 쯧쯧, 울지 마."

알마는 나를 끌어안았다. 친구가 얼싸안아주면 위로가 될 줄 알았는데 그게 아니었다. 전혀 위로가 되지 않았다. 감정의 소나기인가, 눈물이 흘러내렸다.

알미운 아테나는 싫어도 내가 갈 때까지 기다리라지.

화성 콜로니에서는 여러 세대째 모두 영어를 사용하고 있다. 이곳에 파견된 첫 번째 국제우주선 팀은 이미 그 시절에도 영어로 말했다. 화성에서의 시간이 중요한 만큼 팀원 각자의 모국어를 서로가 배우는 데 아까운 시간을 써버릴 순 없는 노릇이었다. 그 결과 각국의 언어는 폐지되어버렸다. 그러나 유가 일본어를 배운 것처럼, 취미 삼아 조상들의 언어를 배우기로 마음먹은 사람들에게는 예외였다.

그랬기 때문에 사령관이 무슨 이유로 내게 언어 재능이 있다고 판단했는지는 나로서는 알다가도 모를 일이었다. 내가 어렸을 때부터 쓰던 언어 외에 다른 언어라고는 배운 적이 없으니까.

"아테나."

사령관은 방긋 미소까지 지으며 그렇게 대답했다.

"당신의 여러 심리 측정 테스트 결과가 아테나에 저장되어 있는 언어 능력이 뛰어난 지구인의 프로필과 매우 비슷합니다. 당신의 후측 두피질 형태가 그 사실을 확인시켜주죠. 게다가 당신 스스로도 본인 청각이 아주 좋다는 걸 인식하고 있을 겁니다."

분명 사령관의 말에는 일리가 있었다. 내가 학교 다닐 때부터 높은 사람들 흉내를 내서 친구들을 웃겼다는 사실까지도 그녀가 알고 있는지는 잘 모르겠지만.

"음…, 그리고 보니 학교에서 음악을 배울 때 꽤 잘했던 기억이 나네요. 좋아하는 노래는 쉽게 따라 불렀었죠."

"그래요, 그뿐만이 아닐 테죠."

사령관이 맞장구를 쳤다. 분명 사령관은 내 성대모사에 대해서도 알고 있는 것이다.

언어에 재능이 있다고? 별안간 내가 무언가에 재능이 있다는 사실을 알게 되자 행복해졌다! 용도 불명으로 남을 내가 그래도 언어에는 약간 재능이 있었단 말이지!

그건 그렇지만, 조모들의 실종 소식은 전혀 좋은 징조가 아니었다. 내가 어떻게 그들보다 잘할 수 있단 말인가?

"또 있습니다." 콜레트 사령관은 말을 이어갔다. "당신에게는 갈등을 가라앉히는 소질도 있습니다. 당신은 태어날 때부터 주변 사람들에게 인기가 좋았죠."

아닌 게 아니라 어린 시절부터 현재까지 담고 있는 나에 대한 관찰 기록에는 친구들 사이에 말다툼이 있을 때마다 내가 이를 진정시킨 여러 상황이 묘사되어 있었다. 게다는 나 자신은 한 번도 싸움에 말려든 적이 없었다. 비록 '용도 불명'에 불과할지라도, 내가 자주 학급 대표로 선발되었던 건 엄연한 사실이었다. 아테나는 이 모든 자료를 다 수집해서 분석한 것이다.

"실제 상황에서라면, 당신은 분명 훌륭한 협상가가 될 수 있을 겁니다. 아테나가 그렇게 예견했거든요."

"아무리 그래도 저는 좋은 조모는 될 수 없습니다." 나는 대꾸했다.

"바로 그겁니다. 우리는 그곳에 자동번역 이어폰을 비롯해 온갖 신기술로 무장한 전사들을 보냈죠. 무기도 물론 들려 보냈습니다."

그 말을 듣고 나는 비살상 무기일 거라고 짐작했다.

사실 이 문제는 조모들 사이에서 열띤 논쟁을 불러일으켰다. 지구 역사에서 그토록 반복적으로 일어난 비극, 그러니까 앞선 무기로 단단히 무장한 후발주자들의 원주민 대량 학살 같은 사건을 막기 위해 지도부는 조모들이 비살상 무기만 지니고 떠날 것을 결정했다. 비살상 무기란 음속 총이나 전자장파 총 같은 것들로, 이름과는 달리 백 미터 정도 거리에서는 사람을 죽일 수도 있는 무기였다. 조모들은 이처럼 제한적인 장비만을 허용한 것이 임무 실패의 원인 중 하나라는 입장을 보였다. 하지만 난 그런 말은 믿지 않는다. 비살상 무기도 대단히 효과적일 수 있는 데다, 심지어 후진 사회에 사는 주민들에게는 공포의 대상이 될 수도 있으니 말이다.

또 조모들이 갑작스럽게 실종되었고, 그 실종을 설득력 있게 설명할 수 없다는 사실도 믿기 어렵기는 마찬가지였다. 그들은 누가 뭐라 해도 조모였다. 그 정도의 장비를 지니고 있었다면, 자신들에게 발생한 일이나 자신들이 맞닥뜨린 상황에 관한 대략적인 정보는 얼마든지 전달할 시간적 여유가 있었을 것이다. 나는 좀 더 많은 것을 알아내려고 시도했다.

"조모들의 실종 원인에 대한 다른 자료들은 받지 못하셨습니까?"

사령관은 잠시 말이 없었다.

"당신에게 도움이 될 만한 거라곤 없습니다."

사령관이 정색을 하고 잘라 말했다. 내가 선을 넘고 있다는
경고일까.

면담이 끝나갈 무렵, 머릿속에 퍼뜩 좋은 생각이 떠올랐다.
임무를 거부하지 못할 것도 없잖아? 따지고 보면 나는 머지않
아 용도 불명이라는 민간인 신분으로 돌아갈 한낱 징집병일 뿐,
군인으로서의 경력을 관리해야 할 필요라고는 없는 사람이었
다. 게다가 요즘은 전시도 아니니, 상사의 지시를 거역한다고
해도 가벼운 처벌로 끝날 것이다. 최악의 처벌이라고 해도 군대
생활이 몇 개월 연장되거나 광산 탐사 연대에 귀속되어 고된 연
수생 노릇을 하는 정도가 고작이었다.

조모들처럼 실종되는 것에 비하면, 그래서 영영 유를 보지
못하게 되는 것에 비하면, 그야말로 아무것도 아니었다. 나는
내 운명을 시험해보기로 했다.

"사령관님, 아무리 생각해봐도⋯."

"내 말 아직 안 끝났습니다."

"저는 그저⋯."

"내 말 아직 안 끝났다니까요." 사령관이 좀 더 단호한 투로
말했고, 나는 조용히 입을 다물었다.

"당신은 항명하는 사람이 아니죠." 사령관이 컴퓨터 화면을

응시하며 말했다. "하지만 동기들 중에서 '권위 존중' 지수가 제일 낮습니다."

"그렇긴 해도… 전 절대 권위에 반기를 든 적이 없습니다!"

"그래요, 그건 당신이 갈등을 싫어하는 사람이기 때문이죠. 그리고 지금까지 사람들은 당신에게 합리적인 지시만을 내렸고요('늘 그런 건 아니었지'라고 나는 제시카 중위를 생각하며 속으로 이의를 제기했다). 그럼에도 아테나는 당신이 권위를 그다지 존중하는 편이 아니라는 결론을 내렸습니다. 그 때문에, 만일 당신이 직업 군인이 되고자 한다면 장애가 될 수도 있습니다."

"전 그런 건 바라지 않습니다. 사령관님도 잘 아시겠지만…."

말하면서 나는 잠시 머뭇거렸다. 내가 비록 권위를 그다지 존중하지 않는 인물이라는 평가를 받았다지만, 그럼에도 어떻게 해야 사령관의 제안을 예의 바르게 거절을 할 수 있을까? 내가 그 임무에 적격이 아니라는 점을 어떻게 설득해야 할까?

불행인지 다행인지 사령관은 나에게 말할 기회를 주지 않았다.

"당신이 젊은 연구원, 이름이 유 미시마라고 했던가? 아무튼 그 연구원과 가까이 지내는 걸로 알고 있습니다."

순간 차마 입이 떨어지지 않았다. 군사 임무 이야기를 하던 중에 왜 뜬금없이 유에 대해 언급하는 걸까? 당황한 나는 이 또한 내가 똑똑하지 못하다는 증거라고 자책했다.

"우리는 아주 밀접하게 맺어진 사이…."

"우리는 아주 밀접하게 맺어진 사이!" 사령관이 비웃는 투로 내 말을 흉내 냈다. "고전 작가들의 책만 읽다 보니 말도 고전적으로 하는군요!"

그건 사람들이 내게 자주 하는 비난조의 말이었다. 내가 대재앙 이전에 쓰인 책들을 읽어보았으며, 지금 우리의 언어보다 훨씬 아름다운 그 언어를 사랑하기 시작한 유일한 사람이라 한들, 내가 뭘 어쩌겠는가?

"당신은 아주 좋은 취향을 가졌더군요. 그녀는 마음을 다 내어줄 만큼 예쁜 데다 이곳 콜로니에서 머리도 제일 좋은 사람 가운데 하나니까요."

"유는 지금 다른 남자와 살고 있습니다." 내가 말했다.

"네, 알고 있습니다."

사령관은 나를 물끄러미 바라보았다. 내가 아직도 유를 사랑하고 있다는 게 얼굴 표정에서 다 드러나는 모양이었다.

"어쩌면 당신도 벌써 알고 있을 수도 있어요. 지금 극비리에 새로운 유전자 프로그램이 진행 중에 있습니다."

"아뇨, 모릅니다."

"그 말을 들으니 안심이 되는군요. 적어도 몇몇 비밀은 지금까지 제대로 유지되고 있다는 뜻이니까요!"

솔직히 그 프로젝트에 관한 소문은 나도 듣고 있었지만, 앞뒤 맥락도, 자초지종도 모르면서 상사 앞에서 함부로 입을 놀려서는 안 된다는 사실은 익히 알고 있었다.

"우리가 이미 오래전부터 태아 형성 초기 단계에 개입해서 수명을 연장하는 방법을 알아냈다는 사실은 당신도 알고 있을 거예요. 더구나 당신 자신이 그 혜택을 받은 좋은 사례니까요."

"네."

내 생각으로는 좋은 사례라고까지는 말하기 힘들지 않나 싶다. 연구진이 노화 정지가 나 같은 인간에게 효과가 있다는 사실을 알아차렸을 때, 그들은 아마도 "아이고, 이 무슨 헛발질이람, 기껏 고생해서 고작 용도 불명의 수명을 연장해줬으니 말이야!"라며 애꿎은 손톱만 질겅질겅 깨물었을 테니 말이다. 유로 말하자면, 그 반대였을 것이다. 그 방법이 유에게는 통하지 않는다는 사실을 알고는 그들은 분명 낙심했을 테니까.

"우리는 새로운 프로그램을 시작했습니다. 목적은 성인들의 노화를 멈추거나 늦추는 거죠."

마치 그 모든 것이 콜로니의 미래를 위해 무엇을 함축하는지 나에게 이해할 시간을 주기라도 하듯 그녀는 잠시 말이 없었다.

"얼마 뒤에 그런 일이…?"

소문으로는 그 프로그램은 아직 초기 단계라 완성되려면 멀었다는 것 같았다.

"몇 달 뒤. 예상보다 훨씬 빠른 진척을 보였죠. 그런 질문을 하는 것으로 미루어보아 당신은 그 프로그램에 대해서 알고 있었군요."

사령관이 불쾌한 투로 꼬집으며 말했다. 나는 굳이 부인하려 들지 않았다.

"우리는 극히 소수만을 대상으로 시작할 수밖에 없습니다. 아테나의 추천 외에도 상급 장교들과 민간 고위급 대표들 각자가 콜로니를 위해 가장 소중한 자원이라고 여기는 사람들의 명단을 작성해야 하니까요. 게다가 짐작하겠지만 저마다 선호하는 인물이 다 달라서….”

“네, 이해합니다.”

사령선의 창을 통해서 푸른 행성이 보였다. 대양의 반짝이는 표면이 다시금 구름 사이로 모습을 드러냈다.

“내가 언제나 약속을 지키는 사람이라는 건 당신도 잘 알겁니다.” 사령관이 한마디 덧붙였다.

“네.”

그건 정말이었다. 사령관은 경력을 쌓아가는 과정에서 줄곧 그 같은 평판을 쌓아왔다.

“자, 로뱅 노르망디 신병, 당신은 이번 임무에 기꺼이 지원하겠습니까?”

나는 사령관과 나눈 대화의 이 대목에 대해서는 유에게 말하지 않았다. 그 임무라는 것이 모두가 바라는 대로 순조롭게 진행되지 않을 경우, 나는 유가 새로 연장된 삶을 살아가는 동안 내 실종에 대해 괜히 자책하는 일 따위는 없기를 바라니까.

나는 수면 시간까지 포함해 백여 시간을 딥러닝 머신과 함께 보냈다. 아테나가 기억 속에 저장하고 있는 폴리네시아의 여러 언어와 친숙해지기 위해서였다.

예전에 태평양이라고 불리던 대양에 떠 있는 작은 섬들에서 인간 혹은 포스트휴먼이 활동하고 있다는 신호가 포착된 지 한 세기가 조금 지났다. 화성 콜로니에서는 이 작은 육지 조각들을 향해 조모를 파견한 것이었다.

아테나에 저장된 이 지방 언어들, 즉 사투리들은 대재앙 이전에 사용되던 것으로, 분명 지난 몇 세기 동안 그곳의 생존자들 사이에서 상당히 진화를 했을 터였다. 그러니까 조모들을 위한 자동번역기는 부분적으로 사어가 되어버린 언어로 프로그래밍 되었을 것이다. 어쩌면 그렇기 때문에, 그리고 거기에 조모들의 사나운 공격성까지 더해져서 임무가 실패로 끝났을 수도 있다.

사령부, 그러니까 아테나는 내가 그 옛날 언어들과 익숙해지면 더 신속하게 섬 원주민들을 이해할 수 있을 것이고, 그렇게 되면 아마도 우리의 엘리트 군단 병사들처럼 허무하게 실종되지는 않을 거라고 계산했음이 틀림없다.

아테나는 또한 나를 위해 초기 탐험가들이 돛단배를 타고 항해하던 시절에 살았던 섬 원주민들에 관한 짤막한 교육 프로그램도 설계했다. 대재앙 이후 섬 주민들이 그와 같은 원시 상태로 되돌아갔을 것이라는 아테나의 예측에 따른 배려였다. 따라서 나는 옛날 서적에서 발췌한 이미지들을 통해서 그들의 생활양식, 사냥, 고기잡이, 다양한 크기의 카누를 타고 나선 항해 등에 대해서 학습을 하는 중이었는데, 풍습에 대해서는 이렇다 할 내용이 없었다. 하긴, 있다 한들 오늘날에는 똑같을 리가 없겠지만. 작살이며 몽둥이 같은 그림도 봤는데, 그것들은 고기잡이와 사냥 외에 다른 용도로도 사용될 수 있을 것 같았다. 그러나 비록 비살상 무기라고는 해도 어쨌거나 철저히 장비를 갖춘 조모들을 위협할 정도는 아닐 성싶었다.

지구로 출발하기 전에 나는 알마 사령관을 만나야 했다. 알마 사령관은 이번 임무의 모든 기술적인 측면을 책임진 인물이었다. 갈색 머리의 아름다운 이 여인을 남자들은 포카혼타스라는 별명으로 불렀는데, 우리가 어렸을 때 본 지구의 만화영화속 주인공과 비슷한 생김새 때문이었다. 그 만화영화는 화성 콜로니 의무교육 프로그램에 들어 있었다. 그런 만화영화를 고른건 아마도 우리보다 기술적으로 낙후된 사회에 사는 사람들을 만나더라도 정복자처럼 행세하려는 마음을 가져서는 안 된다는 사실을 일깨워주기 위한 목적에서였을 것이다.

알마는 유의 제일 친한 친구인데, 나는 항상 왠지 알마가 속으로는 나를 그다지 좋아하지 않는다는 느낌을 받았다. 오늘만 해도, 이 여자는 사령관이라는 직위가 주는 서열적인 우위를 빙자해서 일개 신병으로도 모자라 용도 불명이라는 낙인까지 찍힌 나와 거리를 두었다.

"당신에게도 살상 무기는 지급되지 않을 겁니다."

마치 내가 항의할 것을 미리 알고 있다는 투로 그녀가 퉁명스럽게 못박았다.

"상관없습니다, 사령관님. 제 자신이 살상 무기이니까요."

농담에도 아랑곳하지 않고 알마는 계속 지시를 내렸다.

"당신에게는 우리가 개발한 가장 완벽한 소통 수단이 지급될 겁니다. 지난번 임무 때보다 훨씬 개선된 거죠!"

그녀는 마치 그것이 대단한 특혜라도 되는 양 말했다.

"조모들이 보낸 마지막 통신은 어떤 내용이었습니까?"

나는 콜레트 사령관이 내게 감춘 내용을 알고 싶었다.

"'착용 중인 콤비네이션이 망가졌다.' 기온 관련 마지막 자료에 따르면, 실제로 그 옷들은 타버렸습니다."

"조모들이 입은 채로?"

"그 점은 우리도 알지 못합니다."

그제야 나는 콜레트 사령관이 세부 사항을 극구 감춘 이유를 이해하게 되었다.

"어쨌거나 당신은 콤비네이션을 절대 벗어던지면 안 됩니다. 그 옷이 상시적으로 당신의 위치와 생물학적 상태를 우리에게 전해줄 테니까요."

"그 말은 당신들이 내가 웰던인지, 미디엄인지, 아니면 홀딱 탔는지, 뭐 그런 걸 알 수 있다는 뜻인가요?"

알마는 잠시 참는 듯하더니 기어이 웃음을 터뜨리고 말았다. 덕분에 나는 가지런한 그 여자의 치아를 흐뭇하게 감상했다. 사실 이건, 역량 검사에서는 나타나지 않지만, 분명한 나의 장기다. 나에게는 여자들을 웃게 만드는 재주가 있다.

"자, 알마, 우리 이제 서열에 따른 요식 행위는 이쯤 해두기로 하지. 이 임무에 대해 어떻게 생각하지?"

알마는 웃음을 멈추더니 못마땅한 눈으로 나를 바라보았다. 화가 난 포카혼타스.

"넌 정말이지 권위를 무시하는구나. 너에 대한 보고서에서 읽었어."

"나에 관한 보고서라니, 아니, 네가 어떻게 그걸 읽었지?"

"살짝 월권행위를 한 거지."

우리는 서로를 노려보았다. 아테나에 직접 접속할 수 있는 유일한 인물인 유를 굳이 들먹일 필요는 없었다. 마침내 포카혼타스가 약간 마음을 풀었다.

"내가 보기에 조모들은 위험에 대해서 판단 착오를 일으킨 것 같아. 그 위험이야 물론 인간으로 인한 위험일 테고. 뭔지는 정확하게 잘 모르지만, 언어가 되는 어떤 종(種)과 조모들 사이에서 나눈 이야기를 녹취한 조각 자료가 있거든."

"언어가 되는 어떤 종이라고? 나도 그걸 좀 들어볼 수 있을까?"

"불가능해, 극비 문서라 나도 접근할 수 없어."

나는 알마가 거짓말을 늘어놓고 있다고 짐작했다.

"유감이네, 혹시라도 내가 알아들을 수 있는지 들어보고 싶었는데."

말은 안 하지만 그녀는 이 상황을 몹시 거북해하는 것 같았다. 마지막으로 알려진 조모들의 대화를 들을 수 있다면 무척 유용했을 텐데. 콜로니에서는 늘 있는 일인 것처럼, 우리 대화 역시 자동으로 녹음이 될 테니, 알마는 나에게 너무 많은 걸 들려주려 하지 않았다. 언젠가 그것이 자신을 비난하는 화살이 되어 돌아올 수도 있을 테니까.

나는 다시 스탄을 찾아갔다. 그는 늘 전투 기술을 연마하니, 혹시라도 지구에서의 생존 확률을 높이기 위한 비법이 있는지 물어보고 싶었다. 그리고 그렇게, 그와 그의 조모 동료들과 꼬박 이틀을 함께 보내게 되었다.

가까이서 함께 지내보니 대체로 꽤 호감이 가는 친구들이었다. 그들은 내가 지구라는 환경에서 살아남을 수 있도록 자기들이 배운 가장 초보적인 기술들을 나에게 전수해주려고 무지 애를 썼다. 지구로의 출발 시각이 다가오자 그들은 저마다 내 손을 꽉 쥐면서 행운을 빌어주었다(덕분에 나는 지금도 손이 얼얼하다. 그래도 뭐 효과가 있기만 하다면야).

그들과 작별하기에 앞서 나는 비록 조모는 아닐지라도 우리는 모두 이곳에서 형제이며, 반드시 그들의 동료들과 함께 돌아오겠노라고 비장하게 연설을 했다. 내가 연설에 약간 재능이 있는 걸까. 연설이 끝나자 그들은 귀청이 떨어져나갈 정도로 큰 박수와 함성을 쏟아냈다.

언젠가 유를 다시 만날 수 있을까?

그러면 우리는 행복해질까?

몇 분 전, 지구 대기권으로 진입한 내 머릿속은 온통 유에 대한 생각으로 가득 차 있었다. 그때 삐- 하는 신호음이 들려왔다. 누군가 나와 통화를 원한다는 신호였다. 그런데 이상하게도 내 화면에는 아무것도 나타나지 않았다. 글자 몇 개뿐이었다.

너는 왜 떠났어?

유? 말도 안 돼, 민간인인 유는 군대 통신망에 접근할 권한이 없었다. 그렇다면 스탄이 보낸 메시지?

사랑해.

스탄이 보낸 메시지는 아니었다.

그때 갑자기 화면이 반짝거리더니 유의 모습이 멀리 보이는 신기루처럼 희미하게나마 형태를 잡아갔다. 그 이미지는 미소를 짓고 있으면서 동시에 눈물을 흘렸다. 유는 가냘픈 손으로 눈물을 닦으면서 진지한 표정을 지었다. 이미지가 자꾸만 흐릿해지고, 소리도 전혀 들리지 않았다. 유는 키보드 쪽으로 눈을 내리깔고는 계속 자판을 두드렸다.

뭔가 석연치 않아.

이번에는 내가 자판에 입력했다.

뭐가?

그건 나도 아직 잘 모르겠어.

유의 이미지가 사라졌다. 망할 놈의 대기권 때문이었다. 나는 애써 정신을 가다듬었다. 유가 군대 통신망을 뚫는 데 성공하다니! 게다가 내게 모호하면서도 불안감이 감도는 메시지를 보내기 위해 그 같은 위험을 감수하다니!

뭔가 석연치 않아.

곰곰이 생각해봐야 할 텐데 나에겐 시간이 없었다.

삐익- 미사일 접근을 알리는 레이더의 연이은 소리가 들려왔다. 이번에는 나도 놀라지 않았다. 조모를 태운 우주선이 지구에 다가갈 때에도 똑같은 일이 일어났으니까. 우리는 그 미사일이 산호초 위에 설치된 예전 군사 기지에서 발사된 것이라고 결론지었다. 인간의 활동이라고는 전혀 없는 기지지만, 대기권으로 진입하는 핵탄두와 유사한 모든 것을 파괴하게끔 영구적으로 프로그래밍이 된 자동 미사일방어체제는 살아남아서 나를 태운 작은 우주선에도 반응하는 것일 터였다.

조모들을 태운 우주선에 장착된 전자 반격 장치와 도피 조작으로 지난번에도 첫 번째 미사일은 쉽게 피했고, 미사일은 태평양 한가운데에 떨어지고 말았다.

나는, 아니 나를 태운 우주선은 그때와 똑같은 장치에 시동을 걸었다. 처음에는 모든 것이 순조롭게 진행되는 것 같았다.

그런데, 이런, 미사일이 궤도를 바꾸더니 나를 향해 되돌아왔다!

조모들의 비행 이후, 미사일방어체제가 우리의 도피 조작을 방해하는 법을 익힌 게 틀림없었다! 아테나가 대재앙 이전 시대의 인공지능 수준을 과소평가한 게 분명했다!

내 우주선에 장착된 장치도 학습을 통해 나를 구해줄까?

현기증이 날 정도로 빠른 속도로 다가오는 미사일을 나는 바라만 볼 뿐이었다. 그러다가 인공지능이 깨어나길 기다릴 마음이 없던 나는 가장 인간적인 결정을 내렸다.

우주선으로부터 탈출을 감행한 것이다.

아, 난 내가 너무 싫어, 난 정말 멍청해!

로뱅하고 겨우 접속이 되었는데, 그를 불안하게 만드는 말 한마디 한 게 전부였잖아.

실은 그를 한 번 더 보고 싶었는데….

그래서 군사 통신망을 뚫고 들어간 거였는데….

현재의 유가 행복해지기 위해서 기꺼이 미래의 유에게 최대의 골칫거리를 안겨준 거였다고.

내가 한 간단한 몇몇 조작이 효과적이어서, 통신부서의 저능아들이 내가 그들이 자랑하는 극도로 안전한 보안 시스템—아무튼 그치들은 그렇게 믿으니까—에 잠입한 사실을 눈치채지 못했다면 걱정하지 않아도 될 테지만 말이야.

어차피 엎질러진 물이야. 자, 이제 일이나 해야지.

그런데 왜 로뱅을 지구로 보냈을까?

그래, 맞아, 내 사랑 로뱅은 갈등을 잠재우는 재주가 있지. 그리고 또 왜 아니겠어, 그는 언어에도 재능이 있어. 나도 그 정도는 다 확인해봤다고.

내가 보기에 콜레트 사령관은 진실한 것 같아.

그런데 아테나는? 아테나는 왜 이런 결정을 받아들였을까?

어떻게 설명을 해야 할지 모르겠지만, 아무튼 내가 느끼기로, 이 일에는 분명 드러나지 않은 뭔가가 있어. 그 수많은 데이터와 알고리즘 속에 감추어진 또 다른 이유가 반드시 있을 거야.

나는 그게 뭔지 알아내야겠어.

아테나의 미궁 같은 회로 속으로 잠입하는 건 그다지 어려운 일도 아니지. 그 모든 단계가 다 내가 만든 연산 법칙에 따라 굴러가니까. 하지만 아테나 안으로 잠입하되 흔적을 남기지 않는 건 정말 보통 일이 아니거든.

아직까지 나는 개인 프로필, 부모 프로필, 중·고등학교와 대학 성적, 나를 만나기 전 연애사(그가 말한 대로라면 감정이라고는 섞이지 않은 몇 번의 섹스 정도지만, 그래도 내 직감으로 볼 때 안나라는 여자와의 관계는 상당히 진지했던 것 같았어) 등, 내가 로뱅에 대해서 이미 알고 있는 사실 말고는 아무것도 더 찾아내지 못했어. 나는 그가 얼마나 인기가 많은지 조금 더 확실하게 알게 되었지. 어린 시절부터 그는 언제나 반에서 반장이었고, 지금은 신병들의 대표잖아. 왜 그런 사람에게 혼자 가야 하는 임무를 맡겼을까?

카반은 왜 내가 저녁을 먹거나 잠을 자러 그의 집에 가지 않는지 이해하지 못해. 난 그에게 기술적인 데이터와 인간 데이터 사이의 동기화 수준을 향상시키는 데 장애가 되는 문제를 해결하라는 과제를 받았다고 말했고, 그건 사실이기도 하지. 아무튼 그래서 헤드폰을 쓰고서 그토록 오랜 시간을 보낸 적이 없을 정도라고도 했어. 그는 나를 믿어.

나의 가장 큰 걱정거리는 아테나 모르게 아테나 속으로 잠입하는 거야. 안 그러면 아테나는 즉시 사령부에 알려버릴 테니까. 신체적인 폭력, 허락되지 않은 기술적 조작은 화성 콜로니에서 가장 무겁게 처벌하는 중대한 잘못이지.

나 정도의 수준에 있는 사람일지라도, 장기 재교육을 받게 될 게 확실하지. 나를 세뇌할 정도로 강도 높지만, 그렇다고 사람 구실을 못하게 될 정도까지는 아닌 재교육.

하긴, 이런 종류의 처벌을 받은 뒤 좀비로 변해버린 사람들이라면 나도 더러 알고 있어. 콜로니에서 그들이 맡은 역할과 관련된 적성만 남겨두고 나머지 인격은 마치 연마하듯 제거해버리는 거지.

그렇게 되면 나는 더는 아무런 고통도 느끼지 못하고, 그러니까 감정 조절 실패로 인한 과오는 범할 생각도 못 할 테지. 내 사랑을 마주치게 되어도 가슴이 두근거리는 일도 없을 테고.

그런데 가만있어 보자, 따지고 보면 그게 차라리 더 나은 건 아닐까?

맞아.

아냐.

맞아.

아냐.

정신 바짝 차려야겠어.

낙하산에 매달린 탈출 캡슐 안에서 보니 저 멀리 목적지인 섬이 눈에 들어왔다. 그 섬은 이제 더는 지도 위에 찍힌 색종이 조각이 아니라, 식물들로 뒤덮인 데다 몇 개의 초록 빛깔 봉우리까지 이고 있는 진짜 섬이었다.

그럼에도 나는 풍경의 아름다움, 바람, 터키석 빛깔 바다, 머리 위로 펼쳐진 파란 하늘 같은 온갖 신기한 것들을 제대로 음미하지 못했다. 그럴 수밖에 없는 것이 나와 나를 태운 캡슐은 섬에서 아주 멀리 떨어진 곳에 떨어진 상태였기 때문이다. 미사일의 출현은 이른 탈출을 결정하게끔 했다. 아니, 그건 아니고 내가 탈출을 결정했다는 건 명백한 사실이었다. 문득 콜로니에서는 모두들 이 탈출에 대해 정말 용도 불명에게 딱 어울리는 탈출이었다고, 다시 말해서 내가 엄청난 실수를 한 거라고 떠들어댈 거라는 생각이 들었다. 왜냐하면 내가 조금만 더 기다렸다면 우주선은 분명 미사일을 피할 수 있었을 테니 말이다.

더구나 나를 태운 탈출 캡슐은, 가령 화성이나 주변에 바다라고는 없는 가까운 다른 별들의 고도가 높은 곳에서 탈출할 때를 대비해 설계되었으므로, 물에는 뜨지 않을 터였다.

아니나 다를까. 캡슐이 해수면에서 몇 미터밖에 떨어지지 않은 높이에 이르자, 기계음이 어서 뛰어내려야 한다고 지시를 내리듯이 요동쳤다. 나는 지구로 출발하기 전에 엔지니어들이 급하게 만들어준 구명조끼를 입고, 콤비네이션에 장착된 몇몇 자동 송수신 장치와 더불어 물속으로 뛰어들었다.

그런데 이 콤비네이션은 구명조끼에 비해 너무 무거웠다. 엔지니어들에게는 이번 임무에 대비해 조금 더 꼼꼼하게 준비해줄 시간이 부족했다. 나는 머리를 뒤로 젖히고 수면에서 숨을 쉬는 방식으로 가까스로 떠 있긴 했지만, 헤엄은 치지 못했다.

우선은 무게를 줄여야 했다. 나는 지체 없이 콤비네이션을 벗어버렸다. 나를 조국과 동포들에게 이어주는 마지막 연결 고리였던 옷. 그리고 이내 희미한 빛깔의 점이 되어 넘실거리는 콤비네이션이 점점 아래로 가라앉는 광경이 눈에 들어왔다.

나는 유를 생각했다. 사람들이 나의 실종을 알릴 때 유가 흘릴 눈물, 나는 결코 볼 수 없을 그 눈물도 생각했다.

이제는 헤엄을 쳐야 했다. 바닷물이 너무 짜서 그런지 콜로니의 수영장에서보다 몸은 훨씬 더 잘 떴다. 그 사실에 고무되어 처음부터 속도를 너무 냈더니 곧 피로감이 몰려들었다.

나는 중단하지 않고 계속 노력할 수 있도록 엄마를 생각했다.

지구로의 파견을 앞두고 나는 엄마를 만나러 갔다.

　은퇴한 엄마는 더 이상 돌봐야 할 자식이라고는 없어서 지금은 돔에서 제법 멀리 떨어진 곳에 위치한 작은 방에 살고 있다. 직원이 식사를 가져다주고, 가끔 간호사가 입력된 엄마의 생물학적 데이터가 현재 상태와 일치하는지 확인하러 들른다. 엄마는 그 나이에는 흔한 면역 계통 질병으로 고생하고 있는데, 어린 시절 지구에서 살 때 접촉했던 미생물이 결여된 콜로니의 환경에서 사느라 얻은 병이었다(엄마보다 젊은 세대들은 성공적으로 치료받았다).

　화성 콜로니에서는 의사가 필요하지 않았다. 아테나가 흠잡을 데 없이 완벽하게 의학적 사고를 할 수 있는 데다 앞선 버전 컴퓨터들이 무수히 많은 진단과 치료법을 축적해둔 덕분이다. 반면, 수액 주사기를 꽂거나 드레싱을 바꿔줄 실력 있는 간호사는 컴퓨터로 대체하지 못했다. 그래도 외과 의사들은 아직 더러 남아 있었는데, 이들은 로봇의 도움을 받았다.

　엄마가 예순의 나이에 나를 얻었으니, 지금은 많이 늙으셨다.

　"엄마."

　엄마를 부르며 방으로 들어서자, 엄마는 눈앞에 펼쳐진 가상 화면에서 시선을 돌려 나를 바라보았다. 화면에는 몹시도 아름다운 지구의 풍경이 지나가고 있었다. 녹음이 우거진 언덕이며 숲, 그리고 강변을 따라 지어진 성의 뾰족뾰족한 첨탑과 종탑, 성을 둘러싼 녹색의 장원.

"아무리 봐도 질리지 않는 풍경이야. 지구는⋯." 엄마가 말했다.

"대재앙 이전일 테죠."

"그럼, 물론이지. 그래도 이 성은 지금도 그대로 자리를 지키고 있을지도 모르지."

"거대한 숲 한가운데서 말이죠."

농업이 자취를 감추면서 온대 지역은 다시 숲으로 뒤덮였으니, 그곳에는 분명 돌연변이를 일으킨 곰이며 늑대들도 우글거릴 것이다.

"젊었을 땐 말이지, 언젠가 지구로 돌아가는 우리 모습을 볼 수 있을 거라고 상상하면서 살았어. 하지만 지금은 그런 날이 나에겐 오지 않으리라는 걸 잘 알지. 그러니 어쩌겠어."

엄마가 화면을 가리키며 말을 이었다.

"이런 걸로나 여행을 하는 거지."

"그래도 언젠간 엄마도 그 풍경을 다시 볼 수 있지 않을까?"

엄마는 화면을 끄고는 나를 보며 빙긋이 미소만 지었다. 엄마도 나처럼 우리의 지구 귀환 프로젝트는 이제 겨우 시작 단계며, 엄마처럼 살날이 얼마 남지 않은 사람들을 제일 먼저 그곳으로 보내지 않는다는 점을 잘 알고 있었다.

"그렇지만 얘야, 이건 정말 크나큰 축복이로구나. 난 우리 아들이 선발되었다는 사실이 너무 자랑스러워!"

엄마는 조금도 불안해하지 않는 것 같았다. 조모들의 실종 소식도 모른 채 그저 사랑하는 아들이 모든 상황에 적절하게 잘 대처할 것임을 확신하는 듯했다. 엄마가 불안감을 꽁꽁 감추는 게 아니라면 말이다.

엄마는 다시 특유의 선량함과 평온함이 가득 담긴 미소를 지어 보였다. 엄마는 늘 있는 그대로의 삶을 받아들이며 살아온 분이었다.

"로뱅, 내 아들!"

엄마가 두 팔을 내밀자 나는 와락 엄마를 끌어안았다. 항상 엄마는 나를 제일 좋아한다고 느꼈다. 그러나 엄마는 무려 오십 명이나 되는 자식을 기른 사람이었다. 그러니 그 자식들의 이름을 하나하나 다 기억하리라는 생각조차 환상이 아닐까? 그럼에도 나는, 엄마의 많은 자식 중에서 유일하게 용도 불명인 내가, 나보다 훨씬 재능 많은 다른 자식들보다 엄마에게 더 뚜렷한 추억거리를 선사했다는 느낌을 지울 수 없었다. 아니, 그보다는, 어쩌면 내가 유일한 용도 불명이기 때문에 그럴 수도 있다고, 어느 날인가 유가 나에게 짚어주었다.

나는 엄마를 엄마라고 부르지만, 그렇다고 엄마가 나를 낳은 건 아니었다. 화성에 처음 도착했을 때부터도 벌써 지구에서 가장 앞서가던 선진사회에서는 여자들을 임신이라는 불평등한 굴레에서 해방시켰다. 몇 세대 전부터 콜로니의 모든 주민이 그렇듯이, 나는 20세기 지구에서 시험관 아기라고 부르던 것의 가장 완성된 형태의 인간이었다. 다만 나에 이르러서는 시험관 속에서의 삶이 마침내 생존 가능한 신생아가 될 때까지 유리 상자 속에서의 삶으로 연장되었을 뿐이다.

　인간의 아기는 자궁이 없이도 얼마든지 태어날 수 있었으나, 숨을 쉬는 순간부터 모성애를 필요로 하는 건 시험관 아기라고 해서 다르지 않았다. 그러므로 화성 콜로니에서는 그 모성애를 가장 잘 발휘할 수 있는 여성들을 선발했다. 처음에는 탁아소 실습 과정을 거쳐 이들을 골랐으나, 기술이 발전함에 따라 채용 과정이 훨씬 간단하면서도 정확도 높게 진화했다. 그 결과 요즘에는 뇌 촬영 영상을 통해 아기를 품에 안았을 때 뇌에서 가장 강력한 반응을 보이는 젊은 여성들을 선발한다. 선발된 여성들은 콜로니에서 다른 활동을 할지, 아니면 엄마나 보모가 되는 길을 택할지 결정했다. 물론 훗날 진로는 얼마든지 바꿀 수 있지만, 내 엄마는 엄마 역할이라는 외길을 고집한 보기 드문 여성 가운데 하나였다. 그래서 해마다 열 살이 되어 콜로니 규정대로 단체 교육을 받으러 떠나는 아이들이 생겨나자 여러 명의 갓난아기를 새로이 받아들였다.

　나는 엄마가 나뿐 아니라 다른 모든 자식에게 많은 사랑을 주었다고 생각하는데, 그럴 수밖에 없는 것이 엄마의 자식들 대부분은 후에 안정된 커플을 이루었기 때문이다. 화성 콜로니에서는 한 명의 상대와 오래도록 함께 살아가는 건 대세가 아니었다. 그러니만큼 내가 유와 그토록 강력하게 이어져 있다고 느끼는 행복—어쩌면 저주—을 맛볼 수 있는 건 다 엄마 덕분이라고 생각한다.

　내가 방을 나서자 엄마는 다시 가상화면을 켰다.

　그렇다면 내가 아빠라고 부르는 사람은?

　엄마의 남편. 내 부모 세대에도 이미 결혼은 드문 일이었지만, 미혼모들에게는 결혼이 장려되었다. 왜냐하면 아버지의 존재가 필수적이진 않았으나 아이들의 심리 발달에 도움이 될 수 있었기 때문이다.

　아빠는 지질학자였는데, 로봇들과 화성 표면 탐사에 나갈 때면 잠수 도구까지 챙겨야 했던 시절에 그 일을 시작했다. 마음이 평온하고 말수가 적은 편이었던 아빠는 우리와 같이 놀아주는 일은 드물었지만, 독서에 관해서만큼은 조언을 아끼지 않았다. 아빠 덕분에 나는 화성 콜로니에서 대재앙 이전에 쓰인 소설들을 읽고, 가상 배우가 아닌 진짜 배우들이 연기한 옛날 영화들을 관람한, 몇 안 되는 사람들 축에 들게 되었다. 시를 좋아하던 아빠 덕분에 나는 아빠가 상황에 따라 읊조리던 애송 시 몇 구절 정도는 암송할 수 있다.

　아빠는 또 체스도 가르쳐주었는데, 그때마다 현실이 마음에 들지 않을 땐 체스가 유용한 현실 도피 수단이 될 수 있다는 말도 빼놓지 않았다. 실제로, 나는 체스를 잘 두는 편이다. 한낱 용도 불명에 불과하다는 열등감을 상쇄해주는 진짜 취미가 된 셈이다. 게다가 체스는 여자들을 웃게 만드는 놀이이기도 하다.

　내가 유를 만난 것도 사실 체스 덕분이었다. 하루는 유가 체스를 배우고 싶다면서 우리 클럽에 왔다. 유라면, 컴퓨터를 통해서 신속하게 체스를 배울 수도 있었을 것이다. 그러나 콜로니에서는 사람들이 컴퓨터 앞에 앉아 가상현실 프로그램 속에 빠져 여가 시간을 허비하는 현상을 방지하기 위해 사회 구성원들 간의 접촉을 장려했다.

전문가 입장에서 나는 유에게 체스를 가르쳐주어야 마땅했지만, 겨우 세 번의 시합 뒤 나는 단 한 번도 그녀를 이기지 못했다. 게임 도중 나는 벌써 유에게 입을 맞추고 있었기 때문이다.

아빠도 콜로니 생활 초기부터 가지고 있던 낡은 컴퓨터를 상대로 자주 체스 시합을 벌이곤 했다. 그래도 아빠는 가끔 이길 때도 있었다.

아빠는 엄마보다 훨씬 빨리 늙었다. 분명, 지질 탐사 때 현장에서의 잦은 방사능 노출과 콜로니 밖으로 나설 때마다 맞닥뜨린 화성의 약한 중력 때문일 것이다. 지금은 돌아가셨지만 아빠와 나눈 마지막 대화만큼은 여전히 또렷하게 기억하고 있다. 임종이 가까워지자 아빠는 나지막이 마지막 조언을 남겼다.

"아들아, 항상 자신의 힘으로 생각해야 한다는 걸 잊지 말거라. 특히 모두가 똑같은 생각을 할 때라면 더욱 그렇지."

"그런데 아빠, 난 고작 용도 불명일 뿐인걸요."

아빠는 어깨를 한 번 들썩였다.

"제일 똑똑한 사람들이 제일 멍청한 짓을 할 때가 자주 있는 법이지."

지구 역사 공부 또한 아빠가 좋아하는 취미였다.

연신 헤엄을 치면서도 나는 알아차렸다. 멀리 보이는 저 섬이 조모들의 목적지이자 나 또한 착륙하기로 예정된 곳이 아님을 말이다. 그 섬은 내가 가야 할 섬에 비해 더 뾰족했고, 들쑥날쑥한 세 봉우리는 바다에서 곧장 솟아오른 것 같은 모습이었다. 이 모든 것이 무엇을 의미하는지는 차라리 생각하지 않는 편이 나았다. 헤엄을 치려면 내가 가진 힘을 아껴야 할 테니까.

　섬에 점점 가까이 다가가자 우뚝 솟은 시커먼 절벽이 눈앞에 들어왔다. 밀려온 파도가 절벽에 부딪쳐 깨지면서 온 사방에 거품을 일으켰다. 현무암인 걸 보니 예전에 분출했다 식어버린 화산이 분명했다. 나로서는 절벽을 따라 한 바퀴 돌면서 섬에 발을 디딜 만한 해안이 있는지 살피는 수밖에 달리 방법이 없었다.

　벌써 한 시간 넘게 헤엄을 쳐서인지 몸 상태가 별로 좋지 않았다. 콤비네이션 안에 탈진 방지용 약이 들어 있었는데. 따로 꺼내두었어야 했을 그 알약 뭉치—용도 불명들이나 저지르는 또 하나의 멍청한 실수!—는 지금쯤 바닷속에 가라앉았겠지.

　파도나 해류에 떠밀려서 절벽에 부딪히는 불상사는 원하지 않았기에 적당히 거리를 유지하면서 계속 절벽을 따라 섬을 돌았다. 물이 더 차게 느껴지는 건 아마도 내 체온이 떨어지고 있다는 반증일 것이다. 나는 어서 절벽이 끝나기를, 그래서 지 긋지긋한 물에서 벗어나 섬으로 올라설 수 있기만을 소망했다.

이러다가 결국 물에 빠져죽는 건 아닌지 덜컥 겁이 나면서도 나는 내 위로 펼쳐진 파란 하늘과 바다 빛깔, 소금기를 머금은 바닷물의 짠맛, 머리 위를 빙빙 맴도는 새들의 울음소리에 감탄 을 금치 못했다. 내가 죽어야 한다면, 숨이 붙어 있는 마지막 순 간에 지구의 아름다움을 접했으니 이 또한 행복일 것이다.

마침내 나는 해안이 점점 낮아지고 있음을 감지했다. 그래서 안간힘을 쏟으며 물이 끝나는 곳을 향해 곧장 헤엄쳐갔다. 저 멀리 모래사장 같은 것이 보이는 듯했다.

파도는 점점 높아지고 수심은 계속 낮아졌다. 파도 위에 몸 을 실은 나는 파도가 부서지기 직전까지 그 힘을 이용해서 물가 로 다가가려 기를 썼다.

하지만 곧 그렇게 할 수 없게 되었다. 큰 파도가 덮치더니 나 를 물속으로 처박았다. 가까스로 물 밖으로 고개를 내밀어 숨을 쉬려는 찰나 또다시 큰 파도가 밀려들었다. 파도와 파도 사이에 서 떠 있다가 물속에 잠기기를 반복하느라 얼마 남지 않은 기운 마저 다 빠져버렸다.

나는 전투에서 지고 있는 중이었다. 하늘은 어디로 갔지? 물 속에 빠져버린 내 눈앞에 보이는 거라고는 액체의 장막뿐이었 는데, 그 장막을 뿌연 햇빛이 가로질렀다.

한순간 나는 물 밖으로 고개를 내밀었다. 이윽고 부서지는 파도의 포말 너머로 모래사장이 빚어내는 해안선이 또렷하게 드러났다. 나는 다시 기운을 추스르기 시작했다. 그러나 끊임없이 밀려오는 파도는 어떻게 해서든 나를 제거해버리려는 맹렬한 적군 같아 보였다.

마침내 두 발이 바닥에 닿자, 여전히 파도 때문에 몸을 제대로 가누지 못하면서도 반은 헤엄치고 반은 걸으면서 모래밭에 도착했다. 그리고는 풀썩 쓰러져버렸다.

그러다 다시 파도에 휩쓸려 떠내려갈 수 있겠다는 생각이 들자 덜컥 겁이 나서 힘겹게 몸을 일으켜 세웠다. 마른 모래까지 비틀비틀 걸어간 뒤 이제는 안도하는 마음으로 바닥에 몸을 내맡겼다.

모래는 따뜻하고 포근했다. 이내 밀려드는 졸음이 몸을 잠식했다. 얼핏 둘러본 모래사장은 마치 울창한 숲으로 둘러싸인 작은 손잡이 같았다.

잠에서 깨어나자 한층 낮아진 태양, 더 진한 녹색으로 갈아입은 숲, 아름다운 금빛을 머금은 모래가 눈앞에 펼쳐졌다.

세상에, 이토록 경이로운 광경이라니! 지금까지 본 그 어떤 영화도, 지금까지 경험한 그 어떤 가상현실도 지금 맨발에 닿는 따뜻한 모래, 머리카락을 건드리는 바람의 결, 오묘하게 변해가는 바다와 하늘의 빛깔 같은 감촉을 온전히 구현하지 못했던 것이다.

나는 행복에 겨워 환호성을 지르며 모래밭을 달리기 시작했다. 일분일초가 그대로의 눈부심이고 바람이고 하늘이고 바다라니!

그렇다, 지구로의 귀환은 엄청난 기쁨이었다! 그리고 콜로니의 모두를 위해 그 기쁨을 가능하게 만드는 건 바로 나, 한낱 용도 불명에 불과한 나의 임무인 것이다!

바다에서 느꼈던 불안감이 사라지자 내 마음은 이유 없는 긍정으로 부풀어 올랐다. 순수한 기쁨으로 충만한 몇 분이 지나자, 나는 다시 생각에 잠겼다.

이 정도 고도라면 태양은 상당히 일찍 질 테니 밤을 보내야 할 곳을 어서 찾아야 했다. 이 지역 섬들에 대한 아테나의 짧은 강의를 통해 나는 대단한 자연의 포식자들은 섬에 서식하지 않는다는 사실을 배웠다. 그렇긴 해도 자료가 부실한 대재앙 이전 시기에 그 무엇보다도 무서운 포식자, 즉 인간이 이웃한 섬에라도 출현했을 가능성마저 배제할 수는 없었다. 그리고 어쩌면 그 포식자가 조모들을 몰살시켰을지 누가 알겠는가.

나는 숲으로 들어갔다. 크기도 색상도 제각각인 새들은 나의 출현 따위는 안중에도 없는 것 같았고, 작은 양서류들조차 내 발을 피하려 들지 않았다. 심지어 몇몇 설치류 동물들은 내가 다가오는 것을 물끄러미 바라보다가 마지막 순간에야 조금 거리를 둘 뿐이었다. 나는 예전에 오래된 다큐멘터리 영상에서 녀석들과 비슷한 놈들을 본 적이 있었다. 그러나 겨우 몇 발짝 떨어진 곳에서 풀 사이를 깡충깡충 뛰어다니며 잔뜩 호기심 어린 눈길을 보내는 모습을 실제로 보는 건 정말이지 비할 데 없는 즐거움이었다! 처음으로 자연의 본모습을 마주하는 일은, 마치 사랑하는 연인을 처음 품에 안을 때의 행복감과도 같았다.

아마 유라면 이토록 크나큰 행복감이 전혀 놀라운 일이 아니라고 말했을 것이다. 유는 심리학 논문의 상당수를 읽었고, 그것은 오롯이 아테나의 자양분이 되었다. 우리에게 진화는 자연과 섹스를 좋아하는 방향으로 진행되었고, 이 두 가지 열정을 가진 사람들이 더 잘 살아남아서 다른 이들보다 많은 후손을 퍼뜨렸다. 화성 콜로니에서 우리는 섹스의 결핍은 모르고 지내지만, 자연이 주는 충만함은 확실히 부족했다.

그러자 별안간 서글픈 마음이 들었다. 이곳의 동물들은 나라는 인간을 전혀 두려워하지 않는 눈치인데, 그렇다면 이 섬은 인간이 살지 않는 무인도일까?

나는 다양한 나무들 사이를 지나 계속 나아갔다. 아테나가 열심히 가르치고 내가 열심히 공부한 덕택에 나는 이 나무들의 이름을 거의 다 알고 있다. 제일 먼저 눈에 띄는 건 코코야자. 나무 밑동에는 벌써 코코넛 열매들이 떨어져 있었다.

그러나 처음으로 발견한 실물 코코넛 열매를 도구 없이 열기란 불가능했다. 결국 나는 바윗돌을 하나 찾아낸 뒤에야 코코넛 열매를 쪼갤 수 있었다. 태어나서 처음으로 아삭거리면서 동시에 보드라운 과육을 맛본 뒤, 과즙도 마셔보았다. 늘 마시는 물의 천국 버전이라 할 만큼 달콤한 맛.

나는 머릿속으로 원래 목적지에서 멀리 떨어진 곳에 도착한 이 상황이 야기할 모든 결과를 상상하면서 밤을 지낼 만한 곳을 찾아 다시 걷기 시작했다.

알마 사령관은 화면에서 내 콤비네이션이 사라지는 광경을 지켜보면서 내가 그 옷과 함께 실종되었다고 결론지었을까? 아니면 아테나와 그에 따르는 수많은 알고리즘이 나의 신체적, 정신적 역량으로는 충분히 헤엄쳐서 섬에 도착할 가능성이 높다고 예측했을까?

만일 후자가 맞다면 나는 구조팀의 도착을 기대해볼 수 있다. 이번에는 미사일방어체제에 좀 더 효과적으로 대처할 수 있는 장비들을 갖춘 우주선을 타고 와야 할 거야.

그러나 그런 팀을 꾸리려면 몇 주, 아니 몇 달이 걸릴 것이다.

게다가 지구까지의 여정에 걸리는 시간은 또 어쩌고.

사실 늘 매사에 보호받는 환경에서만 살았기 때문에 나는 콜로니가 나를 버릴 수 있다는 가능성 같은 건 아예 상상도 할 수 없었다. 그런데 유의 마지막 메시지가 이러한 확신에 일말의 그늘을 드리웠다.

뭔가 석연치 않아.

그야 아마도 유는 무슨 소문이라도 들은 것일 테지. 콜로니에 소문이 좀 많아야 말이지. 그 소문이 나와 관련이 있어 보이니까 내 사랑 유는 냉정하게, 합리적으로 생각하지 못했을 거고.

아니, 콜로니는 절대 나를 버릴 수 없어.

갑자기 눈에 띈 한 그루의 망고 나무가 머릿속의 암울한 생각을 지워주었다. 초현실적인 맛을 지닌 샛노란 과일을 한입 베어물고서 나뭇잎들 사이로 파란 하늘을 올려다보니, 나는 우리 조상들이 낙원이라고 부르던 그 기분을 느낄 수 있을 것 같았다.

벌써 밤은 정원 안에 유랑하는 한 무리의 별 떼를 모아두었네…(프랑스의 시인 뒤 벨레가 1550년에 쓴 〈올리브〉라는 시의 도입부—옮긴이).

누워서 처음으로 밤하늘을 바라보았다. 먹빛으로 물들어가는 하늘에 하나둘씩 별들이 모습을 드러냈다. 전갈자리 가까이에서 다른 별들보다 훨씬 더 밝게 빛나는 별 하나를 찾아냈다. 내가 태어난 곳, 화성이었다. 콜로니가 둥지를 튼 곳. 유, 너무 멀리 떨어져 있는 네가 있는 곳.

밤이 늦어서야 커다란 바위 꼭대기에서 반쯤 몸을 구부린 불편한 자세로 잠이 들었다. 이곳 섬에 뱀은 없다지만, 그래도 조모들이 읽었다는 지구 환경에서 살아남는 법을 다룬 책에는 맨바닥에서 절대 잠을 자지 말라고 완고하게 적혀 있었다. 그러다 보니 어쩔 수 없는 노릇이었다.

잠 속에서 나는 어떤 목소리를 들었다. 폴리네시아 언어를 학습한 기억이 꿈속에서 되살아난 걸까.

이윽고 바위의 딱딱한 감촉과 눈꺼풀을 뚫고 들어오는 햇살이 느껴졌다. 그러는 동안에도 멀지 않은 곳에서 속삭이는 듯한 목소리가 여전히 들려왔다.

나는 두 눈을 뜨고 옆으로 돌아누웠다. 그때 누워 있는 바위 아래쪽 가장자리에 몸을 숨기고 있는 사람들의 말소리가 다시 들려왔다. 나는 상황을 살피기 위해서 그쪽으로 엉금엉금 기어갔다.

젊은 남자 한 명과 젊은 여자 한 명이 구릿빛으로 그을린 몸에 옷이라고는 거의 걸치지 않은 채 바위의 발치에 서 있었다. 정답게 서로를 끌어안고서.

젊은 여자의 머리에는 꽃과 깃털이 장식되어 있었지만 몸은 거의 벗은 상태였다. 두 사람은 다정한 밀어를 속삭였는데, 굳이 통역을 하지 않아도 다 이해할 수 있었다.

젊은 남녀가 멋진 한 쌍을 이룬 모습을 보면서 나는 지구에 살던 우리 조상들이 칭송해 마지않던 신화를 주제로 한 그림에 등장하는 요정이나 반인반신을 떠올렸다. 화성 콜로니의 주민들은 유전자 개조와 완벽한 건강 상태 덕분에 체격과 얼굴이 대체로 상당히 조화로웠는데, 이들 또한 콜로니에 있었다면 길 가다가 다시 한번 돌아보게 할 만큼 충분히 매력적이었다.

두 사람에게서 배어나오는 함께라는 행복감은 보기 좋으면서도 동시에 가슴 한복판에 못을 박는 듯한 고통을 주었다. 유와 함께 맛보았던 기쁨의 기억이 이토록 고통스러울 수 있다니.

나는 망설였다. 계속 몸을 숨긴 채 마을로 가는 두 사람을 따라가야 하나? 아니면 당당하게 나를 드러내고 최초의 접촉을 시도해 봐야 하나? 이번에도 나는 아테나의 도움 없이 철저히 인간적인 결정을 내려야 했다. 아테나라면 이 두 가지 접근 방식의 성공 확률을 각각 알려주었을 것이다. 지구에 도착하면서 내린 첫 결정이 어떤 결과를 초래했는지를 떠올리자 나는 도무지 내 결정에 확신을 가질 수 없었다.

자, 잘 생각해보자. 이 두 인간은 다정한 감정을 지니고 있을지도 모른다. 나는 아테나가 섬에 대해 간략하게 설명해놓은 요약서를 떠올렸다. 최초의 서양 탐험가들이 이 섬에 도착했을 때 이곳 원주민들은, 비록 다른 부족들과는 치열한 전투를 벌일지언정, 처음부터 다짜고짜 외부인들에게 공격적인 태도를 보이지는 않았다고 했다.

나는 바위에서 내려가지 않은 채 두 사람 쪽으로 조금 다가가서 작은 소리로 그들을 불렀다. 두 사람은 크게 놀라는 기색 없이 고개를 들어 올렸다. 나는 이 지역 모든 언어에서 공통으로 쓰이는 인사말을 건넸는데, 처음에 두 사람은 빛을 등지고 있어서 내가 누군지 확실하게 알아보지 못하고 동네 사람이라 생각하는 눈치였다.

이윽고 두 사람의 시선에 놀라움이 담겼다. 나는 그들이 겁을 먹지 않도록 계속 미소를 지으면서, 내려가도 되겠냐고 허락을 구하듯이 바닥을 가리켰다.

두 사람은 말이 없었다. 답답한 마음에 두 사람의 말을 조금이라도 더 듣고 싶어 조바심이 났다. 나는 그들에게 계속 말을 걸면서 가까이 가도 되는지 물었다.

그들은 여전히 경계심을 풀지 않았다. 남자는 여자를 보호하려는 듯이 한 팔로 여자의 어깨를 감싸 안았다.

이제는 바위에서 내려가야 할 때였다. 내려가서 그들을 안심시켜야 했다. 나는 천천히 움직이기 시작했는데, 한쪽 발이 이끼에 미끄러지는 바람에 균형을 잡느라고 우물쭈물하다 그만 두 사람의 발치께로 때그르르 구르고 말았다.

그때, 이 구차한 초면 인사가 예기치 않았던 효과를 냈는지 두 사람이 웃음을 터뜨렸다!

남자는 손을 내밀어 내가 몸을 일으키도록 도와주었다. 드디어 얼음땡이 막을 내린 순간이었다. 그들의 두려움은 그새 날아가버린 것 같았다. 비록 그 대상이 나처럼 밝은 빛깔 눈동자에 짧은 머리, 콤비네이션 안에 입었던 흰색 속옷 차림을 한 이상한 외지인일지라도 말이다.

두 사람의 관심은 이제 문제의 그 흰색 속옷으로 쏠린 모양이었다. 심지어 여자는 옷감을 잡아당겨보기도 했다. 아마 고탄력 소재가 신기했나 보다.

"너는 어디에서 왔어?"

남자가 내게 물었다. 내가 배운 어조와는 달랐지만, 아테나가 예견했듯이 나는 그 문장을 알아들었다.

"바다에서. 내 배가 가라앉았어."

이 설명에 그들은 흡족해하는 눈치였다. 나는 그들에게 다른 섬에서 온 사람인 것이다. 그런 일은 아마 전에도 있었을 테지. 나는 더 이상의 설명은 늘어놓고 싶지 않았다. 이 사람들을 잘 알기도 전에 공연히 그들의 세계관을 혼란스럽게 만들 필요는 없으니 말이다.

"너랑 같이 온 다른 사람들도 있어?"

이번에는 여자가 물었다.

"아니, 나 혼자 여행했어."

"그러지 말았어야 해. 혼자 멀리 항해하는 건 위험하니까."

"뭐, 꼭 그런 건 아니지, 제대로 항해할 줄만 안다면야."

남자가 이의를 제기하듯 말했다.

"그래, 넌 항상 그렇게 말하지. 그런데 이 사람을 봐. 이 사람도 분명 제대로 항해할 줄 알았을 텐데, 그래도 조난당했잖아!"

나는 항해가 두 사람의 의견을 갈라놓는 주제임을 알아차렸다. 십중팔구 먼바다로 떠나고 싶어 하는 남자와 그런 그에게 끊임없이 신중하라며 말리고 싶어 하는 여자.

이야기를 나누면서 우리는 모래밭이 시작되는 곳까지 걸어왔다. 나무 그늘에 앉아서도 계속 서로를 알아갔다. 남자의 이름은 타요, 여자의 이름은 안티나. 타요와 안티나와의 대화를 통해 나는 조금씩 그들의 언어를 익혀나갔다.

나는 두 사람에게 같은 부족 사람들은 어디에 있는지 물었다.

"저기, 마을에."

타요는 모래밭 끄트머리 쪽에 있는 뾰족한 바위를 가리켰다. 아마도 마을이 그 근처에 있는 모양이었다. 나는 주민이 몇 명이나 되는지도 알고 싶었는데, 두 사람의 입에서 튀어나오는 숫

자라고는 도무지 이해할 수가 없었다. 타요가 모래 위에 선을 그어가면서 설명을 해주는데도 그가 말하는 단위가 어떻게 되는지 전혀 감을 잡지 못했다.

그런 내 모습에 타요가 깔깔 대며 웃었다.

"이제 곧 알게 될 거야. 그러니 그만해. 난처해하잖아."

안티나가 말리자 타요가 못마땅한 표정으로 그녀를 바라보았다. 그 순간 안티나가 재빨리 제 입술을 타요의 입술에 포갰고, 두 사람은 함께 나를 바라보며 싱긋 웃었다.

나는 혹시 두 사람이 결혼한 사이냐고 물어보았다. 결혼이라는 제도는 모든 인간 사회에서 존재했을 테니까. 그런데 보아하니 두 사람은 내 질문을 이해하지 못한 표정이었다. 다른 어휘로 바꾸어 물어보아도 결과는 마찬가지였다.

"우리는 서로 사랑해." 타요가 말했다.

"영원토록." 안티나가 한마디 보탰다.

아마도 이들 사회에서 결혼은 사라졌지만, 사랑은 그것이 주는 희망과 환상을 모두 포함하여 용케도 살아남은 모양이었다.

유와의 추억, 그리고 내가 이번 임무를 수락한 이유가 다시금 떠올랐다.

생선이 익어가는 잉걸불 곁에 돗자리를 깔고 앉아 우리는 저녁을 먹었다. 나를 위해 마을 사람 모두가 함께 식사를 하는 잔치가 열린 것이다. 타요와 안티나는 내 옆에 앉아서 필요할 때마다 통역을 해주었다.

"근데 네가 살던 섬은 이름이 뭐야?"

내 오른쪽에 앉은 남자가 질문했다. 나를 바라보는 그의 눈길에는 선의가 가득했다. 그는 마을의 우두머리, 아니 그보다는 전혀 권위를 세우지 않는 모습을 보니 촌장이나 시장, 이런 표현이 더 적합해 보였다. 아무튼 그는 겨우 서른이 되었을까 말까 했는데, 희한하게도 모인 사람들 가운데 그보다 나이가 많은 사람은 없었다.

나는 그가 도저히 이해하지 못할 진실은 밝히지 않기로 마음먹었다. 조금 전에 타요로부터 우리 위에 있는 별들은 밤하늘이 만들어내는 궁륭에 뚫린 구멍들로, 그 구멍들을 통해서 태양이 빛을 발한다는 설명을 듣고 난 뒤라 더욱 그랬다.

"화성." 내가 짧게 대답했다.

"아, 그렇구나."

화성은 틀림없이 처음 듣는 이름일 텐데도 그는 흡족해하는 눈치였다.

사실, 사람들이 내 설명에 딱히 관심이 없음을 깨닫는 데는 그다지 긴 시간이 필요하지 않았다. 타요와 안티나의 동네 사람들은 무슨 일에든 이 분 이상 집중하지 못했다. 그보다는 연신 나에게 여러 가지 과일이나 맛나게 구워진 생선을 먹어보라고, 방금 자른 코코넛 즙을 마셔보라고 권유하면서 말을 끊는 걸 더 좋아했다. 게다가 안티나 말고 다른 아가씨가 방금 내게 한 제안을 잘 들어보라는 충고도 잊지 않았다.

솔직히 제일 놀라운 건 바로 그거였다. 가끔 한 아가씨—이 마을에 사는 원주민 남자들과 여자들은 대다수가 타요와 안티나처럼 잘생겼고 예뻤다—가 미끄러지듯 내 옆을 파고들더니 귀에 대고 자기를 따라오라고 속삭이는 것이 아닌가. 다른 사람들로부터 조금 떨어져서 서로를 조금 더 잘 알아가고 싶다는 것이었다.

처음에는 내가 잘못 알아들은 줄로만 알았다. 서로를 조금 더 잘 알고 싶다니, 그건 좋은데, 어떻게 그럴 수 있단 말인가? 재미있어 하는 듯한 여자의 시선과 미소에서는 교태가 느껴졌다. 콜로니에서라면 나는 확실하게 상대의 의도를 짐작했을 테지만, 여기서라면? 타요를 쳐다보자, 그는 저 아가씨가 조금 떨어진 곳에서 사랑을 나누자고 제안한 게 맞다며 남들의 눈을 피해 은근하게 확인시켜주었다.

나는 여행 때문에 너무 피곤한 데다 이곳 생활에 익숙해지려면 시간이 좀 필요할 것 같다고 둘러대면서 최대한 예의 바르게 여자의 제안을 거절했다. 그러자 여자의 매력적인 얼굴에 잠시 실망한 표정이 스치더니, 이내 내 변명을 받아들이는 것 같았다.

그런데 다른 여자들 역시 주눅 들지 않고 다가와 내 귓가에 똑같은 제안을 속삭였고, 똑같은 거절의 답변을 듣는 장면이 반복해서 연출되었다. 그럴 때마다 안티나의 호기심 어린 눈길이 나에게 내리꽂히는 걸 느꼈다. 내가 마침내 마을 여자들 중 누군가, 다른 이들보다 더 예쁘거나 더 유혹에 능한 여자에게 굴복하게 될지 궁금한 모양이었다.

나는 내 거절이 받아들여졌고, 그로 인해 마음이 상한 사람은 없다고 느꼈지만, 그걸 어떻게 확신할 수 있단 말인가? 아테나는 수업 중에 이 섬에 사는 원주민들의 풍속에 대해서는 아무런 언급도 없었다. 그건 대재앙 때 수많은 자료가 파괴된 만큼 이 주제를 다룬 정보가 없었기 때문일 수도 있고, 예전 폴리네시아 원주민들의 성생활은 내가 출발에 앞서 익혀두어야 할 정도로 우선적인 분야라고 판단하지 않았기 때문일 수도 있다. 아무려나, 엄청난 실수임은 확실했다! 나는 기후와 서식 동식물군에 대해서라면 거의 막힘없을 정도로 훤하게 알고 있었고, 이곳 상공에서 내려다본 섬 지리도 마찬가지였건만, 젊은 아가씨들이 아리따운 미소를 지으며 서로 나에게 몸을 내어주기를 원하는 까닭에 대해서는 완전히 무지했다.

모닥불이 꺼져가면서 잔치도 끝나갔고 주위는 어둠에 잠겼다. 몇 분 전부터인가 나는 선남선녀들―그중에는 나를 유혹하던 여자들도 물론 끼어 있었다―이 회식 자리를 떠나는 광경을 지켜보고 있는 중이었다. 들려오는 신음소리로 미루어 식사 뒤 이들이 무슨 활동을 하는지 쉽게 짐작할 수 있었다.

타요와 촌장이 적당한 길이로 자른 대나무 조각들을 내게 가져다주었는데, 그 안에는 톡 쏘는 발효 액체가 들어 있었다.

"종려나무 수액이야." 타요가 알려주었다.

나는 처음 마셔보는 이 음료가 술 같다고 느꼈다. 온몸이 노곤하게 마비되는 듯한 기분이 들었기 때문이다. 타요와 안티나는 그런 나를 자신들의 막사로 안내했다. 막사라지만 종려나무 잎을 엮은 덮개가 전부로, 그래도 다른 커플들과는 달리 두 사람을 외부의 시선으로부터 가려주고 있었다. 나는 거기서 조금 떨어진 곳에 돗자리를 펼치고는 이내 잠 속으로 빠져들었다.

나는 꿈속에서 유를 만났다.

사랑을 나눈 뒤 나는 두 눈을 감은 유의 얼굴에서 풍기는 향기를 들이마셨다.

유는 내 손을 잡고서 나를 돔으로 이끌었다.

그러더니 갑자기 내 쪽으로 몸을 돌려 정말 "유감이야, 우리가 다시는 서로를 볼 수 없다니"라고 말하면서 울기 시작했다.

우리는 바다에서 헤엄을 치고 있었는데, 유는 내게서 멀리 떨어진 곳에서 허우적거리고 있었다.

다시 또 나는 내 옆에서 잠이 든 유를 느꼈다.

잠이 깨었다가 다시 잠들었다.

새벽에 나는 눈을 떴다.

혼자였다. 또다시 조금 떨어진 곳에서 사랑을 나누는 신음
소리가 들려왔다.

"그 여자들은 왜 나를 보러 왔지?"

"그야 네가 우리 손님이기 때문이지." 타요가 무심하게 대답했다.

"사실, 너는 우리를 찾아온 최초의 손님이야." 안티나도 한마디 거들었다.

"아니, 내가 최초의 손님이라면, 그 여자들은 어떻게 그런 생각을 한 거야?"

내 질문에 두 사람은 진지하게 숙고하는 듯했다.

"그건 말이지, 그냥 그런 거야." 타요가 먼저 입을 열었다.

"그래, 맞아, 그냥 그런 거야. 그런데 그런 건 왜 물어?" 안티나가 내게 물었다.

"타후를 경배하기 위해서지." 타요가 덧붙였다.

"타후가 누군데?"

"우리의 신." 안티나가 대답했다.

"근데, 너희들 신은 아니야? 너희 부족 말이야."

타요가 걱정스러운 투로 물었다. 내가 이웃 섬에서 왔다고 믿는 그는 타후 신의 지배가 당연히 우리에게도 미친다고 생각하는 것 같았다.

"당연히 아닐 테지. 만일 그랬다면 거절하지 않았을 테니까."
안티나가 나 대신 대답했다.

"너한테는 신이 없어?"

타요가 추궁하듯이 말했다. 나는 잠시 머뭇거리다 대답했다.

"응, 우리에게는 다른 신이 있어. 여신이지."

"이름이 뭔데?"

"아테나."

이건 반쯤은 거짓말이었다. 화성 콜로니에서 일부 사람들은, 그러니까 용도 불명들의 대다수는, 아테나가 신성을 키웠다고 여겼다. 그건 분명 자신들의 열등한 지위를 콜로니에 대해서 그토록 호의적인 신의 의지에 의한 것으로 받아들이고 싶은 마음에서였을 것이다. 물론 나는 그 같은 신격화는 절대 믿지 않는다는 사실을 말해두고 싶었지만, 지금은 화제를 바꾸는 편이 나아 보였다.

"그런데 타후라는 너희들의 신 말인데, 그 신을 어떻게 경배하는 거야?"

타요와 안티나는 서로를 쳐다보았다.

"최대한 많은 행복을 주고받으면서." 타요가 대답했다.

"내가 보니까 넌 타후를 모르는 게 확실해." 안티나가 잘라 말했다.

"알면 그 여자들의 제안을 받아들였을 거라는 말이로구나?"

"그야 물론이지. 사랑을 거절하는 건 타후를 경배하는 게 아니거든."

"미안해…."

나는 우물쭈물 사과를 했다.

"아냐, 그럴 거 없어. 걱정 마. 넌 외지인이니까 그 여자들은 네가 타후를 모른다고 이해했거나, 아니면 네가 피곤해서 그랬다고 생각할 거야. 제대로 사랑을 나누지 못하면 그것도 역시 타후가 아니지. 우리는 최대한의 쾌락을 주고받는 식으로 타후를 경배하니까."

그러고 보니 안티나는 나에게 아무런 제안도 하지 않았고, 타요 또한 다른 여자들에게 자신을 어필하지 않았다. 안티나가 내 속마음을 눈치챘는지 내가 묻지도 않았는데 미리 해명을 했다.

"우리 두 사람은 달라."

"우리는 다른 사람들과 공유하지 않아." 타요가 부연 설명을 했다.

그는 자부심이 있는 말투로 이야기했는데, 어쩐지 내 귀에는 약간의 유감도 담겨 있는 것처럼 들렸다.

안티나와 타요와 함께 생활한 지도 며칠이 지났다. 두 사람은 내 호기심에 대해 기쁜 마음으로 답해주었고, 덕분에 나는 이 작은 사회가 굴러가는 방식을 보다 잘 이해하게 되었다.

처음에 나는 몹시 당황할 수밖에 없었다. 이 사람들은 우두머리도, 조직 체계도 없는 데다 크게 노력도 하지 않으면서 어떻게 살아남을 수 있었을까?

화성 콜로니의 주민들은 일하는 만큼만 사는 것이며, 화성이라는 적대적인 환경 속에서 우리의 삶의 조건—아니, 그보다는 생존의 조건—을 나아지게 하려면 항상 일이 필요하다는 자명한 진리를 받아들여야 했다. 그래야만 그 결과로 여러 세대에 걸쳐 부단한 노력이 축적되어 언젠가 푸른 행성으로의 귀환이 가능해질 터였다. 우리라고 쾌락과 여유로움을 모르는 건 아니었지만, 그런 것들은 각자가 자기 나름대로 따라가야 할 프로그램—재능이 많은 사람들에게 맡겨지는 까다롭고 힘든 연구에서부터 용도 불명들에게 부여되는 보다 단순 기능적인 작업에 이르기까지—이 있는 노력 지향적인 날들 가운데 짬짬이 끼어드는 일종의 막간극일 뿐이었다.

그런데 이곳에서의 삶은 여유롭고 한가하면서 온전히 쾌락

지향적이었다. 하긴, 어떻게 그렇지 않을 수가 있단 말인가? 이 섬은 사람들이 먹고사는 데 필요한 모든 것을 제공하며, 이처럼 온화한 기후라면 옷을 챙겨 입을 걱정 같은 건 안중에 없는 게 당연하니 말이다.

숲에 널려 있는 풍성한 과일 덕분에 이들은 농사를 짓거나 사냥을 할 필요가 없었다. 섬을 에워싸고 있는 바다에는 물고기들이 그득한 까닭에 멀리 갈 것도 없이 그저 모래밭이 보이는 곳까지만 배를 타고 나가 몇 시간만 낚시를 하면 큰 힘을 들이지 않고도 온 부족이 잔치를 벌일 수 있었다.

화성은 우리를 부지런히 일하게 만들고 끊임없이 장래에 대해 불안해하도록 만들었다. 반면, 이곳에서는 쾌락은 자명한 이치요, 행복은 공기 같고, 확신은 언제까지고 지속되는 안정된 것이었다.

"여기 사람들은 한 번도 나쁜 시기를 겪은 적이 없어?"

나는 태풍이나 쓰나미, 화산 폭발 같은 천재지변이 몇 차례는 있었을 거라고 상상하며 물었다.

"아니." 타요가 짧게 대답했다.

"가끔 바람이 아주 세게 불 때가 있어. 그럴 땐 쓰러지는 나무들이 있으니 조심해야 해." 안티나가 조금 더 상세하게 설명했다.

"전에는?"

"전이라니?"

"너희 부족이 처음 생겨나기 시작했을 때, 그때도 중요한 천재지변이 없었어?"

두 사람은 말문이 막히는지 서로 쳐다보기만 했다.

"없어, 우리는 늘 이렇게 살았어." 안티나가 서슴없이 말했다.

이들의 문화는 대재앙에 대해서는 아무런 기억을 가지고 있지 않았다. 이들에게는 슬픈 기억이 없는 것이다.

전쟁의 기억도 없었다. 이들 부족만이 공동체를 이루고 살아가는 이 섬에서는 물론이거니와 이웃한 다른 섬들과도 마찬가지였다. 더구나 이들은 다른 섬에는 사람이 살지 않을 거라고 생각했다.

"그러니까 다른 부족들은 한 번도 만난 적이 없다는 거야?"

"응, 너만 빼고." 안티나가 방긋 미소 지으며 대답했다.

나는 이들에게 조모들이 도착한 섬에 대해서는 그 어떤 말도 꺼내지 않았다. 분명 이들보다 훨씬 덜 평화로운 부족들이 사는 곳일 테니까.

"그런데 나는 사실 항해를 조금 해보긴 했어."

타요가 묻지도 않은 말을 했다.

"…아, 제발, 우리한테 자기가 한 그 미친 짓 이야기는 들려주지 마!" 안티나가 기겁하며 그의 말을 막았다.

타요가 다소 침울해지는 듯하자 안티나는 그의 말을 끊어서 미안하다고 사과라도 하듯이 얼른 한 손을 그의 어깨에 얹더니 한마디 덧붙였다.

"여기는 모든 것이 다 좋은데, 왜 먼 곳을 보러 가려 해?"

언젠가 다른 별들을 탐험하러 가고 싶다는 내 꿈을 이야기할 때면 유도 나에게 같은 말을 하곤 했는데.

늘 행복한 이 부족에 대한 나의 관찰은 며칠째 계속되었다. 이들은 미적 감각을 지니고 있었다. 여자들은 꽃이며 조개껍질을 가지고 머리를 장식하거나 장신구를 만들어서 솜씨 있게 치장할 줄 알았다. 단단하게 말린 나무로 만든 작살 손잡이에는 빙 둘러가며 예쁘게 조각을 곁들였으며, 소담스러운 바구니도 짜서 쓰고, 기술적으로 멋지게 물을 들여가며 천을 짜기도 했다.

타후는 삶을 즐기는 신이라고 봐야 할 것이, 인간들에게 그 어떤 노력도 제물도 요구하지 않을 뿐 아니라 인간들이 소소한 다른 신들을 섬겨도 질투심을 보이지 않았다. 가령 이곳 사람들은 해안에서 출발—항상 날씨가 좋은 날에만, 그마저도 절대 멀리 나가지 않는 항해지만—하기에 앞서 바다의 신에게 짧은 기도를 올리는데, 이 의식은 그저 일상적인 예의범절일 뿐 신실한 신자들의 애원이라는 느낌은 전혀 들지 않았다. 또, 숲으로 열매 채집을 나설 때면 숲의 신에게 고하며, 그 외 자잘한 신들이 있어서 즐거운 잔치나 아기의 출생 같은 경사가 있을 때면 그때그때 그 신들에게 감사를 드렸다.

이곳 사람들은 음악을 좋아해서 다양한 크기의 피리와 북을 연주하며, 춤추기는 더 좋아한다. 항상 욕망과 사랑을 표현하는 듯한 구성진 곡조의 노래를 부르며 춤을 춘다. 덕분에 나도 노래 몇 가락쯤은 쉽게 배웠고, 이들은 내 노래 솜씨를 칭찬했다.

나는 환경이 이렇게 좋은데, 어째서 이들 부족은 다른 영토를 식민지로 만들 정도로 인구를 늘리지 않는지 궁금했다. 처음에 이곳에 도착했을 때부터 나는 아이들의 수가 적은 데다 임신한 여자들은 거의 눈에 띄지 않아서 큰 충격을 받았다. 방사능 대재앙이 인간의 출산율을 급격하게 떨어뜨린 걸까?

그러던 어느 날 아침, 타요와 안티나가 내 주변에서 기지개를 켜며 잠에서 깨어날 때, 나는 박을 들고 두 사람 쪽으로 걸어오는 원주민 한 명을 보았다. 안티나는 박 속에 들어 있는 국자를 집어 들더니 그걸 입으로 가져갔다. 타요는 그들을 유심히 지켜보고 있는 나를 발견했다.

"타후쿠!"

그가 명랑한 목소리로 외쳤다. 나는 그도 마실 거라고 예상했으나, 웬걸, 여자 원주민은 박을 들고 사라져버렸다.

"아기를 갖지 않으려고 마시는 거야."

안티나의 설명에 따르면, 이들 부족의 여인들은 아침마다 높은 지대에서 자라는 풀을 달여서 만든 음료인 타후쿠를 마신다고 한다. 아이가 갖고 싶어지면 타후쿠를 끊는데, 아이를 갖고 싶다는 욕망이 모든 여인에게 다 생겨나진 않는다고 한다.

타후쿠 덕분에 이들 공동체는 완벽한 균형 상태를 유지할 수 있었다. 출생률이 너무 높지 않기 때문에 보유 자원이 부족해지는 일 없이 그들은 언제까지고 낙원의 삶을 누릴 수 있는 것이다.

"네가 살던 섬은 어때? 아이를 많이 낳아?"

안티나가 내게 물었다.

아, 콜로니에서 우리가 어떤 방식으로 태어나는지 그녀에게 어떻게 설명한담? 나는 우리 섬에서는 본래 번식력이 좋지 않아서 여자들은 첫아기를 낳고 나면 두 번째 아기는 낳지 못한다는 식으로 아주 간략하게 대답하며 위기를 넘겼다.

안티나는 잠자코 고개를 끄덕였지만 나를 꿰뚫어 보는 그녀의 아름다운 눈길에서, 내가 들려준 이야기를 감탄하며 듣던 타요와는 달리, 그런 되지도 않는 말은 믿지 않는다는 걸 알아차렸다.

거짓말을 하고 나니 마음이 영 편치 않았다. 혹시 이들이 내가 떠벌린 우리 섬 이야기를 의심하지는 않을까? 우리 사이에는 이제 신뢰감이 형성되어가고 있는 중이었으므로, 나는 머지않아 이들이 내가 외계인이라는 사실을 큰 두려움이나 적대감없이 받아들일 수 있을 거라고 스스로를 안심시켰다.

하지만 도대체 무엇 때문에 이 사람들의 세계관을 뒤흔들어야 한단 말인가? 내가 속한 공동체 역시 그들의 공동체와 마찬가지로 지구의 재앙을 피해 살아남았으며, 하늘은 선의로 가득찬 궁륭과는 거리가 멀고, 적대적인 별들이 주파하는 무한한 공간이라는 사실을 발견할 수 있지 않느냐고? 그 새로운 지식을 깨우치게 된다고 이들이 지금보다 더 행복해질까?

아무려나, 나는 진실을 고백할 시기를 일단 뒤로 미루기로 했다.

유를 향한 그리움에 사로잡히는 순간들을 제외하면, 나는 이 섬 주민들 속에서 행복을 느끼기 시작했다. 그리고 그 이유도 깨달았다. 이 섬에서 나는 더는 용도 불명이 아니었다!

날이 갈수록 내 안에서 자신감이 솟아나는 걸 느꼈다. 사실 우리의 존재는 상당 부분 남들이 우리를 어떻게 보느냐에 따라 규정된다. 이곳에서는 모두가 나를 동격으로, 아니 심지어는 그 이상으로, 즉 신비스러운 지역에서 온 흥미로운 외지인으로 간주했다.

돌이켜 생각해보니, 화성 콜로니에서 나는 다른 사람들에 비해 용도 불명이라는 내 신분을 잘 받아들이지 못했다. 그렇다고 해서 그 신분 자체를 문제 삼았던 건 물론 아니었지만 말이다. 그렇게 된 데는 분명, 부분적으로는, 동료들 사이에서 내가 누리던 인기가 작용했을 것이다. 그들은 나를 그저 평범한 용도 불명으로 대하지 않았으니까. 그리고 또 아테나가 내 심리 프로필을 작성하면서 발견했다는 그 희한한 "권위를 그다지 존중하지 않는다"는 기질도 한몫했을 테고.

그런데 이곳에서는 어렸을 때부터 내게 부여되었던 열등한 지위를 잊고 살 수 있었다. 그럴 만도 한 것이, 나는 그 무엇에서도 열등하지 않았기 때문이다.

나는 벌써 이곳 사람들과 고기를 잡으러 간 적이 있는데, 타요에게 잠깐 낚시하는 방법을 배운 것이 전부임에도 가장 서투른 낚시꾼이 아님을 보여주었다. 이 섬 사람들이 재미로 즐기는 격투에서도 마찬가지였다. 콜로니에서 받은 군사 훈련 덕분에 나는 꽤 격투를 잘한다는 인상을 심어주었고, 심지어 일부러

져주기도 했는데, 아마도 가장 실력이 좋은 격투 선수들은 금세 알아차렸을 것이다.

햇볕에 피부가 그을리고, 머리카락도 길게 자라면서 나는 섬 사람들과 점점 비슷해져갔다. 더구나 나도 옷이라고는 아랫도리만 살짝 가리는 작은 천 쪼가리 하나만 걸치다 보니 더더욱 닮은꼴이 되었다.

나는 촌장을 포함하여 나를 좋게 평가해주는 이 사람들에게 점점 더 친밀감을 느꼈다. 촌장과는 이제 간단한 농담도 주고받을 정도인데, 촌장은 내가 들려주는 농담을 무척 좋아했다. 이곳 사람들 대다수가 그렇듯이 촌장은 경쾌하고 장난기 많은 기질을 타고 났다.

이 섬에 도착한 다음 날, 나는 콤비네이션 안에 입었던 흰색 속옷을 마을에 기부했는데, 그 일을 계기로 이곳에서의 인간관계가 어느 정도 평등한지 깨닫게 되었다. 아무도, 심지어 촌장 조차도 그것을 독점하지 않았으며, 많은 수의 리본으로 잘라져 그다음 날 모든 여인이 다양한 방식으로 몸을 치장하는 데 사용되었던 것이다.

구릿빛으로 그을린 피부와 검은 머리, 또렷한 이목구비. 이 섬 주민들은 아테나가 나의 교육을 위해 선택한 이미지들 속 폴리네시아인들의 외모와 정확하게 일치했다. 그렇긴 해도 지난 세기에, 그러니까 대재앙 이전에 일부 백인들도 이곳에 살았었는지, 몇몇 사람들은 피부가 보다 희고 안티나처럼 머리카락도 밤색에 가까웠다. 심지어 마을에서 가장 젊고 예쁜 여자들 가운데 한 명이 그렇듯이, 군데군데 금발이 섞여 있기도 했다. 그 여자가 두 손으로 자기 머리채를 움켜쥐고는 나에게 그걸 들이미는 걸 보면 아마 그 금발을 굉장히 자랑스럽게 여기는 듯했다. 여자는 마치 나에게, "이봐요, 우리 두 사람은 이렇게 혈통으로 봐도 가까운 사이니까 우리가 조금 더 가까워지는 건 오히려 자연스러운 일이라고요"라고 말하는 것 같았다. 그 여자의 이름은 카시아였다.

카시아의 거듭되는 유혹은 나를 놀라게 했다. 그도 그럴 것이 도착한 이후 나는 벌써 여러 번이나 카시아가 웬 젊은이와 사랑을 나누기 위해 둘이서 어디론가 가는 걸 봤는데, 알고 보니 카시아의 연인은 그 남자만이 아니었기 때문이다. 카시아의 선택을 받은 운 좋은 남자들은 나와 마주칠 때마다 예의 바르게 미소를 지었는데, 마치 연인이 나에게 관심을 보일지라도 자기들은 질투 같은 건 하지 않는다는 사실을 보여주려는 것 같았다.

이곳에서 생활하면서 나는 대부분의 커플들이 그때그때의 욕망이나 만남에 따라 결합했다가 헤어지기를 반복한다는 사실을 알게 되었다. 커플들의 관계는 항상 가변적이었다. 어떤 의미에서는 자유로운 연애와 사랑 행위만이 이 원주민들이 꾸준히, 결단력 있게 실천에 옮기는 유일한 활동이라는 사실도 깨달았다.

유일한 예외라면, 바로 나의 두 친구 타요와 안티나였다. 두 사람은 섬에서 유일한 불변의 커플인 것 같았다. 실제로 나는 두 사람 중 어느 하나가 다른 사람에게 등을 돌리는 걸 한 번도 보지 못했으며, 심지어 그런 시도를 해볼 마음조차 없는 듯했다.

나는 또 서로에게 충실한 이 두 사람의 태도가 종종 다른 사람들의 비웃음을 사기도 한다는 것도 알았다. 가끔 마을 남자들이나 여자들에게서 두 사람을 바라보는 곱지 않은 시선을 간파하곤 했다.

"사람들은 이런 우리를 보고 싶어 하지 않아."

안티나가 말했다.

"계속 이렇게 산다면, 우리는 마을에 남아 있을 수 없어."

타요가 안티나의 말에 동조하며 한숨까지 내쉬었다.

우리는 모래밭 근처에 앉아 있었다. 저 멀리 수평선 부근에서는 조개 빛깔 분홍색의 기다란 구름이 뭉게뭉게 솟아오르고, 머리 위로 바람이 지나갈 때마다 나뭇잎들은 서로 몸을 부딪치며 소리 내었다. 방금 타요가 내뱉은 말은 이 낙원에 발을 들여놓은 뒤 처음으로 듣는 불협화음이었다.

"마을을 떠난다고? 어디로 가려고?"

타요가 내게 대답을 하려는 순간, 안티나가 그에게 입 다물라고 눈짓을 보냈다. 두 사람은 조금 곤혹스러운 듯 나를 바라보았다. 그들이 평소처럼 자발적으로 대답하지 않은 건 처음이었다. 나는 안티나가 내게 감추려고 하는 그 커다란 비밀이 무엇일지 정말 궁금했다.

그때 한 무리의 유쾌한 고함 소리가 우리의 상념을 앗아갔다. 바다에 나갔던 사람들이 고기를 많이 잡아 돌아오는 모양이었다. 타요가 함께 가 보자며 내 손을 잡아끌었다. 낚시는 타요가 가장 좋아하는 것들 가운데 하나인 데다 그는 카누를 가장 잘 모는 일인자요, 날씨 변화를 가장 잘 읽는 일인자로 인정받고 있었다.

함께 모래밭 쪽으로 가면서 안티나가 내게 물었다.

"그런데 넌 왜 아직도 여자랑 안 어울리는 거야?"

그런 질문이라면 나는 여러 가지 이유를 열거할 수 있었다. 나는 내밀한 곳, 가령 나만의 방 같은 곳에서 사랑을 나누는 습관이 있다, 마을 사람들로부터 멀지 않은 곳에서 그것도 야외에서 사랑을 나누는 건 불편하다 등등.

하지만 진짜 이유는 유 때문이었다. 나는 여전히 유에 젖어서 살고 있었다. 꿈속에까지 찾아오는 유와 사랑하는 마음을 담아 섹스를 했는데, 감정과 성행위를 따로 분리해서 생각하기란 갑자기 새로운 언어를 익히는 것만큼이나 어려웠다.

나는 안티나에게 내가 살던 섬에 약혼녀가 있고, 함께 나눈 추억 때문에 그녀에게 충실하고 싶다고 고백했다.

나를 바라보는 안티나의 강렬하면서도 호기심 가득한 시선이 느껴졌다. 나만의 느낌인지 모르겠으나, 그 속에서 얼핏 감탄을 읽은 것 같다.

"나는 사랑에 충실한 사람인 것 같아. 타요와 너, 너희 두 사람처럼 말이야."

"그래, 맞아. 그런데 넌 그 약혼녀를 다시는 볼 수 없는 거 아니야?"

안티나의 그 말 한마디가 벌써 며칠째 내가 어떻게 해서든 생각하지 않으려고 애썼던 내 처지를 일깨워주었다. 심란한 내 마음이 고스란히 드러났는지 안티나가 한 손을 내 팔 위에 살짝 얹고는 나를 위로했다.

"아니, 어쩌면 넌 네 약혼녀를 다시 만날 수 있을지도 몰라. 그 여자와 네 친구들이 여기까지 배를 저어 오기만 한다면 말이야."

사랑스러운 안티나, 넌 내가 살던 섬이 얼마나 먼 곳인지 짐작도 못 할 거야.

여느 날 아침처럼 나는 해변을 산책하고 있었다. 온종일 태양을 바라보는 일은 절대 지루해지지 않는 일과 중 하나였다. 그런데 내 표정이 우울해 보였는지 타요와 함께 나를 보러 온 안티나가 조심스레 물었다.

"너, 지금 슬퍼?"

"슬프냐고? 아니, 꼭 그런 건 아닌데….."

"그런데 네가 걷는 모습을 보니….."

나는 잠시 생각을 가다듬었다. 이 두 사람은 유를 향한 나의 그리움에 대해 이미 알고 있었다. 그런데 오늘 아침, 기운 없는 내 걸음걸이에서 안티나는 뭔가 다른 것을 추측한 게 분명했다.

"솔직히, 나는 익숙하지 않아."

"뭐가?"

"이렇게 아무것도 하지 않는 생활."

두 사람은 깜짝 놀라는 것 같았다. 타요는 놀라다 못해 언짢아하는 반응마저 보였다.

"무슨 소리야, 넌 늘 뭔가 하고 있는데! 넌 벌써 고기 잡으러 갔고, 우리와 춤도 추잖아. 우리한테 이야기도 많이 들려주고."

나는 그제야 내 심신에 배어 있는 '아무것도 하지 않는다'라는 개념이 얼마나 노동과 뿌리 깊게 연결되어 있는지 깨닫고는 슬며시 미소 지었다. 사실 콜로니에서 사람들은 항상 일을 했으니 그럴 수밖에 없지 않은가! 우선 학업에 집중하고, 그런 다음에는 각자가 공동체의 생존을 위해 가장 효율적으로 공헌할 수 있는 분야에서 활동한다. 학습은, 심지어 나 같은 용도 불명들의 경우에도 멈추는 법이 없었는데, 그건 우리의 지식이 끊임없이 진화했기 때문이다. 뿐만 아니라 재앙에 대비하기 위해 온갖 종류의 훈련을 받아야 한다. 우리 가운데 극소수만 살아남게 될 경우에 대비해서, 최후의 생존자들은 콜로니를 다시금 일으키기에 충분할 정도의 역량을 구비해야 할 테니까.

이렇듯 끊임없이 노력을 경주하는 데에는 자신에게 맞는 활동을 통해서 정해진 목표에 도달하는 것이 행복의 조건이라는 생각도 큰 몫을 차지하고 있다. 물론 이러한 생각은 대재앙이 일어날 때까지 발표된 모든 심리학 지식을 고스란히 흡수한 아테나의 동의를 얻은 것이다.

그런데 독서를 통해서 많은 자양분을 섭취한 유는 심리학 연구가 대개 선진사회의 학생들이나 서양의 도시 생활자들을 연구 대상으로 삼기 때문에 이러한 연구 결과를 대거 흡수한 아테나가 이런 형태, 즉 목적이 있는 노력 투자와 직결되는 식의 행복을 선호하는 건 전혀 놀랍지 않고 오히려 당연하다는 점을 나에게 일깨워주었다.

그런데 내가 도착한 이 작은 사회는 그와 반대되는 행복을 입증해주는 듯했다. 일을 하지 않아도, 그러니까 즉각적인 보상을 받지 못 하는 상태로 오래도록 노력하지 않아도 행복은 가능해 보였다.

이런 생각을 하다 보니 유가 더더욱 그리워졌다. 이러한 문제에 대해서 유와 토론할 수 있으면 얼마나 좋을까. 유는 나보다 아는 게 훨씬 많은 데다 거대한 아테나의 지식 창고에서 끝없이 지식을 길어 올릴 수 있다.

내가 떠나온 곳에서의 삶까지 세세하게 묘사하진 않으면서도 나는 친구들에게 왜 내가 이곳에서 할 일이 없어서 심심하다고 느끼는지 열심히 설명했다. 이 섬 사람들의 언어에는 '할 일이 없어서 심심하다'는 말을 가리키는 적절한 단어조차 없었지만 말이다.

타요는 이해하지 못하겠다는 반응을 보였다.

"그런데 왜 언제나 뭔가를 해야 하는 건데?"

"그 섬에서는 다르다잖아. 그 섬은 여기보다 덜 좋은가 봐."

듣다못해 답답한지 그녀가 나섰다. 타요는 진지하게 생각하더니 한 가지 제안을 했다.

"그래서 말인데, 정 원한다면, 네가 뭔가를 맡아서 할 수도 있어."

"어떤 거?"

"우리 작살에 조각하기. 조각된 작살로 고기를 잡으면 더 잘 잡힌다고 하는데, 실제로 작살에 조각하는 사람은 거의 없거든."

"정말 고마워, 친애하는 타요! 방금 네가 한 말을 듣고 좋은 생각이 났어."

나는 무언가 하기 위해 기록을 남기기로 결심했다.

비록 나는 용도 불명에 불과하지만, 따지고 보면 모든 탐험가가 천재는 아니었다. 그러니 나도 콜로니를 위해 봉사할 수 있지 않을까? 어느 섬엔가 있을 조모들을 만나러 갈 수단을 마련할 때까지—타요의 도움을 받거나 콜로니의 개입이 있어야 가능할 테지만— 앞으로 있을 우리의 지구 귀환이 어떤 식으로 진행되어야 할지 생각해보는 건 좋지 않을까?

이곳 사람들은 우리에 비해서 훨씬 행복해 보이니만큼 이들이 우리에게 가르쳐줄 교훈이 있지 않을까?

그날 나는 타요의 도움을 받아 나무 한 그루를 찾아냈다. 타요 말로는 껍질 안쪽이 부드러워서 보존이 잘된다고 한다. 해변으로 돌아온 나는 안티나가 뼈를 깎아서 만들어준 펜으로 거기에 글자들을 새기기 시작했다. 친구들은 궁금하다는 표정으로 내 행동을 가만히 지켜보았다.

"그 작은 그림들은 다 뭐야?"

"이것들은 말이지, 내가 말하는 것 혹은 내가 생각하는 것의 기억 같은 거야."

두 사람은 놀라워했다.

"우리한테도 가르쳐줄 수 있어?"

"기꺼이."

"하지만 그게 우리한테 무슨 소용이 있지?"

나는 멋들어진 대답을 해주고 싶었지만, 솔직히 글자가 그들에게는 거의 소용이 없을 것임을 인정해야 했다.

이 사람들의 전통민요를 글자로 기록해둔다? 글자 없이 구전으로도 전달만 잘되잖아. 이 사람들은 다른 지역 사람들과 무역도 하지 않으니, 계산을 할 필요도 장부에 기입할 필요도 없었다.

"그런데, 너는 무엇 때문에 글자를 쓰는데?"

안티나가 물었다.

"내가 여기서 본 것들을 기억해두려고."

"그런 걸 왜 껍질에 새겨두어야 해? 여기서는 모든 날이 비슷비슷해서 모든 걸 다 기억하기가 쉽기만 한데 말이야."

확실히 일리 있는 반론이었다. 역사가 멈추어버린 듯한 곳에서 무슨 이유로 기억을 해야 한단 말인가?

"그래, 그 말도 맞아. 그런데 글을 쓰면 여러 가지를 되새겨볼 수 있고, 그러다 보면 좋은 생각도 나거든. 언젠가 내가 살던 섬으로 돌아가게 되면, 지금 여기 새겨놓은 생각들이 우리를 더 잘 살게 도와줄 수도 있을 거야."

"그러니까 너희 섬은 우리 섬보다 잘 살지 못한다는 뜻이야?"

타요가 여전히 믿을 수 없다는 듯한 표정으로 따져 물었다.

"그건 확실해, 그러니까 거기서 떠난 거잖아."

안티나가 잘 알겠다는 듯이 추측했다.

차마 어떻게 내가 사랑하는 여인의 삶을 연장해주기 위해 떠나왔노라고 이들에게 설명할 수 있겠어?

나는 다시금 유를 생각했다. 유에게 편지를 쓰는 건 유와 대화를 시작하는 것과 다르지 않았다. 그렇게 하면 언젠가 우리가 다시 만날 거라고 느낄 수 있을 것이다.

그래서 나는 열정에 가득 차서 뼛조각 펜으로 글을 쓰기 시작했다.

내 사랑에게 보내는 첫 번째 질문 : 예컨대, 일을 하지 않으면서 그저 우리의 천성에 따라 살아가기만 해도 행복할 수 있을까?

그런데 단어 몇 개를 새긴 뒤 나는 곧 나무껍질에 글자를 새기는 건 절대 쉬운 일이 아님을 깨달았다. 그래서 내 생각을 *일 없이 행복 가능*이라고 줄여보았다.

유를 생각할 때면, 머릿속에서 유의 모습이 형태를 잡아가기 시작했다. 그러면 마치 눈앞에 있는 그녀에게 말을 건네는 것처럼 문장들이 떠올랐다.

타요와 안티나는 생각에 잠겨 있는 내 모습을 보더니 저희들끼리 마을을 둘러보겠다며 조용히 일어섰다.

나는 얼굴에 살랑이는 바람을 느끼며 해안가를 따라 걸었다. 듣는 이는 없어도 그리운 유를 향한 혼잣말은 계속되었다.

사랑하는 유, 그 무엇도 물고기를 잡고, 과일을 따서 그 자리에서 먹는 즐거움에 비할 수 없다고 말해주고 싶어, 그런 다음…. 그다음으로 머릿속에 떠오르는 생각은 욕구가 치미는 즉시 사랑을 나누고…였으나, 마치 유가 옆에서 듣기라도 하는 것처럼 서둘러 그 생각을 접었다. 그러고 싶을 때마다 사랑을 나누어. 단 아기를 너무 많이 낳지는 않는다는 조건이 붙지.

이 섬은 결코 거대하다고 할 수 없었다. 그럼에도 다행히 이 작은 공동체가 살아남을 수 있었던 건 좋은 기후와 낮은 출생률 덕이 크다. 우리가 지구로 돌아온다면, 인적이 없는 광대한 땅에서 많지 않은 인구가 살아가게 될 것이다. 이미 화성에서도 인구를 억제하며 사는 습관이 몸에 배었으니까.

뿐만 아니라 나 같은 용도 불명들은 사냥이나 낚시처럼 우리 역량에 맞는 활동을 쉽게 찾을 수 있을 것이다! 그렇게 되면 타요와 안티나의 부족처럼 더는 서열도 불평등도 필요하지 않을 것이다! 사냥이며 낚시, 채집 같은 활동은 모두 집단 활동이므로, 설사 몇몇이 다른 사람들보다 조금 더 재주가 있다 한들 그

것으로 우월성을 주장하긴 힘들다.

나는 이곳에 도착한 이후 줄곧 커져가고 있는 자신감에 대해 생각하면서 나무껍질에 이렇게 새겼다.

평등 = 행복

평등이라는 개념이 내 관심을 끌었다. 우리가 지구에 돌아오게 되면 평등을 진작시키는 것이 좋지 않을까? 그렇다면 지나친 진보는 피해야 할 것이다. 가령 아테나와 로봇이 관리하는 물고기 농장 같은 건 절대 지어서는 안 된다. 그렇게 되면 우리 같은 용도 불명들 몫의 일은 또다시 남지 않게 될 것이다. 무엇 때문에 진보만을 염두에 둔 또 하나의 문명을 건설해야 하지? 그런 거라면 우리는 벌써 여러 차례에 걸쳐 선례를 경험했잖아!

바로 그 순간 금발의 예쁜 여자가 멀리 지나가는 모습이 보였다. 별안간 나는 그 여자에게 달려가고 싶은 욕망에 사로잡혔다. 그러나 나는 갑작스러운 욕망도, 그 여자도 그냥 지나가도록 내버려두었다.

자, 자, 지금은 임무 수행 중이니, 우리의 지구 귀환이 어떤 환경에서 이루어져야 하는지 숙고해야만 했다. 그러나 금발 미녀의 출현은 이미 내 성찰에 영향을 끼치고 있었다.

자유연애 = 행복?

이 생각을 나무껍질에 새기는 동안 안티나와 타요가 산책에서 돌아왔다.

따지고 보면 고귀한 야만인(le bon sauvage)이라는 유명한 신화(문명으로 인해 부패되지 않은 자연 상태의 인간을 이상화하는 신화로, 서구에서 15세기경에 생겨났으며, 지금까지도 문학, 철학 등의 중요 소재로 등장한다—옮긴이)—특이하게도 이 이야기만 나오면 내 사랑 유는 진노했다—는 이 섬에서도 유효했는데, 그게 다 관대한 자연과 타후쿠의 긍정적인 영향 덕분이었다.

"너, 뭐라고 쓰는 중이었어?"

안티나가 물었다. 나는 두 사람이 알아들을 수 있도록 나의 역사적, 철학적 성찰을 최대한 신경 써서 설명했다.

두 사람은 많이 놀란 것 같았다. 그럴 만도 했다. 이들은 지금껏 단 한 번도 자기들 고유의 문화나 알지도 못하는 이전 세대의 문화에 대해서 생각해본 적이 없었을 테니까.

"너희 섬 사람들은 굉장히 똑똑하구나!"

타요가 감탄해 마지않았다.

"적어도 너는 그렇지."

안티나가 꼬집어 말했다. 화성 콜로니에서 나는 용도 불명, 그러니까 평균보다 지능이 낮은 사람이었다는 사실을 알게 되면 안티나는 뭐라고 말할까?

"'자유연애 = 행복'이라…."

마음에 들었는지 타요는 이 말을 소리 내어 읊조렸다.

"난 말야, '아기를 너무 많이 낳지 않는다'가 더 마음에 들어."

안티나도 소감을 말했다. 꽁냥거리며 재미있어하는 두 사람은 즐거워 보였다. 타요가 이어서 말했다.

"말은 멋진데, 우리에겐 사실 새로울 게 없어. 넌 분명 이보다 훨씬 더 흥미진진한 이야기를 많이 알고 있을 거야."

"게다가 이건 완전히 맞는 말도 아닌걸 뭐."

안티나도 종알거렸다.

"네가 묘사한 내용이 모두에게 다 들어맞지는 않거든."

"그 말은, 그러니까 이 섬에도 불행한 사람들이 있다는 뜻이야?"

이 섬에도 나 같은 사람, 다시 말해서 늘 노력해야 한다는 불안감에 시달리는 사람이 있을까? 두 사람은 말없이 서로 바라보기만 했다. 이윽고 타요가 물었다.

"보여줄까?"

방금 전 프로그래밍실에서 나오는 길에 나는 콜레트 사령관과 마주쳤다. 콜레트 사령관은 내가 아테나에 깊숙이 침투해서 조사 중이라는 사실을 알 리가 없지만, 그럼에도 나는 사령관을 보자 소스라치게 놀랐다. 사령관도 나의 놀란 기색을 알아차렸는지 발걸음을 멈추었다.

　"미시마 기사, 별일 없죠?"

　"네, 별일 없습니다, 사령관님."

　사령관은 못 믿겠다는 듯이 나를 이리저리 살피더니 다시 입을 열었다.

　"로뱅 신병이 미시마 기사에겐 자신의 출발을 알렸을 거라고 생각합니다만."

　사령관은 마치 나와 로뱅의 만남을 모른다는 듯이 '생각합니다만'이라고 말했지만, 난 로뱅과 내가 함께 있는 모습이 분명 녹화되었으리라고 확신했다.

　"네, 그렇게 말하더군요."

　"잘 알겠지만, 근사한 임무입니다. 우리는 그에게 거는 기대가 큽니다."

　"그 후 소식은 들으셨나요?"

사령관은 빙긋 미소 지었다. 마치 이제 하려는 답변을 누그러뜨리려는 듯.

"내가 아무 말도 할 수 없다는 건 기사도 잘 알고 있을 테죠. 이건 어디까지나 군사 임무니까요."

"알고 있습니다, 사령관님."

"그는 무사합니다."

"혹시 그와 연락하십니까?"

"최근에는 아니지만, 그래도 우리는 그가 잘 지내고 있다는 걸 압니다."

나는 사령관 입에서 더는 아무 말도 들을 수 없으리라는 걸 알아차렸다.

"미시마 기사, 그의 파견에 대해서 어떻게 생각하나요?"

"로뱅은 떠나게 되어 무척 기뻐 보였습니다."

"네, 그렇죠. 그런데 당신은?"

"제 감정 따위는 중요하지 않습니다, 사령관님."

"그래도 내가 이렇게 묻지 않습니까."

나는 망설였다. 사령관에게 내가 로뱅의 파견에 대해서 지나치게 걱정하고 있다는 인상을 주고 싶지 않았지만 그와 동시에 지나치게 무관심한 태도를 보인다면 그 또한 설득력이 떨어질 것이기 때문이다. 사령관은 당연히 내 인격과 관련된 프로필도 소상하게 꿰고 있을 터였다.

"그가 걱정이 됩니다. 조모들의 선례도 있고 하니⋯."

"바로 그겁니다. 우리는 그가 조모들보다 이번 임무에 훨씬 더 잘 어울린다고 생각합니다.”

사령관이 말하는 '우리'는 아테나와 고위 지도부를 뜻하는 걸 테지.

“그렇다면 걱정을 덜 해야겠군요.”

나는 미소를 보이려 애쓰며 응수했다.

“나도 항상 이성이 감정을 지배하는 건 아니라는 사실쯤은 알고 있습니다.”

사령관 역시 애써 미소를 지어가며 대꾸했다.

“정말 그래요, 하지만 그래도 전 항상 이성에 입각해서 결정하려고 노력하는 편입니다.”

“그러니까 노르망디 신병을 푸른 행성에 파견한 합리적인 결정에 동의한다는 말이군요.”

“네, 사령관님.”

“아주 좋습니다.”

사령관이 가고 난 뒤, 나는 우리 두 사람이 대화를 나누는 동안 과연 내가 마음의 동요를 성공적으로 감추었는지 알 수 없어 전전긍긍했다. 사령관은 직관력이 뛰어난 사람으로 정평이 나 있었다. 커피 한잔과 샌드위치로 점심을 때운 나는 다시 하던 일로 돌아갔다.

저녁식사 무렵, 나는 카반과 함께 사는 원룸으로 퇴근했다. 그는 메이지 시대의 일본에 관한 다큐멘터리에 푹 빠져 있었다. 분명 그는 집 안에서 가상현실 헤드폰을 쓰고 있었는데, 동이

터오는 새벽 시간에 에도성의 골목을 달리는 그의 모습을 외부 화면 속에서 발견했다.

나를 알고부터 카반은 본격적으로 일본 공부를 시작했는데, 어찌나 열을 올리는지 이제는 내 조상들의 나라 일본에 대해 나보다도 더 잘 안다. 언어는 제외하고. 그래서인지 그는 나에게 일본어 학습 프로그램에 접속하게 해 달라고 요청하곤 했다.

나는 그를 좋아한다. 카반은 약간 통통한 편이지만, 운동을 잘한다. 인도인 조상을 둔 탓에 피부색이 짙은 편인데, 내가 보기에는 마치 황금빛 같다. 검은 두 눈도 긴 속눈썹과 부드러운 눈길과 더불어 매력 만점이다.

온화하고, 상대를 배려하는 성품을 가진 그는 자기 생각을 숨김없이 다 말하는 사람이었다. 그 때문에 상사들로부터 가끔 부정적인 평가도 받지만, 다행히 그런 것쯤은 아테나의 긍정적인 평가로 상쇄되었다.

카반은 연구원으로, 인공생성 중력 가상체험이라는 분야를 관리 감독하고 있다. 그의 전공 분야는 지난 이십 년 동안 줄곧 상승세를 타면서 점점 확대되고 있어서 아테나로서는 철저하게 관리해야 할 필요성이 있었다. 나는 이러한 체험이 함축하고 있는 이론적 토대를 이해하기 위해 제법 시간을 들였으나, 너무 복잡해서 매일 몸으로 실습하지 않는 한 기억하기가 어려웠다.

지능검사에서 카반은 전체 천 명 가운데 열다섯 번째였지만, 공간 인지력 분야에 있어서만큼은 나보다 훨씬 뛰어날 뿐 아니라 전체에서 최고였다. 그 때문인지 적어도 체스 시합에서는 그가 나를 이길 기회가 생기곤 했다. 우리가 삼차원으로 된 가상 체스판에서 시합을 할 경우라면 그렇다는 말이다.

그는 말수가 적고, 친한 친구도 같은 연구원 두세 명 정도뿐 인데, 그들과는 과학 토론도 벌이고 스쿼시를 치기도 한다.

그는 또 연인으로서 대단히 배려심이 많은 편이다. 아니 그 보다 매우 성실하고 양심적이라고 해야 하나. 다만 내가 그를 사랑하지 않는다는 게 문제였다.

나는 정말이지 그를 사랑하게 되기를 소망했다. 심리학에 관심을 갖게 되면서 나는 행동이 기질에도 영향을 준다는 사실을 배웠다. 가령 규칙적으로 기도를 하면 결국 믿게 되고, 어떤 프로젝트에 참여하게 되면 그 주제에 관심을 갖게 되는 식이다. 게다가 어떤 명분을 지지하면 할수록 그것을 저버리기란 점점 더 어려워지기 마련이다. 그간의 노력이 쓸데없는 일이었음을 인정하고 싶지 않아서 괜한 고집을 부리게 된다는 말이다.

이 이론을 나와 카반의 경우에 적용해보자면, 한 남자와 같이 살면서 사랑 행위를 하면—그는 여기에 능한 편이다— 내가 그 남자를 사랑하게 되어야 마땅했다. 게다가 우리 두 사람의 관계는 생물학적인 차원에서 보아도 공고해져야 할 터였다. 내가 성적인 오르가슴을 맛볼 때마다 나의 뇌에서는 옥시토신이 분비되는데, 옥시토신은 다름 아니라 애착을 관장하는 호르몬이기 때문이다.

그러나 안타깝게도 과학은 이 시대에도 여전히 모든 것을 다 알지 못한다. 카반과의 관계가 삐거덕거리니 하는 말이다. 아직 시간이 더 필요한 걸까? 아니면 함께 나눌 추억이 부족한 걸 수도 있지….

그는, 비록 내 앞에서는 너무 티 내지 않으려고 애를 쓰는 것 같지만, 나를 너무 애지중지한다. 그 때문에 이따금 그런 애틋한 사랑을 되돌려주지 못하는 나 자신이 미워지기도 한다.

어쨌거나 우리는 함께 있으면 행복하다.

우리는 함께 늙어갈 것이다.

그 이상 뭘 더 바랄까?

사실 나는 로뱅과의 추억이 나에게 짐이 된다고 느낀다. '어제의 유'가 '오늘의 유'에게 부담을 주는 것이다. 그럼에도 여전히 나는 카반과 함께 쌓은 추억이 언젠가는 '미래의 유'에게 줄 선물이 될 수 있기를 소망한다.

"자기, 늦게까지 일하네."

나를 보자 그가 가상현실 헤드폰을 벗으며 맞아주었다.

"해결해야 할 문제가 있어서, 씨름하느라고. 꼭 해결하고 싶거든."

"어떤 종류의 문제인데?"

카반은 평소 내 일에 대해서라면 절대로 질문하는 법이 없었다. 아테나의 프로그래밍은 그의 관심사와는 거리가 머니까.

그렇다면 방금 그 질문은 그저 나에게 걱정거리가 있어 보인다는 표현일까, 아니면 뭔가 미심쩍은 데가 있어서 그러는 걸까?

"내 문제야 늘 인간 관련 데이터와 기술 관련 데이터를 좀 더 효과적으로 접목시키려는 욕심 때문이지. 인간과 기계 사이에 보다 나은 인터페이스를 만들고 싶은 욕심 말이야."

그는 그저 고개를 끄덕이더니 저녁 식사 준비에 나섰다. 오늘의 메뉴는 일본식 식사였다.

요리 로봇들은 굉장히 다양한 음식을 만들 수 있다. 인간이 제시하는 요리법을 그대로 따라 하는 건 물론이고 심지어 이를 더 발전시킬 줄도 안다. 물론 육류며 어류 등, 우리가 먹는 음식에 들어가는 모든 동물성 식재료는 세포배양을 통해서 얻는데, 그 맛에 관해서라면, 내가 보기에 조상님들도 감쪽같이 속아 넘어 갔을 것 같다.

이런 종류의 맞춤형 식사는 일주일에 한 번만 주문할 수 있고, 그 나머지 식사는 영양학적으로 완벽하게 균형 잡힌 집단 급식으로 해결한다. 집단 급식이라지만 식사하는 사람의 그때그때 생물학적 필요를 고려하여 개별적인 보충 요소들이 제공된다.

나는 카반이 젓가락으로 능숙하게 간장에 조린 두부 조각을 집어 올리는 광경을 지켜보면서, 이토록 조심스럽게 드러나는 그의 깊은 사랑 앞에서 어찌할 바를 몰라 내심 곤혹스러워했다.

"로뱅 노르망디가 지구로 떠났다는 소식을 들었어."

그가 무심한 듯 한마디를 툭 던졌다.

어떻게 알았을까? 카반과 군사 활동 사이에는 아무런 접점도 없는데. 그러다가 나는 그와 친한 연구원 가운데 한 명인 올라프가 조모들이 사용하는 무기와 컴퓨터를 연결하는 기술 향상 프로그램 담당이라는 사실을 기억해냈다.

"응."

나는 짧게 대답했다. 그는 내 대답에 대해 한참 생각하는 듯하더니 다시 물었다.

"그래서, 자기가 그를 다시 만난 거야?"

"그 사람이 찾아와서 자기가 곧 떠날 거라고 말해줬어."

비록 아무 일도 없다는 듯이 젓가락질을 하고 있긴 해도 카반이 속으로 괴로워하고 있음을 나는 알아차렸다.

"그 사람, 작별 인사하러 내 사무실에 잠깐 들렀을 뿐이야."

"나도 알아."

카반은 망설이는 눈치였다.

"자기가 아까 말한, 해결해야 한다는 그 문제 말인데…."

"응, 그게 뭐?"

"혹시 그 문제가 그의 파견과 관련 있어?"

천 명 중에서 열다섯 번째라는 사실은 바꿔 말하면 콜로니에 사는 사람들의 98.5퍼센트보다 우수하다는 말이었다.

나는 카반에게 한 번도 거짓말을 한 적이 없었다. 그런데 지금 이 순간만큼은 그렇게 하기로 결심했다. 그건 그에게 괜한 괴로움을 안기지 않으려는 마음 때문이기도 했지만, 방금 콜레트 사령관을 만났으므로, 우리 커플의 대화도 녹음될 가능성이 있기 때문이기도 했다.

"아니, 그와는 전혀 상관없어. 어쨌거나 지구행 우주선 발사와 관련된 모든 문제는 조모 파견 때 벌써 다 해결되었는걸."

"그래, 하지만 전부 다 해결된 건 아니지, 조모들로부터 아무 소식이 없으니 말이야…."

"하긴. 그런데 연락이 두절된 건 조모들이 지구에 도착한 다음부터지, 비행하는 동안은 아니었어."

"그런데 난 왜 하필이면 로뱅을 파견했는지 궁금해. 도대체 어느 모로 봐서 그가 조모 분대보다 잘할 수 있다는 거지?"

나는 그의 목소리에서 일종의 분노를 감지했다. 그는 우리 두 사람 사이의 사랑이 지지부진인 데 대해서 내가 아니라 로뱅을 미워하고, 그에게 화를 내고 있었다.

"그 사람이 언어에 재능이 있어서 뽑혔다나 봐."

"언어라고?"

"응. 출발에 앞서서 그 사람에게 그가 도착할 곳에 지금껏 살아남아 있는 원주민들이 사용하는 언어들을 가르쳤대."

"그가 그런 말들을 배웠다고?"

"응."

그는 새롭게 얻어들은 이 정보를 되새김질해보는 눈치였다.

"잘됐어…, 아주 잘됐다니까! 그럼 그는 그곳에서 친구들을 사귈 테지! 섬 원주민들은 그를 천재로 여기게 될 테고! 그러면 그 녀석은 거기서 마누라도 얻게 될 거야, 마누라도 한 명이 뭐야, 여럿 얻을지도 모르지. 그렇게 되면 거기서, 야만인들의 섬에서 영영 살 테지!"

목소리가 점점 거칠어지면서 젓가락을 움직이는 그의 손이 떨렸다.

카반이 로뱅의 '용도 불명'으로서의 정체성까지 들먹여가면서 그에 대해 경멸적인 말을 토해내는 걸 처음 듣는 나로서는 그야말로 충격이 아닐 수 없었다. 카반은 원래 이런 식으로 저급한 사람이 아니었건만, 사랑 때문에 돌아버린 걸까.

"미안해. 배가 안 고프군."

그가 자리에서 일어났다.

"나가서 돔이나 한 바퀴 돌든지 스쿼시나 한 게임 치고 올게."

"카반, 왜 이러는 거야?"

그가 나를 바라보았다. 생각을 정리하는가 싶더니 주저하는 기색을 보이다가 마침내 입을 열었다.

"자기는 자기 모습을 보지 못해…. 그 녀석에 대해서 말할 때 스스로의 모습이 어떤지 자기는 모른다고. 하지만 난 볼 수 있어, 난 다 안다고."

그가 나가버렸다. 그에게 상처를 주었다는 생각에 정말로 마음이 아팠다. 지금이라도 달려 나가 두 팔로 그를 안아주고 싶었다. 갑자기 그가 그리웠다.

하지만 나는 꼼짝도 하지 않았다. 이제 그와 함께 저녁을 끝내야 할 필요도 없게 되었다. 스스로에게 부여한 임무로 되돌아가야 할 순간이었다.

아테나는 왜 로뱅을 지구로 보냈을까?

오늘 아침에는 숲속을 산책했다. 나는 늘 대자연에 경이로움을 느꼈다. 슬픔을 주체하기 어려울 때라도 키 큰 나무 그늘 아래서 잠시만 걷다 보면 괜찮아졌다. 유와 내가 속한 공동체로부터 너무도 멀리 떠나왔다는 막막함을 떨쳐낼 수 있었다. 그렇게 자연으로부터 위로받았다.

문득 등 뒤에서 발걸음 소리가 들려왔다. 금발의 곱슬머리 미녀가 나를 뒤따라왔는지 아는 체를 했다. 여느 때와 마찬가지로 그녀는 옷을 걸친 둥 만 둥 한 차림새였다. 나는 여자의 인사에 상냥하게 답례를 보내면서도 여전히 거리를 유지했다. 여자는 들고 있던 바구니 속 물건을 내게 보여주었다. 나무를 따라가면서 반달 모양으로 자라나는 버섯이었다. 거뭇거뭇한 기미를 보이는 보라색 버섯들은 그다지 구미를 돋우지 못했는데, 여자가 자기와 함께 버섯을 따러 가지 않겠냐며 친근하게 물었다.

나는 잠시 망설이다가 수락했다. 괜히 적대적으로 보이고 싶지 않은 데다, 이미 도착한 날부터 여자가 나에게 제안한 쾌락을 나누어 가질 마음이 없다고 제법 단호하게 거절을 한 터라 별일 없겠지라는 생각에 받아들인 것이었다.

그러나 그건 내 착각이었다. 앞서 가는 여자를 내가 뒤따라

가는 형국이다 보니, 나긋나긋하고 근사한, 더구나 거의 벌거벗은 여자의 몸매에 나는 동요하기 시작했다. 카시아가 몸을 돌려 나에게 미소를 보내는 순간에는 더 말할 나위가 없었다.

카시아는 커다란 나뭇등걸 옆에서 짧게 환호성을 지르며 걸음을 멈추었다. 나무껍질에 그 이상하게 생긴 버섯들이 별자리 형태로 드문드문 박혀 있었다. 들고 온 바구니를 대번에 채울 수 있을 대단한 수확이었다.

나무에서 버섯을 따는 걸 도와주려는 나에게 여자는 맛보라면서 버섯을 내밀었다. 내가 주저하자 그녀는 아름다운 치아로 그 흉측한 버섯 하나를 덥석 깨물었다. 똑같이 따라 해보니 나쁘지 않았다. 혀를 톡 쏘는 맛이 이 섬에 와서 맛본 몇몇 호두 종류의 맛과 비슷했다.

버섯을 먹는 내 모습을 바라보는 여자의 표정이 무척 만족스러워 보였다. 마치 내가 그녀를 향한 신뢰를 보여주기라도 하는 것처럼.

바구니를 다 채운 뒤 우리는 돌아가기 위해 발걸음을 내디뎠다. 이번에도 나는 그녀의 뒤를 따라갔다. 그녀의 뒷모습을 좇으며 걸음을 내딛을 때마다 몸이 점점 더 달아오르고 있음을 느꼈다. 여자는 줄곧 나를 향해 미소를 보냈는데, 그녀의 눈망울을 가득 채우고 있는 장난기가 무엇을 뜻하는지 알아차리지 못했다.

그 순간 퍼뜩 나는 버섯의 효과를 깨달았다. 거센 기운이 혈액을 타고 온몸으로 퍼져나가고 있었다. 여자가 나를 야릇한 표정으로 바라보았다….

　행복하면서 겁먹은 듯한 야생의 아름다운 아가씨가,
　머리카락이 온통 눈을 가리는데도, 그 사이로 환하게 웃으며…(프랑스의 대문호 빅토르 위고의 《관조시집(Les Contemplations)》에 수록된 시 〈그녀는 맨발이었고, 머리도 빗지 않은 채였다네〉의 한 구절―옮긴이).

　우리는 풀밭에 드러누웠다.
　"드디어!"
　여자가 기쁜 듯 탄식을 내뱉었다.

　마을로 돌아오자마자 소문은 신속하게 퍼졌다. 금발 미녀가 그새를 못 참고 친구들에게 다 털어놓아서 더 빨리 퍼진 면도 있었다. 화성에서 온 남자도 다른 남자들만큼이나 허우대가 멀쩡하고, 그들과 똑같은 충동에 따라 움직이더라!
　마주치는 사람들의 눈길 속에서 남자건 여자건 대체적으로 나를 지지하고 있음을 느꼈는데, 안티나만은 예외였다. 안티나의 눈에는 실망의 빛이 역력했다.
　솔직히 교묘하게 포장되긴 했으나, 어쨌든 함정에 빠졌다는 사실은 불만스러울 수밖에 없었다. 그러나 동시에 모처럼 심신 모두 충만해진 것 같은 평온함이 느껴지는 것도 사실이었다.
　다시 유와의 기억이 떠오르자 이제 더는 내 정절이 아무런 의미가 없다고 강변하면서 스스로를 진정시키려고 노력했다. 유도 그걸 원치 않을 거야. 그녀도 내가 다른 곳에서 행복해지기를 바랄 거라고. 그러나 완벽함을 추구하는 이런 식의 논리가 하루 중 아무 때고 나를 사로잡는 향수를 물리치는 데 언제나 효과적인 건 아니었다.

나의 새 여자친구도 그걸 알아차렸는지 저녁이 되기가 무섭게 내 옆에 바짝 달라붙어왔다. 그런 카시아의 존재 덕분에 내 근심과 걱정은 다시 한번 저만치 밀려갔다. 우리는 오후 나절만큼이나 열정적인 밤을 보냈다. 나의 조심성을 이해한 카시아는 정사를 나누는 내내 거의 소리를 내지 않으려고 애를 썼다.

새벽에 눈을 뜨자 내 팔을 베개 삼아 잠든 카시아가 눈에 들어왔다. 카시아의 얼굴에서 나는 무한한 신뢰감과 심지어 행복감마저 읽었다. 처음으로 내 안에서 카시아를 향한 감정, 관능적인 끌림을 넘어서는 무언가가 싹터오는 것을 느꼈다.

하긴, 따지고 보면, 내게도 새로이 사랑을 시작할 권리가 있지 않을까? 우리가 지금까지 나눈 얼마 안 되는 대화만으로도 카시아가 지닌 천성적인 유쾌함, 나에 대한 관심은 충분히 드러나는 것 같았다. 그러니 유에 대한 이루어질 수 없는 사랑 때문에 숱한 괴로움을 겪은 내가 그 이상 더 무엇을 바란단 말인가? 내가 이 새로운 반려자와 더불어 더 행복해질 수도 있지 않을까? 이 여자도 내가 자신의 존재를 달갑게 받아들이는 것만큼이나 내 존재를 흔쾌히 받아주니 말이다.

내 부질없는 몽상은 발걸음 소리와 뒤이어 나를 부르는 타요의 목소리로 하릴없이 깨지고 말았다.

"저기로 좀 가봐야겠어! 저기로 좀 가봐야겠다니까!"

그가 자고 있는 카시아와 내 곁으로 바싹 다가오더니 속삭였다. 우리 둘 다 벌거벗은 상태인데도 그는 전혀 개의치 않는 듯했다. 안티나는 조금 떨어진 곳에 서 있었는데, 조심성 없는 다른 마을 사람들과는 구별되는 모습이었다.

안티나는 팔을 뻗어 바다를 가리키고 있었다.

우리는 숲을 가로질렀다. 어스름이 걷히는 새벽녘을 반기듯 새들의 맑은 노랫소리가 우리에게 길을 열어주었다. 절벽 가장자리까지 바짝 다가온 바다는 이른 새벽의 햇살 아래서 쇠처럼 창백하게 부서지고 있었다.

타요가 배의 도착 소식을 알리려나 보다고 짐작한 나는 먼 바다 쪽으로 눈길을 돌렸다. 하지만 수평선 주변은 텅 비어 있었다.

"여기, 여기."

타요가 우리의 발아래, 그러니까 족히 오십 미터는 되어 보이는 절벽의 아래쪽을 가리키며 다급하게 말했다.

그제야 그가 가리키는 바위들 틈에 얌전하게 얹혀 있는 완벽한 달걀형의 투명한 나의 탈출 캡슐이 눈에 들어왔다. 타요와 안티나는 내 반응이 궁금한지 말없이 나만 쳐다보고 있었다. 두 사람은 나와 그 수상한 물건 사이에 관계가 있음을 직감적으로 알아차린 것 같았다.

"내 배!"

이곳에서 '배'는 종류를 막론하고 물 위에서 타는 모든 것을 지칭했지만, 나는 그들에게 익숙할 만한 단어를 사용하기로 했다. '캡슐'을 대체할 다른 말도 없었을뿐더러 그것이 하늘에서 떨어졌다는 사실도 차마 밝힐 수 없었으니까.

타요는 절벽 근처에 새 덫을 놓으러 갔다가 그 캡슐을 발견했다고 한다. 캡슐은 물 위에 떠다니도록 설계되진 않았지만 무게가 가벼운 탓에 물결을 따라 표류하다가 물때를 만나 섬까지 떠내려온 모양이었다. 그러다 높은 파도를 만나 바위 위에 얹혔고, 파도가 물러난 다음에는 거기 그대로 남았을 터였다.

고향과 이어주는 물체를 마주하니 기쁘기 짝이 없었다! 카시아의 품 안에서 밤을 보내고 난 뒤라 나는 이제 내 삶에 행복이 되살아나는 것 같다는 기분에 사로잡혔다.

바다는 아직 잔잔했지만, 바람이 불기 시작하면서 물결이 슬슬 높아지려고 꿈틀거리고 있었다. 나의 작은 배는 곧 다시 물결에 휩쓸려 떠내려갈지도 몰랐다. 그러니 서둘러서 가지러 가야 했다!

우선 절벽을 내려갈 방법부터 찾아보았다. 다행히 절벽은 그다지 가파르지 않아 보였다. 그런데 우리가 처음 만났을 때 바위를 내려오던 나의 엉성한 실력을 기억하는 두 친구는 걱정이 이만저만이 아니었다.

"바다 쪽으로, 차라리 바다 쪽으로 내려가라고!"

타요가 자신의 의견을 주장했다.

"이 사람 말을 들어."

안티나도 그의 의견을 지지했다.

나는 결국 두 사람의 판단을 따르기로 했는데, 결정을 내리자마자 만조 때문에 파도가 점점 높아지는 광경이 펼쳐졌다. 바다로 갔다가 너무 늦지 않게 해변으로 돌아올 수 있을까? 과연 작은 카누를 몰고 안전하게 절벽에 접근할 수 있을까?

"나랑 같이 간다면 가능해."

우리 두 사람은 타요가 돛을 올려놓은 그의 배에 올라탔다. 절벽 꼭대기에선 우리의 움직임을 살피는 안티나 곁으로 곧 좋은 구경거리를 놓칠세라 마을 사람 여럿이 몰려들었다. 그런데 이상하게 카시아는 보이지 않았다. 아직 자고 있으려나?

우리가 캡슐 가장자리에 도착했을 때는 벌써 높은 파도가 밀려와 철썩철썩 바위에 몸을 부딪치고 있었다. 더 이상 가까이 접근하는 건 위험했다.

"타요, 넌 여기서 나를 기다려."

말을 마치자마자 나는 만류하는 그의 경고에도 불구하고 물속으로 몸을 던졌다. 파도는 여전히 거셌지만 나는 그렇게 힘들이지 않고 바위 위로 올라갈 수 있을 거라고 자신했다.

이런 내 추측은 절반만 맞았다. 마침내 캡슐 가까이에 발을 딛긴 했으나 바위에 옆구리를 통째로 부딪치고, 그러면서 바위를 뒤덮고 있던 조개껍질에 피부가 왕창 쓸려나간 뒤였다. 나는 피투성이가 되어 절룩거리면서 캡슐에 다가갔다.

알다시피 바닷물은 지구에서 가장 강력한 효과를 지닌 산화제 가운데 하나다. 그런데 캡슐은 바닷물이 아니라 대기층과 화성의 먼지—이것도 만만치 않게 유독성 물질이긴 하다—에 견디도록 설계되었을 뿐이다. 과연 아직까지 작동 가능한 장치들이 남아 있을까?

열려 있는 캡슐 쪽으로 몸을 기울이자 그 안에 고여 있던 바닷물이 쏟아져 내렸다. 나는 몇 분에 걸쳐서 회로에 동력을 공급하기 위한 모든 절차를 밟아보았다. 비상 배터리, 태양광 전지 활성화 등. 모두 허탕이었다. 하지만 콜로니의 기술 수준을 철석같이 믿는 나로서는 고작해야 바닷물이 화성 문명이 이룩한 기술의 집약체인 이 캡슐을 완전히 무용지물로 만들어버렸다는 사실을 도저히 받아들일 수 없었다.

절벽 위에서는 이제 마을 사람 모두가 호기심 가득한 표정으로 나를 지켜보고 있었다. 거리를 유지하면서 배를 붙잡아두고 있던 타요는 나에게 최대한 빨리 돌아오라고 계속 고함을 질러댔다. 바닷물이 점점 불어나면서 세차게 솟아오른 파도는 내게서 고작 몇 미터 떨어진 곳에서 산산이 부서졌다.

마침내 기적이 일어났다. 윙윙거리는 소리가 들리더니 계기판에 불이 켜지면서 화면이 반짝거리기 시작했다. 비록 그 외에 다른 것들은 전혀 작동하지 않았지만, 방금 전 자동으로 콜로니에 신호가 갔을 것이고, 따라서 사령부에서는 내 위치를 파악했을 것이라고 확신했다.

마을 친구들의 함성, 그리고 나를 부르는 타요의 고함 소리가 뒤섞이는 가운데 나는 고집스럽게 캡슐의 조종석에 앉아서 콜로니와 연결되기를 기다렸다. 그러는 사이 파도가 캡슐 아래쪽을 때리고는 이내 흩어져버리는 느낌이 들었다. 그 충격으로 캡슐이 출렁거리면서 위로부터 물거품이 쏟아졌다.

그 순간, 메인 화면에 이미지가 형성되는가 싶더니, 콜레트 사령관의 얼굴이 희미하게, 그러나 충분히 알아볼 만하게 나타났다.

나는 나를 보게 되어서, 내가 살아 있음을 알게 되어서 기뻐하는 사령관의 모습을 기대했다. 그런데 전혀 그렇지가 않았다. 사령관의 얼굴에는 불만이 가득했고, 거의 화가 났다고 해도 과언이 아니었다.

"아니, 아직도 그 섬에 있으면 어쩌자는 겁니까?"

"미사일이….”

침묵이 흘렀다. 내 질문이 사령관에게 도착하는 데 걸리는 시간이다. 두 세기에 걸친 연구 끝에 이 시간은 몇 분에서 몇 초로 줄어들었다.

"우리도 다 알고 있습니다. 우리는 당신이 살아 있다는 사실을 알고 있었단 말입니다.”

"유도 알고 있나요?"

"지금은 그런 한가한 소리나 하고 있을 계제가 아닐 텐데요.”

"그래도 사령관님이 그렇게 말하셨잖습니까….”

"…그래요, 유도 곧 알게 될 겁니다. 우리는 괜한 시간만 낭비하고 있군요. 내가 말했듯이, 난 약속은 지키는 사람입니다.”

우리의 대화는 견디기 어려운 침묵의 시간과 더불어 계속되었다. 내 가까이에 버티고 있는 바위에 부딪치는 파도 소리가 그 침묵의 시간을 채워주었다.

"조모들은 여기 없습니다."

"이런 젠장, 제발 내가 아직 모르고 있는 사실들이나 말해보라고요! 조모들이 있는 섬의 좌표와 당신이 있는 섬의 좌표를 보낼게요."

몇 초 뒤, 지도 한 장과 몇 가지 숫자가 화면에 나타나자, 나는 얼른 그것을 내 기억 속에 저장했다. 조모들이 있는 섬은 내가 있는 섬에서 북북동 방향이며, 거리는 이백 킬로미터 이상 떨어져 있었다. 그 두 섬 사이에는 다른 몇몇 섬들이 자리 잡고 있었다.

"그런데 어떻게 해야 그 섬에 갈 수 있을까요?"

나는 사령관의 답을 기다렸다.

"항해를 해요!"

사령관이 버럭 악을 쓰는 순간 세찬 파도가 캡슐을 때리면서 사령관의 얼굴이 금세 물에 잠겼다.

내가 걱정했던 대로 바다는 다시금 캡슐을 집어삼켰다. 캡슐은 언젠가 다시 솟아오를 수도 있을 테지만, 그땐 어떤 상태일까?

바위에 부딪치는 바람에 얻은 상처와 멍 자국은 회복되고 있었다. 나는 야자수 텐트 아래에 편안히 누워 안티나와 타요를 맞이했다. 두 사람은 먹기 좋게 썬 과일들과 구운 생선을 가져왔고, 촌장도 방문해서 내 건강을 염려해주었다.

카시아는 줄곧 곁에서 상처에 기름을 발라주었는데, 과연 그 기름이 효과가 있을지 의문이었으나 기름에서 나는 매우 은은한 꽃향기는 마음에 들었다.

마치 나를 애무하듯 상처를 보살펴주는 카시아의 미소 띤 얼굴이 어찌나 아름답고 평온한지 나는 내가 정말로 이 섬을 떠나고 싶은지, 섬을 떠나 다시금 사령관의 지시에 따라—물에 빠져 죽을 것이 확실한데도— 항해에 나서야 하는지 의문이 들기 시작했다.

고향 사람들이 내가 커다란 섬을 발견하기 위해 바다 항해를 계속하기를 바란다고 전하자 안티나가 말했다.

"우리 공동체에서 마지막으로 먼바다 항해에 나섰던 남자는 섬을 몇 개 발견했다고 자랑했어. 그는 그 섬이 암석투성이

인 데다 나무라고는 한 그루도 없는 섬이지만 먹고살 수는 있을 거라고 했지. 그 남자는 다른 섬들도 발견하고 싶다면서 또다시 항해에 나섰어. 멀리 가서 아름다운 섬을 찾아내겠노라고 큰소리치면서 떠났는데, 그 뒤로 그 남자는 돌아오지 못했어."

"어쩌면 그 사람은 원하던 섬을 찾았을 수도 있잖아?"

"만일 그랬다면 돌아와서 우리에게 알렸을 거야. 매번 항해에서 돌아올 때마다 우리가 자기를 영웅 대접해주면서 잔치를 열어주기를 꿈꿨거든."

"그런데 실제로는 영웅이 아니었던 모양이지?"

"마을에선 모두들 그 남자를 미친 사람 취급했어."

타요가 다소 후회가 담긴 듯한 목소리로 대답했다.

"그 남자는 실제로 미쳤잖아." 안티나가 반박했다. "아니라면, 부족한 거라곤 하나도 없는데, 왜 먼 길을 떠났겠어?"

화가 난 안티나가 격양된 어조로 말했다. 평소에는 그런 모습을 본 적이 없던 터라 나는 안티나와 타요가 이 문제를 놓고 갈등하고 있다고 짐작했다.

"난 떠나지도 않았는데 왜 그래."

그가 변명처럼 우물거렸다.

"물론 떠나지 않았어. 하지만 이전에 너무 멀리까지 간 적이 있잖아."

"그렇게 먼 곳도 아니었어. 언제나 해안이 보이는 곳에 있었으니까…, 난 그저 섬을 한 바퀴 돌았을 뿐이야."

그가 나에게 설명했다.

나는 타요에게 모험가 기질이 있음을 알아차렸다. 안티나만 아니었다면 그는 벌써 먼바다 항해에 나섰을 터였다. 언젠가 내가 조모들이 머물고 있는 섬에 가고자 한다면 그만이 내 유일한 희망임을 다시 한번 실감했다.

그렇긴 해도, 이토록 좋은 친구를 왜 그토록 불확실한 항해에 끌어들인단 말인가?

그야, 늘 똑같은 대답이지만, 유 때문이다.

사령관은 자기가 약속은 지키는 사람이라고 내게 장담했다. 사령관의 그 말은 유가 수명 연장 프로그램의 수혜자가 되려면 내가 임무를 끝까지 해내야 한다는 뜻이었을까?

그러나 사령관의 말에 대한 내 의심은 점점 커지기만 했다. 나는 골똘히 생각해보았다.

유는 콜로니에 너무나 소중한 존재니, 내게 무슨 일이 생기든 상관없이 분명히 벌써 수명 연장 프로그램의 수혜자로 선발되었을 것이다. 내가 맡은 임무의 결과가 어찌 되든지 말이다.

그러니 나는 용도 불명답게 보기 좋게 속은 거다.

그 뒤 며칠 내내 내 안에서는 솟아오르는 분노가 슬픔을 대체했다. 사령관은 나를 멀리 쫓아 보내기 위해, 아마도 영원히 나를 유에게서 떼어놓기 위해, 나를 속였다.

태어나서 처음으로 나는 반역자 기질이 용솟음치는 것을 느꼈다. 어차피 나는 '권위를 존중하는' 마음이 희박한 사람이라지만, 얼마 안 되는 그 마음마저 와르르 무너져버렸다. 뿐만 아니라 새로 사귄 친구들에게 더 이상 '용도 불명'이 아닌 사람이 된 이후부터는 '용도 불명'이라는 꼬리표도 참을 수 없어지기 시작한 터였다. 그도 그럴 것이, 나를 열등한 사람 취급하는 콜로니가 나를 새로이 맞아준 이 작은 사회보다 나은 곳이라고 누가 감히 확신할 수 있겠는가 말이다.

이곳에서는, 소박함을 추구하는 타고난 기질을 지닌 내 친구들은, 자기들이 사는 섬을 '우리의 땅'이라고만 부를 뿐 특별한 이름조차 붙여주지 않았다. 그러나 나는 마음속으로 가장 먼저 사랑의 섬이라는 이름을 떠올렸는데, 이내 그게 너무 평범한 이름이라는 생각이 들었다.

그래서 그다음으로 생각해낸 이름이 에로스였다. 대재앙 이후에 등장한 사회가 그랬듯이, 우주 태초의 혼돈과 밤으로부터 태어난 열정과 성애의 신 에로스. 나는 에로스 신이 이성과 지혜를 길들이는 일에 능했음을 기억하는데, 이곳에서는 타후 신의 모습으로 살면서 스스로를 새로운 지혜로 정착시키는 셈이었다.

그 뒤 이어진 에로스섬에서의 날들 동안 나는 카시아의 품안에서 필사적으로 열정을 쏟아냄으로써 내 안의 분노와 슬픔을 쫓아내려 애를 썼다. 나의 절망적인 노력의 이유 따위는 전혀 눈치채지 못한 카시아였지만, 그 노력이 빚어낸 효과에는 더할 나위 없이 행복해했다.

바닥으로 떨어진 사기를 끌어올리기 위해 그동안 적어놓은 메모들—십중팔구 나만이 이 메모를 읽는 유일한 독자일 것 같다는 확신에 다시금 서글픔이 밀려들었다—을 다시 읽어보고 있는데, 타요와 안티나가 나를 찾아왔다.

두 사람은 방금 잡은 물고기들로 꽉 찬 바구니 여러 개를 긴 장대에 매달아 들고 있었다.

"고맙지만, 난 이 많은 걸 다 먹을 수 없을 것 같아."

"우리는 지금 다른 사람들을 보러 가는 길이야." 안티나가 말했다. "원한다면 너도 같이 가도 돼."

"다른 사람들이라니, 그 사람들이 누군데?"

"가 보면 알아."

타요가 더는 설명하지 않고 짧게 말을 끊었다.

나는 즉시 두 사람의 제안을 받아들였다. '다른 사람들'이라는 말속에서 심상치 않은 분위기를 감지했기 때문이다. 실제로 두 사람은 이들에 대해서 몇 번씩이나 은근하게 암시한 적이 있다.

나는 카시아에게도 함께 가자고 제안했으나 어찌된 영문인지 그녀는 구역질하는 듯한 표정까지 지어가면서 완강하게 거절했다.

"왜 안 가겠다는 거야?"

"너도 가 보면 알게 될 거야."

카시아는 쌀쌀맞은 말을 남기고는 도도하고 불만에 가득 찬 자태로 멀어져갔다.

강력한 반대에도 불구하고, 나는 안티나 손에 들려 있던 장대를 빼서 어깨 위에 올리고선 섬의 내륙 지대 쪽을 향해 걸어갔다. 처음 캡슐에서 내릴 때 알아차렸듯이, 섬은 해안에서 조금만 멀어져도 경사가 가팔라지기 때문에 숲에서 조금만 걸어들어가도 이내 힘들어진다. 섬 지형에 익숙한 타요도 힘이 들기는 마찬가지인 것 같았다.

우리는 실개천을 거슬러 올라갔다. 냇가에서 두 번인가 목을 축인 뒤 개천 길을 벗어나 다른 길로 접어들었다. 앞장 선 안티나는 조금도 주저하지 않고 성큼성큼 길을 찾아갔는데, 나는 빙 둘러싸인 숲속에서 어디가 어딘지, 어디가 길인지 도무지 구분이 되지 않았다. 두 사람이야 물론 초행이 아니었지만.

우리는 나무들이 빽빽하게 들어선 오르막 능선을 가로지른 다음 다시 내리막길로 접어들었다. 아주 가까이에서 시냇물이 졸졸 흐르는 소리가 들렸다. 이윽고 나무들을 베어낸 공터, 아니 나무들이 덜 무성한 틈새가 나왔다. 듬성듬성 박힌 나무 그늘 아래로 종려나무를 엮어 만든 오두막집들이 보였다.

어느 오두막에선가 여자 한 명이 나오더니 우리를 보고는 좋아서 환호성을 질렀다. 여자가 다가오자 그녀의 모습이 눈에 들어왔다. 거의 백발이 다 된 머리카락과 주름진 피부, 비정상적으로 살이 없이 바싹 마른 몸매. 여자는 몸을 구부정하게 굽힌 채 좁은 보폭으로 걸었는데, 마치 아프거나 고령 때문에 빨리 속도를 낼 수 없는 것 같아 보였다. 그래도 그녀는 우리를 만나게 되어 기쁜 나머지 고통 따위는 어느새 잊어버렸다는 듯이 행동했다.

여자는 마을 한가운데까지 우리를 따라왔다. 그곳에서 안티나와 타요는 거무죽죽한 돌 뒤에 생선 바구니를 내려놓았다. 아마 그 돌이 화덕인 모양이었다.

마을의 다른 주민들도 우리 쪽으로 달려왔다. 마침내 내가 '다른 사람들'을 발견하는 순간이었다.

처음에는 우리를 둘러싼 장년층이나 나이 많은 주민들만 보이더니 차츰 그보다 젊은 사람들도 눈에 들어오기 시작했다. 언뜻 보아도 모두 아프거나 불구자들이었다. 두 팔과 두 손이 쪼그라든 아주 어린 소녀 한 명은 호기심 가득한 눈으로 나를 요모조모 살폈다. 아이는 장애 때문에 특별히 슬퍼하지는 않는 것 같았는데, 공동체에서 아이를 잘 받아들여준 모양이었다. 다양한 연령대의 맹인들도 눈이 성한 사람들을 따라 우리 주위로 몰려들었다. 방사선이 이 가엾은 몇몇 사람들의 유전자에 흔적을 남긴 것일까? 여기까지 와서야 그 질문에 답을 할 수 있게 되다니.

건강해 보이는 젊은이들도 더러 눈에 띄었는데, 해변가 마을에서는 일상적으로 만나는 아름다움을 그들에게서는 전혀 발견할 수 없었다. 사랑하는 이의 눈에만 보이는 아름다움을 제외한다면, 특별한 매력이나 아름다움이 결여된 그저 평범한 사람들뿐이다.

안티나와 타요 못지않게 끈끈하게 결합된 것처럼 보이는 커플들이 오더니 두 사람을 얼싸안았다.

사람들은 식사 준비를 위해서 불을 피우고 생선을 손질했다. 손질된 생선은 화덕 위에서 지글지글 기분 좋은 소리를 내며 익어갔다.

해변가 마을에 처음 도착했을 때처럼, 나는 이곳에서도 모든 이의 관심의 대상이 되었다. 타요와 안티나는 지역마다 다른 언어에 익숙하지 않은 내가 염려되는지, 무슨 중요한 인물의 대리인이라도 된 것처럼 거기 모인 사람들의 호기심 어린 모든 질문에 나를 대신해서 대답했다.

나도 마을 사람들을 관찰했다. 모두가 병자들이며 노인들, 보통 사람들, 요컨대 해변가 마을에 도착해서 만난 거의 절반은 신에 가까운 젊은이들과는 많이 다른 사람들이었다.

하지만 이내 아름다움에 있어서 내 두 친구들과 흡사한 느낌을 주는 몇몇 사람들을 발견했다. 해변가 마을에서라면 굉장히 인기 많았을 젊은 곱슬머리 아폴론. 그의 곁에 착 달라붙어 있는 젊은 아가씨는 매력이 없진 않았지만 카시아나 해변가 마을의 다른 아가씨들 옆에 가면 명함도 내밀기 어려울 정도였다.

그리고 나이 서른이 갓 되었을 법한 두 명의 젊은 여성. 벗겨진 머리며 불룩 튀어나온 뱃살로 미루어 이들보다 나이가 더 들어 보이긴 했지만 아직 건장한 남자들이 두 여자 곁을 지켰다. 이 마을 공동체도 해변가 마을만큼이나 평등한 사회인지, 나이를 많이 먹었다고 해서 서열이 높아지는 것 같지는 않았다. 때로는, 적어도 여자들이 보기에는, 젊은 남자들에게는 결여되어 있는 것을 나이가 어느 정도 보완해주기도 하는 법이다.

식사가 계속되는 동안 나는 더는 육체와 아름다움이 주는 매력에 의해서 끌리는 것이 아닌 이들의 관계를 관찰하면서, 일종의 안도감을 느꼈다.

비로소 나는 타후가 그저 좋은 게 좋은 거라는 식의 신이 아니라는 사실을 깨우쳤다.

물론, 사랑의 쾌락을 주고받는 것은 잔치의 즐거움, 먹고 마시는 기쁨과 마찬가지로 타후를 경배하는 가장 고귀한 수단이었다. 지나치게 자주 구애를 거절하는 것이 좋게 평가되지 않는 건 사실이었지만, 원하지 않는 상대에게 자신의 욕망을 받아들이라고 강요하는 것 역시 타후에 어울리지 않는 행동일 것이다.

그렇기 때문에 자신이 나이나 질병 때문에 더 이상 성적 욕망을 불러일으키지 않는다고 여겨지면 그 즉시 이 두 번째 마을로 옮겨왔다. 다른 사람들에게 자신의 질병이나 노화, 즉 보는 이들에게 연민이나 혐오—타후에 어긋나는 정서—를 불러일으킬 수도 있는 모습을 보여주지 않기 위해서였다.

마찬가지로, 청소년기에 벌써 자신은 사랑의 쾌락을 찾아가는 경주에서 승자가 될 수 없음을 깨달은 사람들은 일찌감치 이 산속 마을로 들어오는 쪽을 택하기도 하는데, 이때 같은 생각을 가진, 그러니까 '타후식' 사랑법에 그다지 재능이 없는 파트너를 동반하기도 한다.

결국, 나의 가설을 계속 밀고 나가자면 행복이란 자신이 남들과 다를 바 없다고 느끼는 것이며, 이 섬 사람들은 두 부류의 사람들 사이에 존재하는 불평등을 드러나지 않도록 감추려는 듯 공동체를 둘로 나누는 방식을 택했다.

해변가 마을에 남아 있어도 될 정도로 성적으로 매력적이지만 그 마을을 떠나는 사람들이 있는데, 그건 이들이 안티나와 타요처럼 '남들과 공유를 원하지 않기' 때문이다. 예컨대, 젊은 곱슬머리 아폴론이나 나의 눈길을 끈 두 젊은 아가씨 같은 경우는 자신들이 사랑하는 사람과 같이 산속 마을로 들어온 것이었다.

화성 콜로니에서는 실연이니 경쟁심이니 하는 것을 최대한 피하기 위해 과민성 완화치료법이라는 안전망을 마련해두고 있었다. 솟구치는 정념이 좀처럼 잦아들지 않을 경우에 대비하기 위한 장치였다.

타후를 섬기는 길은, 말하자면 풍성함과 자유로움을 통해서 사랑으로 인한 마음의 병을 사라지게 하는 것이었다. 그런데 그 방법은 선택받은 사람들에게만 효험이 있었다. 아름다움과 경박한 마음을 겸비한 이들만이 그 길을 따를 수 있다는 말이다.

성적 매력을 타고나지 못한 사람들이나 감정에 집착하는 사람들에게는 이 산속 마을이 피신처가 되어주었다. 너무 깊은 사랑은, 그러니까 타후식 사랑에는 좋지 않은 것이다. 타요와 안티나는 두 사람이 머지않아 이 마을로 옮겨와야 할 운명임을 알고 있었다.

"그런데 왜 이렇게 깊은 산속에 마을을 지었어? 해변에 지을 수도 있었잖아."

안티나가 먼저 대답했다.

"그건 타후의 계율 때문이야. 쾌락의 테두리에서 벗어나기를 원하면, 남들의 눈에 띄지 않아야 하는데, 해변이라고는 아랫마을 딱 한 군데뿐이거든."

"그래도 해변이 상당히 넓잖아. 그러니까 곶 근처에 마을을 세워도 되었을 텐데, 왜 완전히 남들의 눈에서 사라지려고 했던 거야?"

"예전에 그런 제안을 했는데, 사람들이 싫다고 했어. 그 뒤론 그게 관습이 되어버린 거지." 타요가 설명했다.

"내 생각에는 여기 사람들이 과거의 삶을 잊기 위해서 멀리 떠나는 걸 선호하는 것 같아." 안티나가 추측했다. "그리고 뭐랄까 수치심을 느끼고 싶지도 않을 테고."

해변가 마을 주민에게는 누구나 한 번 이 마을을 방문해야 할 의무가 있었다. 무엇보다도 이 유배자들의 마을은 바다에서 멀리 떨어져 있으니 이들에게 생선을 가져다주기 위해서라도 꼭 필요한 조치였다. 그런데 의무인 첫 방문 이후 또다시 방문하겠다는 지원자는 매우 적다고 한다. 이 산속 마을에 와서 본 것이 충격적이거나 혐오스러웠기 때문일 수도, 언젠가 자기들도 똑같은 처지에 놓이게 된다는 생각이 못마땅하기 때문일 수도 있다.

내 두 친구는 정기적으로 이곳을 방문하는 몇 안 되는 사람들에 속했다.

즉흥적인 연회를 마친 뒤 우리는 제 발로 돌아다니지 못하는 사람들을 찾아 나섰다. 우리가 사는 해변가 마을 집들보다 조금 낮게 지어진 오두막에서 나는 진정한 의미의 비참함을 마주했다. 걷지 못하는 노인, 먹지 못해 말라비틀어진 채 고열에 시달리는 환자, 그들 중 더러는 임종을 앞두고 있었다. 나는 캡슐에 쌓아둔 약을 가져올 생각을 미리 하지 못한 것이 못내 후회스러웠다. 그 약만 있다면 적어도 염증 때문에 괴로워하는 환자들은 치료할 수 있었을 텐데.

하지만 아직 정신이 맑은 사람들은 거의 모두가 나에게 미소를 지어 보였다. 그들은 전혀 고통스러워하지 않는 것 같았다. 바닥에 깔린 돗자리 가까이에는 항상 속이 빈 코코넛 껍질이 있었다. 그 속에 갈색 액체가 담겨 있었는데, 꼭 흙탕물 같았다. "타후쿠루"라고 안티나가 가르쳐준다.

타후쿠루는 식물의 한 종류로, 그 식물의 즙으로 탕약을 만들어서 복용하면 통증이 진정되고 정신이 해방된다고 했다. 사람들이 그 식물을 가져와서 보여주었는데, 나는 대번에 그것이 양귀비임을 알아보았다. 콜로니의 온실에도 양귀비 모종이 자라고 있었다.

내 친구들은 그 식물이 높은 지대에서 자란다고 설명했다. 너무 많이 캐가지 않고 늘 풍성하게 자랄 수 있도록 신경 쓸 뿐 아니라, 때로는 다시 씨를 뿌리기도 한다는 말도 덧붙였다. 그러니까 아편 재배가 이 작은 사회에서 이루어지는 유일한 형태의 농업인 것이었!

대재앙 이전 시대의 지구에서 사람들이 아편을 피웠다는 사실을 알고 있었지만, 이 섬에는 아직 그러한 용도로 이 식물을 활용하는 법이 알려지지 않았으니, 나도 함구하기로 했다.

나는 타요와 안티나에게 혹시 부모님들이 이 마을에 살고 있는지 물었다. 타요의 어머니는 돌아가셨고, 안티나의 어머니는 미모가 여전한 큰 체구의 부인이었다. 조금 전에 안티나와 다정하게 이야기를 나누던 부인이 바로 어머니였던 것이다.

그렇다면 두 사람의 아버지들은? 안티나와 타요는 해변가 마을의 풍습을 고려해볼 때, 자신이 태어날 무렵 자기 어머니를 유혹할 만한 나이에 있던 거의 모든 남자를 아버지로 여긴다고 설명해주었다. 요컨대 이 산속 마을에 사는 장년층 남자들 가운데 몇 명은 그들의 아버지일 수 있다는 뜻이었다.

"그런데 너희 마을 사람들은 부모님이나 조부모님이 병들면 보러 안 와?"

"나이든 부모님이 괴로워하거나 죽어가는 광경을 지켜보는 건 타후스러운 게 아니야."

안티나가 알려주었다. 그녀의 어조에서 그러한 자신들의 고유한 문화에 동의하지 못하겠다는 불만이 드러났다.

"우리 섬 사람들은 그런 부모님을 잊는 편을 더 좋아해."

타요가 담담하게 말했다.

그 이야기를 듣자 나는 지구 문명의 마지막 세대들에 대해 배운 내용이 떠올랐다. 더는 혼자 힘으로 살 수 없게 된 노인들은 남들의 눈을 피해 집단생활 장소를 찾아들며, 거기서 모르는 사람들 틈에 섞여 인생을 마감한다는 것이었다.

그러고 보면 타후는 대재앙 전에 이미 지구에 군림하기 시작한 셈이다. 그때는 아직 타후라는 이름으로 불리지 않았을지라도 말이다.

콜로니에서는 부모가 되어본 경험이 없는 사람들이 대다수였으므로, 그들을 보러 올 자식들도 없었다. 하지만 같은 세대에 속하는 사람들은 거의 모두가 서로서로 잘 알기 때문에 죽을 때까지 교류하면서 살았다. 즉, 늙도록 고독이란 존재하지 않았다. 당신과 같은 층에 사는 이웃들은 어렸을 때부터 줄곧 알고 지내던 사람들이라는 말이다. 죽음이 다가올 때면, 우리에게는 풀을 뜯어서 제조한 아편보다 훨씬 복잡한 과정을 거쳐 만들어낸 약들이 있어서, 모든 두려움과 고통은 사라지게 도와주되, 의식은 말짱하게 유지시켜주었다.

해변가 마을로 돌아오자마자 나는 카시아를 찾았다. 나의 체험을 들려주고, 카시아도 산속 마을 방문에 지원한 적이 있는지 물어보고 싶어서 마음이 조급했다. 그뿐 아니라 카시아를 얼른 품에 안고 싶은 마음도 굴뚝같았다. 순전히 성적 욕망에서 비롯된 것인지, 아니면 다른 종류의 감정도 약간은 섞여 있는 건지 나 자신도 알 수 없었지만.

카시아를 찾아서 마을 주변을 걷다가 카시아의 전 애인 두 명과 마주쳤다. 둘 다 나에게 상냥하게 인사를 건네왔다. 이윽고 작은 관목 덤불을 우회하던 중에 나는 웬 젊은 남자와 함께 걷고 있는 카시아를 발견했다. 그 남자에 대한 내 인상은 매우 좋지 않았다. 이미 그 녀석과는 한판 붙은 적이 있는데, 그는 나의 다른 상대들에 비해서 훨씬 더 거칠게 굴어댔다. 구경하던 마을 사람들이 우리의 싸움이 점점 타후식에서 벗어난다 싶었는지 아예 싸움을 중단시켰을 정도다.

쾌락을 맛본 뒤에 늘 그랬듯이, 카시아의 두 볼이 발그스름하게 달아오른 것 같다고 느꼈다. 그런데 카시아는 나를 보자마자 나에게 두 팔을 내밀면서 잰걸음으로 다가왔다. 나는 그녀의 어깨 너머로 보이는 내 경쟁자—앞뒤 고려할 것도 없이 그가 내 경쟁자라고 멋대로 단정해버렸다— 때문에 몸도 얼굴도 굳어버린 채 우두커니 서 있었다. 그는 분명 타후적이라고 할 수 없을 도발적인 표정—나를 사로잡는 질투도 그의 도발만큼이나 타후적이라 할 수 없었다—으로 나를 노려보았다.

친선 대사로서의 내 역할을 떠올린 나는 그제야 마음을 추스르고서 상대의 도전에 도전으로 화답하는 대신 묵묵히 카시아의 포옹을 받아들였다. 카시아의 몸을 끌어안자 분노와 욕망이 마구 뒤섞여서 용솟음쳤는데, 이는 여태까지 내가 한 번도 느껴보지 못한 전혀 새로운 감정이었다.

그런데 가까이에서 보니 카시아의 두 볼은 내가 생각했던 것보다 덜 발그스름했고, 내 경쟁자가 우리 둘만 남겨두고 멀어져 가자 왠지 기분이 상한 것 같았다. 카시아는 내가 정말로 질투라고는 모르는 사람이라고 믿을 정도로 천진한 걸까? 그럴지도 모르지.

그러나 내 경쟁자는 확실히 그렇지 않았다. 카시아를 정복함으로써 그는 우리가 남자끼리 벌였던 싸움, 그가 신속하게 나를 때려눕히고 싶어 했던 그 싸움에 대한 복수전을 성공리에 치렀다고 생각했을 터였다.

카시아가 잠시 나에게 충실하지 않았던 건 사실이지만, 그럼에도 나는 여전히 카시아의 가장 큰 총애를 받는 남자인 듯했다.

카시아와 팔짱을 끼고 돌아오면서 나는 타후의 길에서 궤도 이탈하지 않으려고, 머릿속에서 불필요한 질문거리들—정말 카

시아가 나를 배신했을까?—, 그리고 지금까지는 전혀 모르고
지냈던 질투라는 감정—유는 타고난 곧은 성품 때문인지 우리
가 함께하는 동안, 이따금씩 다른 남자들의 시선을 받게 되어도
단 한 번도 질투심을 유발한 적이 없었다—을 털어내려고 무진
애를 썼다.

　타후를 경배하는 이들은 질투심에서 벗어난 것으로 간주되
는데, 과연 실제로도 그럴까? 어쨌거나 내 경쟁자는 그렇지 않
은 게 분명했다.

　마음을 진정시키려고 나는 카시아에게 산속 마을에 갔던 이
야기를 들려주었다. 카시아는 진지한, 아니 거의 슬픔 어린 표
정으로 잠자코 듣기만 했다. 나는 그녀에게 산속 마을에 가본
적이 있는지 물었다.

　"그럼, 모두가 적어도 한 번은 그곳에 가야 해."

　"그런데, 그다음에 또 간 적은 없어?"

　"없어."

　나는 아무 말도 하지 않았다. 그때 카시아가 갑자기 걸음을
멈추더니 정면으로 나를 쳐다보았다.

　"그런데 그건 왜 물어?"

　"아무것도 아니야, 그냥 궁금해서."

　"혹시 지금 나를 판단하려는 거야?"

　분노로 어두워지는 카시아의 아름다운 눈동자가 보였다. 그
녀는 눈썹까지 잔뜩 찌푸리더니 입가의 미소도 거둬들였다. 나
는 카시아의 유쾌한 기분과 평온한 마음을 망쳐놓은 게 미안해

서 어쩔 줄 몰라 했다. 다른 별에서 날아온 데다 그 사실마저 거 짓으로 얼버무리고 있는 주제에, 내가 무슨 자격으로 남을 판단 하겠는가?

"그런 거 아니야, 이러지 마."

그러면서 나는 카시아에게 입을 맞추었다. 키스를 받아주고 있긴 했지만, 나는 그녀가 나로 인해 심란해하고 있으며, 내가 뭐라고 할지 촉각을 곤두세우고 있음을 느꼈다.

곧 안티나와 타요가 나타났고, 다시 만난 우리는 언제나처럼 평온하고 명랑한 대화를 주고받았다. 두 사람은 산속 마을 방문 에 대해서는 한마디도 꺼내지 않았다.

한순간, 타요를 바라보는 심상치 않은 카시아의 눈길이 내 시선을 사로잡자, 나는 질투 때문에 이젠 내가 제정신이 아닌가 보다고 쓸쓸히 생각했다.

그날 저녁 카시아는 열정적으로 나에게 몸을 내어주었다. 내가 없는 동안 다른 사람에게 한눈팔지 않았음을 확신하게 해주려는 마음이었거나, 적어도 나를 다시 만나 기쁘다는 표현 이리라.

그러자 내 마음도 진정되는 것 같았다.

나도 타후의 신자로 개종하게 되는 건 아닐까?

산속 마을을 방문한 이후, 나는 좀처럼 평화를 되찾지 못하고 있었다. 밤마다 몹시 힘들었다. 새벽이 되기도 전에 잠에서 깨기 일쑤였는데, 대체로 유가 나로부터 멀어져가거나 사라져버리는 꿈을 꾸고 난 뒤에 소스라치게 놀라서 잠이 깨는 것이었다.

나는 내 자신이 여전히 다른 사람들의 노리개에 불과하다고 자책하면서 내가 처한 상황을 곰곰이 되짚어보기 시작했다. 콜레트 사령관은 유의 구원을 미끼로 던지면서 나를 이곳으로 보냈다. 카시아는 나에게 버섯을 먹여 자신의 구애를 받아들이게 하는 작전에 성공했다.

이 낙원 같은 곳을 떠나고 싶다는 마음이 나를 괴롭혔는데, 그건 콜레트 사령관의 지시에 따르기 위해서가 아니라, 이 기만적인 에로스섬에 머물 수밖에 없는 상황을 점점 더 견디기가 힘들어졌기 때문이다. 게다가 내 안에서는 유의 운명이 어쩌면 내 성공 여부에 달려 있을지 모른다는 의구심도 자라나고 있었다.

날이면 날마다 캡슐이 다시 모습을 드러내주기를 바라면서 절벽 주변을 거닐어보지만, 기대는 매번 실망으로 끝났다. 캡슐이 해변의 다른 지역에 묶여 있는 게 아니라면, 해류에 실려 먼 바다로 떠내려간 모양이었다. 나는 은근히 전자 쪽을 기대하면서 타요에게 벌써 한 번 성취한 적이 있다는 섬 일주를 제안했다. 배를 타고 섬을 한 바퀴 돌다 보면 캡슐을 다시 발견할 수 있을 거라는 막연한 희망에서였다.

기쁘게도, 그는 이 계획에 동의했다. 다만, 그의 기억대로라면 나흘에서 닷새 정도는 걸리게 될 섬 일주에 나서려면, 반드시 철저한 준비가 필요하다는 조언도 잊지 않았다. 우리는 항해하기에 바다가 너무 거칠거나 낚시 결과가 시원찮을 경우 등에 대비해서 식량을 마련했다. 안티나도 우리와 함께 갈 것인가? 그건 아니었다. 고기를 잡으러 짧게 바다에 나가는 게 아니라 이번처럼 긴 여행을 하는 데는 셋보다 둘이 유리할 테니까. 그가 내 조언에 따라 조금 더 길게 만든 새 카누를 타고 간다 해도 사정은 다르지 않을 터였다.

어제 저녁, 나는 타요와 안티나와 함께 절벽을 따라 산책했다. 그러다 절벽의 가장 꼭대기에서 야자나무 줄기들을 엉성하게 엮어서 만든 문 같은 것을 발견했다. 혹시 물까지 내려가는 사다리나 계단이 시작되는 곳일까? 그럴 리가. 그 문은 허공을 향해 열려 있을 뿐이었다. 그 문을 지나도 수직으로 솟은 깎아지른 듯한 절벽이 있을 뿐, 다른 거라곤 아무것도 없었다. 친구들은 놀라워하는 내 모습을 놓치지 않았다.

"타후의 문이야."

타후는 쾌락의 신이라더니, 허공에 몸을 날리기 위해 이 문을 건너가는 게 쾌락과 무슨 상관이 있다는 거지?

"산속에 들어가서 살기 싫은 사람들을 위한 거지." 안티나가 설명했다.

"그 사람들을 여기로 데려온단 말이야?"

그제야 나는 지금까지 상당히 온화하고 부드러운 편이라고 여겼던 이들 문화의 잔인성과 대면하게 되는 것 같아 겁이 나기 시작했다.

"그런 게 아니야!" 타요가 기가 막힌다는 듯이 내 말을 반박했다. "그 사람들 스스로 이곳을 찾아. 자기들의 결정에 따라 여기에 온다고."

"그런 일이 자주 있어?"

"산속으로 들어가는 것보다는 그런 식으로 마무리 짓는 편을 선호하는 사람들이 있으니까. 그리고 산속 마을로 들어갔는데, 거기서 견디지 못하는 사람들도 있고…."

"어떤 사람들은 산속 마을에서 며칠 살지도 않고 즉시 오기도 해." 안티나도 거들었다.

두 친구는 결국 이 섬의 주민 두 명 가운데 한 명은 타후의 문에서 삶을 마감한다는 사실을 털어놓았다! 아니, 이곳은 에로스가 아니라, 타나토스로군!

나는 저기, 오십 미터쯤 아래쪽에서 끊임없이 밀려와 바위에 부딪치는 파도를 물끄러미 바라보았다.

이로써 지상의 낙원이라고 믿었던 곳에 대한 내 망상은 산산 조각 나버렸다!

오늘 아침, 해변을 향해 걷다가 타요와 마주쳤다. 그는 저장해두고 먹을 수 있는 호두를 따러 숲으로 가는 중이라 했다. 호두는 저장이 가능해서, 목을 축여줄 야자열매와 더불어 우리 여행에 딱 어울리는 식량이 될 거라고 자랑스럽게 말했다. 같이 가겠다는 내 제안에 그는 도움은 필요 없으니 카시아와 물놀이나 하라고 만류했다.

그렇지만 아직 풍랑이 완전히 가라앉지 않은 바다 앞에서 카시아는 물에 들어갈 마음이 없다고 고집을 부렸다. 하긴, 이제껏 나는 카시아가 물에서 편안해하는 모습을 본 적이 없으며, 카누에 올라타는 모습도 본 적이 없다. 나는 더 권하지 않고 혼자서 일렁이는 파도 속에 몸을 맡기는 호사를 누리기로 했다. 나만큼이나 바다를 좋아하는 마을의 몇몇 사람들과 함께 꽤나 오래도록 헤엄을 쳤다.

그 뒤 물에서 나와 카시아를 찾았는데, 해변 어디에서도 보이지 않았다. 아마 기다리다가 따분해서 먼저 마을로 돌아간 모양이었다. 그러니 자유로운 몸이 된 나는 타요에게 가서 호두 따는 일을 도와도 될 터였다. 그런데 그 넓은 숲 어디에서 그를 찾아낸담?

나는 조금 떨어진 곳에 있는 안티나에게 갔다. 그녀는 내 조언에 따라 다른 사람들과 새 돛을 짜고 있었다. 어디로 가면 애인을 만날 수 있을지 물으니 선뜻 그녀가 함께 가자고 따라 나섰다.

우리는 함께 나무 그늘 속을 걸었다.

"너희들은 이제 곧 바다로 떠나겠네."

안티나가 침묵을 깨고 입을 열었다.

"응, 하지만 그저 섬을 한 바퀴 돌 뿐인데 뭐."

"난 네가 진짜 원하는 게 뭔지 알아. 넌 먼바다로 가고 싶어 하잖아."

"아니, 안티나, 타요는 멀리 가고 싶어 하지 않아."

"그래, 여기서는 그렇게 말하지. 하지만 일단 너랑 둘이서만 바다에 나가게 되면…."

"절대 아냐. 그는 네가 원하는 대로 하려고 하잖아."

안티나는 걸음을 멈추더니 한 손을 내 팔에 얹었다.

"약속해 줘."

안티나가 내 눈을 똑바로 들여다보면서 말했다.

"약속하라고? 무슨 약속?"

"절대로 타요와 함께 이 섬에서 멀어지지 않을 거라고 나한테 약속해줘."

"너한테 약속할게."

"그가 아무리 원한다고 해도. 약속해."

이제 보니 안티나는 내가 은근히 기대하고 있는 그것, 바다에 나가면 타요가 더 멀리 가고 싶어 할 거라는 바로 그 점을 두려워하는 중이었다.

"나한테 약속하는 거야?"

"응, 내가 장담할게, 안티나."

하지만 일단 바다에 나가면, 나는 과연 내가 한 약속을 지킬 수 있을까?

안티나는 내 속마음을 훤히 들여다보는 것 같았다. 어여쁜 얼굴을 내 쪽으로 바싹 들이대는데, 진지하면서 동시에 애원하는 듯한 눈길에 나는 마음이 아파왔다. 갑자기 불어온 돌풍에 안티나의 머리카락이 날리면서 내 뺨과 맨어깨를 스쳤다. 나는 문득 우리 두 사람이 불편할 정도로 가까이 서 있음을 깨닫고는 한 발짝 뒷걸음질 쳤다.

안티나는 이내 두 눈을 내리깔더니 한마디 덧붙였다.

"타요 없인 난 살 수가 없어."

아, 나는 반드시 약속을 지킬 것이다.

우리는 제법 숲속 깊숙한 곳까지 다다랐다. 그때 뭔가 밝은 물체가 저 멀리 나무 그늘에서 움직이는 모습이 눈에 띄었다. 그것이 카시아의 머리채라고 생각이 든 순간, 밝은 물체는 어느새 사라져버렸다. 안티나는 아무것도 보지 못한 눈치라 우리는 묵묵히 앞으로 나아갔다.

그런데 잠시 뒤 웬 목소리가 귓가에 와닿았다. 안티나와 나는 작은 봉우리의 꼭대기에 있어서 아래를 내려다볼 수 있는 형국이었다. 아래쪽에서는 카시아와 타요가 얼굴을 마주한 채 서 있었다. 그 두 사람은 우리를 보지 못한 상태였다. 놀란 우리는 우뚝 걸음을 멈춰 선 채 미동도 하지 않고 숨을 죽였다.

"…왜 안 되는데?" 카시아가 물었다.

"난 그러고 싶지 않아." 타요가 대답했다.

"하지만 너도 원하잖아."

타요는 말없이 카시아를 뚫어져라 바라보기만 했다.

"아무도 모를 거야."

카시아가 속삭이듯 말하며 방긋 미소를 지었다.

나는 이 미소의 위력을 누구보다 잘 알고 있다. 타요는 마치 포식자에게 꼼짝없이 사로잡힌 먹잇감처럼 카시아에게서 눈을 떼지 못했다. 그러더니 별안간 미망에서 깨어난 듯 몸을 부르르 떨었다. 나는 그가 카시아를 밀치리라고 예상했으나 그게 아니었다. 그는 여전히 꼼짝도 하지 않고 카시아를 바라보았다.

카시아는 그가 있는 쪽으로 손을 들어 올리더니 그의 뺨을 어루만졌다. 이윽고 타요가 카시아 쪽으로 한 걸음 다가섰다….

안티나의 외마디 비명 소리에 나는 소스라치게 놀라고 말았다. 카시아와 타요가 고개를 들더니 우리 쪽을 바라보았다. 벌써부터 타요는 눈물을 흘리며 안티나에게 달려오고 있었다. 분을 이기지 못한 카시아는 우리에게서 등을 돌리더니 성큼성큼 멀어져갔다.

"저쪽이야."

타요가 수평선의 한 지점을 가리키며 말했다.

우리는 조모들이 머물고 있는 섬으로 이끌어줄 곳을 따라 바다를 갈랐다. 안티나가 항해에 익숙해지겠다면서 키를 잡고 있었다. 만일의 경우, 우리 둘을 대신해서 키잡이 역할을 하기 위한 연습이었다.

전날, 안티나가 타요의 품에 안겨서 우는 모습을 바라보다가 나는 혼자서 마을로 돌아왔다. 카시아를 뒤따라갈 마음이라곤 내게 남아 있지 않았기 때문이다. 더 이상 그녀에게 손끝도 대고 싶지 않았다.

이곳에서는 흔한 일이라니까 즉흥적인 외도까지야 받아들이려고 노력해볼 수 있었지만, 사전에 미리 계획된 행동까지는 그럴 수 없었다. 더구나 나와 제일 친한 친구들, 마을 공동체에서 유일한 커플인 이들의 결합을 훼방놓으려는 의도는 정말이지 용납할 수 없었다.

서로에 대한 안티나와 타요의 충실함은 이곳에서 점점 더 고깝게 보이는 것이 사실이었고, 두 사람도 타후의 가르침에 따라

조만간 해변가 마을을 떠나야 한다는 사실을 잘 알고 있었다.

하지만 카시아는 그때까지 기다려주지 않았다. 나와 커플이 된 초기부터 카시아는 자기가 마을 여자들 가운데에서 가장 아름다우며—이 점은 진실에 가까웠다—, 따라서 어떤 남자도 자기의 유혹에 저항할 수 없고, 사실 유혹을 할 필요조차 느끼지 않는다고, 그저 눈길 한번 주기만 하면 그것으로 끝이라고 말해왔다. 나는 타요의 저항이 카시아에게는 일종의 공격내지는 무례함으로 작용했음을 이해했다.

한편, 타요는 진심으로 후회했다. 밤새도록 나는 두 친구가 텐트 속에서 속삭이는 소리를 들었다.

아침이 되자, 나는 두 사람이 드디어 '다른 사람들'이 사는 마을로 떠나겠다고 선언할 것으로 예상했다. 그렇게 되면 나에게는 두 사람을 따라 산속 마을로 갈 것인지, 아니면 이곳에 혼자 남아 타후의 계율에 익숙해져야 하는지를 선택해야 하는 힘든 과제가 주어질 터였다.

그런데 아니었다. 안티나와 타요는 나와 함께 떠나겠다고, 두 사람이 내가 떠나온 섬이라고 생각하는 곳을 찾으러 나서기로 결정했다고 알렸다.

온 마을 사람들이 우리의 출발을 보러 몰려왔다. 사람들은 진심으로 섭섭해했고, 심지어 촌장은 내 결심을 되돌리려고 애를 썼다. 그로서는 내가 떠나는 이유를 도무지 이해할 수 없다는 거였다. 왜 이미 떠나온 섬을 다시 찾아 나서야 하는 거냐고, 이 섬에서도 충분히 행복할 수 있지 않느냐고.

나는 그에게 약혼녀에게 돌아가야 한다고 설명했지만, 타후의 경배자에게 그건 말도 안 되는 소리였다. 내가 그와는 다른 신을 섬긴다는 사실을 잘 알고 있어도 달라질 건 없었다.

카시아와는 어둠이 내려앉은 뒤 마을 사람들로부터 조금 떨어진 곳에서 따로 만났다.

"너는 내가 언제까지고 너한테만 충실할 것으로 기대했어?"

카시아가 화가 잔뜩 난 투로 물었다.

"아니, 그럴 리가. 하지만 네가 일부러 타요에게 갈 거라고는 생각하지 못했지."

"왜 다른 남자들보다 그 남자는 더 안 되는데?"

"그건 네가 잘 알잖아."

달빛을 받은 카시아의 모습은 여전히 아름다웠다. 카시아가 매서운 눈빛으로 나를 쏘아보았다. 내가 산속 마을로 옮겨간 사람들을 찾아가 보았느냐고 물었을 때와 같은 눈빛이었다.

"지금도 여전히 나를 판단하려 드는 거야?"

"응, 아마 그런 것 같아."

"아니, 도대체 네가 뭔데 나를 판단한다는 거야? 무엇보다 먼저 거짓말쟁이인 주제에!"

맞는 말이었다. 그 말을 듣자 별안간 카시아가 정말로 상처받았다는 걸 느낄 수 있었다.

무엇 때문에 떠나면서 굳이 카시아에게 그런 상처를 남겨준단 말인가? 카시아는 금방이라도 울음을 터뜨릴 것 같았다. 동시에 내 머릿속에는 그녀의 품에서 보낸 모든 행복했던 순간이 떠올랐다.

"내 아름다운 여인, 너무 아름다운 나의 카시아, 아니야, 난 너를 판단하려 들지 않아. 나는 우리가 서로 사랑했는지는 확신할 수 없지만, 넌 분명 나에게 행복을 주었어. 그러니 나는 너를 원망하지도, 판단하지도 않을 거야."

나의 이 말이 카시아의 마음을 움직였는지, 그녀는 눈물을 닦았다.

"알았어. 그렇다면 이제 진실을 말해봐. 넌 어디에서 왔어?"

하늘에 떠 있는 달의 왼편에 반짝이는 별 하나가 보였다.

"저기."

내가 대답했다.

"넌 영원히 거짓말쟁이일 거야."

휘파람 소리처럼 마지막 말을 내뱉으며, 카시아는 등을 돌리고서 밤의 어둠 속으로 멀어져갔다.

너무나 기쁘게도 사령관은 로뱅이 무사하며 계속 임무 수행 중이라고 알려주었다. 그 외에 다른 자세한 내용은 없었다.

　이 소식 하나로 아테나가 내린 수수께끼 같은 결정의 속내를 파헤치고 싶다는 내 욕망이 달라지진 않았다. 나는 끈질기게 파고들었다. 미로에 갇혀서 갈팡질팡 서성거리는 실험쥐처럼.

　로뱅의 프로필에 접근하기 위해 나는 그에 관한 모든 전기적, 심리적, 신체적 정보들을 몽땅 활용해서 데이터뱅크에 저장된 내용을 뚫어보려 시도 중이다. 엄청난 시간이 소요되는 작업인데, 접근 제한을 우회해야 하고, 그와 동시에 내가 들어왔던 흔적을 지우면서 전진하다 보니 그럴 수밖에 없었다.

　더는 내 헤드폰도 사용하지 않았다. 그걸 쓰면 너무 쉽게 내 정체가 드러나기 때문이다. 그 대신 거의 사용되지 않는 다른 컴퓨터를 통해서 접속에 성공한 가상화면을 이용했다. 그렇게 해두면 만에 하나 누군가가 나의 흔적을 찾아내려 할 때 추적에 혼동을 줄 수 있을 것이다.

　마침내 나는 뭔가 비정상적인 점을 발견했다.

어제 문득, 지금까지 내 사랑 로뱅의 이미지 정보는 한 번도 활용한 적이 없다는 데 생각이 미쳤다. 어쩌면 이미지 정보를 통하면 이제껏 내 추적을 비껴간 다른 연관 데이터에 접근할 수 있지 않을까? 나는 그가 병역 의무를 시작하던 초기에 찍은 증명사진을 찾아내서 그 사진을 가지고 검색 엔진을 가동했다.

그랬더니 메시지가 뜨는데, 금지된 자료라는 것이었다. '접근 제한'도 아닌 '금지'라니.

조사를 시작한 이후 그런 메시지가 나타난 건 처음이었다.

내가 접근할 수 없는 로뱅 관련 자료는 도대체 뭘까?

그가 나에게 숨긴 것이 있다는 뜻일까?

아니, 그럴 리 없어.

이제부터 내가 발견하게 될 것에 대해 벌써부터 겁이 났다.

나중에 알마와 이야기해봐야겠어. 알마는 군인이니까. 더구나 사령관인 데다 그 증명사진 속 로뱅도 군인이니까 알마라면 뭔가 짚이는 게 있을지도 몰라.

우리가 대화를 시작할 때부터 알마는 키보드 위에서 뭔가 간단한 조작을 했다. 녹음 가능성을 차단한 것이다. 알마의 안전 등급으로는 가능한 일이지만, 그 효과는 불과 몇 분 동안만 지속된다.

"아니 유, 넌 왜 그런 조사를 하느라고 아까운 시간을 허비하는 거야?"

"사람들이 나에게 뭔가를 감추고 있는 것 같아서 그래."

알마는 어처구니없다는 표정으로 나를 바라보았다.

"이보세요, 나의 소중한 유, 그건 아주 정상이거든요. 군사 분야에는 극비 자료가 엄청 많으니까요. 가령 대폭동 뒤에 일어난 약식 처형이라거나 대재앙을 초래한 진정한 핵폭탄 책임자, 프록시마 B에서 오는 전자신호 등…."

"알아, 하지만 그런 자료들이라면 내가 마음먹기에 따라서 얼마든지 접근할 수 있어. 그런데 이건 아니야."

알마는 말이 없었다. 나에게 상처를 주지 않으려고 배려하는 중이라는 걸 나도 안다. 그러더니 입을 열었다.

"저기 말이지, 너한테 어떻게 말을 해야 좋을지 모르겠는데, 내가 보기에 너는 로뱅에 대한 집착 때문에 제정신이 아닌 것 같아."

"그래, 그럴지도 모르지. 아무튼 난 말이지, 내 의문에 대해 답을 얻기만 한다면 그 즉시 조사를 멈출 거야."

"너도 알겠지만, 그러다가 네가 정말로 위험에 처할 수 있어."

알마는 손목시계에 잠깐 눈길을 주며 말했다. 우리가 녹음하지 않고 대화할 시간이 제한되어 있음을 알마는 잊지 않고 있었다.

"그런데 알마, 넌 지금까지 누군가를 미치도록 사랑해본 적이 한 번도 없었어?"

나는 곧 괜한 걸 물었다고 후회했다.

사실 나는 그 질문에 대한 답이라면 벌써 알고 있다. 알마는 로뱅의 친구 스탄에게 미쳐 지낸 적이 있었다. 시작은 여느 성적 욕구 충족과 다르지 않았다. 알마가 스탄에게 신호를 보냈고, 스탄이 알마의 숙소로 왔으며, 그 후 두 사람은 그런 식으로 물론 규정에 따른 주기를 지켜가면서 가끔 만났다.

그러다가 알마가 절제심을 잃고는 정해진 만남 의례를 무시하고 스탄을 만나러 다녔고, 스탄도 알마를 만류하지 않고 그냥 내버려두었다. 알마는 두 사람의 너무 잦은 만남이 탄로 나지 않도록 녹음 장치를 조작하는 데만 신경을 썼다.

하지만 스탄을 좋아하던 다른 여자가 있었고, 그 여자는 끊임없이 자기와의 만남을 뒤로 미루는 스탄 때문에 속을 썩이다가 급기야 그 이유를 알게 되었다. 포카혼타스가 그녀의 스미스 대위를 가로챈 것이었다. 그 여자는 즉시 두 사람을 밀고했다.

그러나 아무런 위기 상황도 폭력 행사도 없었으므로, 알마는 한 달 직무정지라는 비교적 가벼운 처분을 받았으며, 스탄은 전혀 벌을 받지 않았다. 계급이 낮으면 책임도 가벼운 법이니까. 물론 그 뒤 두 사람은 군인 신분을 유지하는 한 절대 만나서는 안 되는 사이가 되고 말았지만 말이다.

알마는 그런 건 필요 없다고 큰소리치면서 과민성 완화치료를 거부했다. 그 후 알마는 정말로 스탄을 만나지 않았다. 복도 같은 곳에서 우연히 마주치는 건 어쩔 수 없는 일이었지만.

"아마 그땐 내가 미쳤었나 봐. 하지만 너도 알다시피 이젠 다 지나간 일이야."

그러나 내가 스탄에 대해서 말을 할 때마다 알마의 시선이 흔들리는 건 어쩔 수 없었다.

"만일 스탄이 임무 중에 실종된다면 어쩔래?"

내 뜬금없는 이 질문은 기어이 알마를 폭발시키고야 말았다.

"어쩌긴, 그게 다 자기 팔자지, 그는 조모잖아! 난 장교고. 난 명령에 복종해야 하는 사람이라고."

"아, 그렇다면야 물론…."

내 목소리에 담긴 신랄함을 느낀 나는 쓸데없는 말을 했다고 곧 후회했다.

"그래서 말인데." 알마가 말을 이었다. "난 너에게도 명령을 내려야겠어. 유, 당장 그 조사를 그만둬!"

"미안하지만 난 군인이 아니거든. 명령 같은 건 받지 않아!"

우리는 서로가 서로에게 고함을 질러댔다.

갑자기 알마가 손목시계를 보더니 겁에 질린 표정으로 한 손을 치켜들었다. 녹음 없이 대화할 수 있는 시간이 지난 것이었다.

우리는 흥분을 가라앉혔다. 말없이.

끔찍한 생각이 내 머리를 스쳐갔다.

알마가 방금 "난 명령에 복종한다"고 했는데. 만일 알마가 나를 밀고한다면?

알마도 내 마음속 생각을 읽었는지, 헤어지기에 앞서 내 쪽으로 다가오더니 나를 끌어안으며 인사를 건넨다.

"조심해."

알마가 내 귓가에 대고 속삭였다.

날씨는 우리에게 우호적이었다. 남남동쪽에서 불어오는 바람 덕분에 우리는 새로 만든 돛을 최대한 활용할 수 있었다. 타요는 피곤하다 싶거나 배의 앞쪽을 거의 덮고 있는 지붕 아래서 안티나와 함께 있고 싶을 때면 나에게 배 조작을 맡겼다. 배의 후미는 거의 전적으로 돛과 키를 조작하는 공간이었다.

처음 며칠 동안 바다는 파도가 거의 일지 않아 잔잔했고, 그 때문에 대양은 태평양이라는 옛 이름이 썩 잘 어울렸다. 우리 배는 순조롭게 바다를 가르며 나아갔고, 나는 돛단배의 속력을 즐겼다. 화성 콜로니에서 삶을 가능하게 해주는 그 모든 복잡함과는 거리가 멀어도 너무 먼 이 아름다움, 이 소박함이라니!

우리는 낚싯줄을 드리운 채로 항해했다. 꾸준히 고기가 잡혀주는 덕분에 준비해온 어포를 축내지 않아도 되었다. 사실 그걸 먹으면 갈증이 심해졌다. 타요는 낚시를 하는 내내 우리가 잡은 물고기들의 이름을 가르쳐주었고, 나는 그저 바닷속 물고기들의 엄청난 다양성에 감탄하면서 다시금 내가 낙원에 살고 있다는 뿌듯함을 맛보았다.

키를 잡고 선 우리는 거의 규칙적으로 서로의 위치를 바꾸었다. 나는 타요에게 섬의 위치를 최대한 정확하게 알려주려 애를 썼다. 물론 경도니 위도니 하는 용어는 전혀 사용하지 않았다. 타요에게는 아무 의미도 없는 어휘들일 테니까.

항해를 시작한 지 얼마 되지 않아서 나는 그가 태양과 별들 덕분에 방향을 유지해나간다는 사실을 알아차렸다. 그는 태양과 별들을 '하늘에 뚫린 구멍'으로 여기며, 그 구멍을 통해서 신성한 빛이 통과한다고 믿었다.

그가 설명하는 동안, 안티나의 시선은 그녀가 타요의 세계관과 나의 세계관은 같지 않을 거라고 의심하고 있음을 숨김없이 드러냈다. 늘 겸손한 태도만 보여서 밖으로 드러나지 않았을 뿐, 나는 안티나가 섬의 어느 누구보다도 뛰어난 지능을 지녔다는 사실을 금세 알아보았다. 단언컨대, 콜로니에서라면 분명 아테나가 안티나를 가장 우수한 인적자원으로 꼽았을 것이다.

나는 우리 섬에서는 별들을 창공을 주유하는 하늘의 몸체로 간주하며, 이들 가운데 더러는 태양처럼 스스로 빛을 내서 반짝이는가 하면 달이나 화성처럼 다른 천체의 빛을 반사하는 것들도 있다고 설명했다.

"그럼 너희 섬 사람들은 그런 별에 가 봤어?" 안티나가 물었다.

"불가능하지!" 타요가 말도 안 된다며 손사래 쳤다. "너무 멀리 떨어져 있잖아!"

"그건 그래, 하지만 너도 이 친구가 타고 온 그 배를 봤지?"

그 순간, 나는 두 사람에게 진실을 고백할 마음의 준비를 했다. 내가 어디에서 왔는지, 여기에 온 진짜 목적이 무엇인지….
그런데 갑자기 우리가 걸어둔 낚싯줄이 팽팽하게 당겨지는 바람에 나와 타요는 그걸 건져 올리기 위해 서둘렀다. 이윽고 탐스러운 가다랑어 한 마리가 배 바닥에서 펄떡거렸다.

이렇게 해서 고백의 시간은 무기한 연기되었으나, 나는 곧 두 사람에게 내가 어디서 왔는지, 무슨 목적으로 지구에 왔는지 밝혀야겠다고 마음먹었다.

지금 같은 속도를 계속 유지한다면 내 계산으로는, 우리가 조모들의 섬에 도착하는 데 열흘 이상 걸릴 참이었다.

키를 잡고 항해하는 순간은 진정한 행복감을 만끽하는 시간이었다. 얼굴에 흠뻑 물보라를 맞으며, 반짝이며 넘실대는 바다와 하늘이 빚어내는 거대한 공간 한가운데를 가르고 나아가는 짜릿함이라니.

자유로운 인간이여 너는 항상 바다를 사랑하리니,
바다는 너를 비추는 거울!
너는 무한히 펼쳐지는 파도 속에서 네 넋을 관조하리니…(프랑스의 시인 보들레르의 시집 《악의 꽃》에 수록된 시 〈인간과 바다〉의 한 구절—옮긴이).

가끔은 유가 내 옆에 있고, 그녀에게 이 새로운 즐거움을 만끽하게 하는 몽상에 잠기기도 했다. 바다와 바람을 자양분 삼아 이 몽상이 확장되면서 날이면 날마다 하루 빨리 조모들의 섬에 도착하고 싶은 욕망이 커져갔다. 어쩌면 그 섬에는 여전히 말짱하게 잘 작동하는 우주선이 보관되어 있을지 몰라. 그것만이 내가 콜로니로 돌아갈 수 있는 유일한 희망이지.

그러나 바다에 지속적인 것이라고는 없다. 닷새째 되는 날, 동쪽에서 날아온 먼지들이 멀리 떨어진 하늘을 시커멓게 뒤덮더니 곧 비가 폭포처럼 쏟아졌다.

처음에는 물을 비축해둘 수 있다는 생각에 이 비가 반가웠다. 그런데 곧 바람이 거세지면서 바다에 깊은 골이 지듯 쑥 들어갔다가 이내 높이 치솟으며 무섭게 요동쳤다.

타요가 서둘러 돛을 작은 삼각형 모양으로 줄이자, 배는 그제야 전적으로 풍랑의 손아귀에서 놀아나는 장난감 신세를 면했다. 우리는 번갈아가며 키를 잡았는데, 타요는 절대 파도를 정면으로 맞이하지 말고, 경사면을 대각선으로 미끄러져 나가야 한다고 가르쳐주었다. 극심한 멀미로 괴로워하던 안티나는 지붕 아래쪽으로 들어가 버렸다.

눈앞에서 산처럼 솟아오르는 집채만 한 파도와 씨름하는 몇 시간 동안, 우리는 끊임없이 다음 파도가 덮쳐올 기세로 포말을 일으키며 용트림하는 광경에 가슴을 졸였다.

몇 번씩이나 나는 이제 모든 게 끝이라고 믿었으나 그때마다 적어도 겉으로는 평온을 유지하는 타요를 보면서 그에게 의지했다. 어쩌면 내 존재도 그에게 똑같은 효과를 냈을지도 모른다. 안티나는 이따금씩 휘청거리며 걸어 나와 창백한 얼굴을 내밀었는데, 그때마다 마실 것과 먹을 것을 가져다주었다.

마침내 바람이 잦아들고, 구름 사이를 비집고 나온 햇살이 바다로 떨어지기 시작했다. 마지막 파도가 몇 차례 우리를 실어 갈 듯 안간힘을 써보지만 곧 제풀에 잦아들고, 우리에게도 달콤한 휴식이 찾아왔다.

　　폭풍에 밀려 서쪽으로 흘러온 우리는 새로이 방향을 잡아야 했다. 길을 잃은 게 분명하다는 생각이 들자 불안해지기 시작했다. 이렇게 길을 잃으면, 낚시로 버틸 수 있을 때까지 내내 바다에서 표류하게 될 텐데.

　　예정했던 열흘을 훌쩍 넘겼건만, 아직 섬이라고는 하나도 보이지 않았다. 나는 폭풍 때문에 우리가 에로스섬과 조모들이 있는 섬 사이에 늘어선 작은 섬들이 있는 지역을 벗어나 먼바다로 들어선 건 아닌지 걱정이 태산이었다.

　　날씨마저 눈에 띄게 선선해져 갔다. 이런 상황을 전혀 예상하지 못한 우리는 걸칠 옷가지들을 조금 더 많이 챙겨오지 않은 것을 후회했다. 밤이 되면 안티나는 타요의 품에 안겨 덜덜 떨었고, 나는 키를 잡고서 추위 때문에 팔다리가 얼얼하게 마비되는 걸 느꼈다.

　　보름째 되는 날, 엄청난 충격이 배를 뒤흔드는 바람에 잠에서 깨어났다. 혹시 해양 동물(고래라면 이미 여러 차례 보았고, 타요가 향유고래 떼라고 알려준 녀석들도 있었다. 게다가 나는 《모비딕》에 나오는 살인적인 대결 대목까지 떠올라 한층 더 심란했다)의 공격을 받은 건가 싶어 겁에 질린 채 나는 지붕 아래 공간에서 후다닥 튀어나왔다.

　　키를 잡은 타요가 우리가 방금 저기에 부딪쳤다면서 가리키는 쪽을 보니 길이가 거의 우리 배만큼 긴 나무 기둥이 두 개의 물길 사이로 떠다니는 광경이 보였다. 나무의 끝부분은 잘려 나간 상태였는데, 분명 사람의 손이 한 일이었다.

타요는 이 발견에 몹시 기뻐하는 눈치였다. 나는 타요처럼 기뻐할 수만은 없었는데, 그도 그럴 것이 이런 나무라면 몇 달이고 물에 떠다닐 수 있으니, 그것의 존재만으로 뭍이 가깝다고 단정 짓기는 어렵기 때문이었다.

"그렇지 않아!" 타요가 반박했다. "만일 그렇다면 이 나무는 해초와 조개로 뒤덮였을 거야!"

그의 말이 옳았다. 그러자 내 마음도 은근히 기대로 부풀어 올랐다.

몇 시간이나 지났을까, 우리는 육지가 가까이 있음을 알려주는 또 다른 신호들을 만났다. 나뭇가지며 뿌리 뽑힌 나뭇등걸이 물 위에 두둥실 떠다니는 것이었다.

마침내 타요가 저 멀리 구름들이 거의 정지한 것처럼 줄지어 늘어선 광경을 가리켰다. 저런 구름이 보이면 육지가 가까이 있다는 것이었다.

타요는 그런 지식을 어디서 얻었을까? 궁금해하는 내 표정을 읽은 듯 그가 비밀 하나를 털어놓았다. 어렸을 때 부족 가운데 유일한 항해사였던 이의 이야기를 귀담아 들었다는 것이다. 결국 그 항해사는 먼바다에서 실종되고 말았지만 말이다. 안티나가 배의 앞머리에서 잠을 자는 동안 타요는 내 귀에 또 다른 비밀 한 가지를 속삭였다.

"사실 난 멀리 갔던 적이 있어…. 다른 섬들을 봤다고."

"어떤 섬들을 봤는데?"

"암석투성이 작은 섬들. 분명 네가 찾는 섬들일 거야. 그런데 이번 우리 항해에서는 그 섬들을 못 봤어. 폭풍 때문에 다른 곳으로 떠내려온 것 같아."

"그럼 혹시 다른 섬, 그러니까 더 큰 섬도 본 적 있어?"

"아니, 그때 난 감히 오래 돌아다닐 수 없었어. 안티나에겐 절대 아무 말도 하지 마!"

그가 말을 마치기 무섭게 커다란 소리가 들려왔다. 새 한 마리가 우리 머리 위를 빙빙 돌더니 이내 배의 앞머리에 내려앉았다. 갈매기과의 일종이었는데, 타요는 이런 종류의 물새는 해안에서 절대 멀리 떨어지는 법이 없다고 장담했다. 물새는 노란 눈동자로 우리를 요모조모 관찰하더니 타요가 방금 전에 육지가 가까이 있다는 표시라면서 가리킨 구름 떼 방향으로 유유히 날아갔다.

타요의 짐작은 맞았다. 한 시간 뒤, 내가 조모들의 섬이라고 부르는 섬이 수평선 언저리에 모습을 드러냈다. 정상이 구름에 닿은 듯한 대형 화산이 섬을 굽어보고 있는 형국이었다.

섬으로 접근하면서 나는 놀라운 사실에 주목했다. 해변 근처에 망루로 보이는 물체가 세워져 있는 게 아닌가.

아주 멀리서도 우리는 해변에 일렬로 늘어서서 부동자세를 취하고 있는 남자들을 알아보았다. 그들은 섬 쪽으로 접근하는 우리를 지켜보고 있었다.

　조금 더 가까이 가자, 머리에 깃털을 꽂고 몽둥이와 창으로 무장까지 하고 있는 남자들의 모습이 드러났다.

　그들로부터 멀지 않은 곳에 세워진 대형 망루는 나무줄기를 쌓아올린 비계 같은 형태로, 낌새를 보아 하니 그 안에서 망을 보던 사람이 벌써 한참 전에 우리의 접근을 알아차린 모양이었다. 남자들은 미동도 없이 마치 조각상처럼 서 있었는데, 오히려 움직이는 것보다 그 부동성이 한층 더 위협적으로 느껴졌다.

　이렇게 되면 나의 계획은 완전히 틀어지고 만다. 조모들의 실종 소식을 접하면서 이 섬에는 분명 위험이 숨어 있으리라고 짐작한 나는 안티나와 타요를 그 같은 위험에 노출시키고 싶지 않았다. 그래서 나를 해변에 내려주는 즉시 두 사람은 다시 출발하라고 말할 예정이었다. 그런데 안타깝게도 위험은 숨어 있는 게 아니라 이미 눈앞에 확연히 드러났으며, 우리 존재가 그 위험 앞에 고스란히 노출되고 만 것이다.

　"그냥 가자."

타요가 내게 말했다. 나는 다시 한번 아테나의 도움 없이 스스로 생각하고 결정을 내려야 하는 처지에 놓였다. 친구들을 위험에 처하게 하고 싶지 않은데, 내 임무는 계속해야 한다. 자, 어떻게 할 것인가?

문득 꽤 설득력 있어 보이는 한 가지 해결책이 떠올랐다. 내가 물로 뛰어들어 섬까지 헤엄을 치는 것이다. 이를테면 무장하지 않은 맨몸의 사절단이 되는 것이다. 그 사이에 안티나와 타요는 배에 탄 채 이 남자들과 충분한 거리를 유지한다. 상황이 불리하게 돌아가면 언제라도 배를 돌려 도망칠 수 있어야 하니까.

"날 여기서 내려줘!"

나는 물에 뛰어들 채비를 하며 간청했다.

"안 돼!"

안티나가 내 요청을 딱 잘라 거절했다.

"그러지 말고, 다른 쪽 해변을 찾아보도록 하자."

타요가 나를 설득했지만 이미 너무 늦었다. 상대편 남자들은 벌써 해변에서 큰 배 세 척을 물에 띄우고 우리를 향해 노를 젓고 있는 중이었다. 바람이 약하니, 설사 우리가 뱃머리를 돌려 도망친다 해도 이들은 힘들이지 않고 우리를 따라잡을 것이다. 타요는 어쩔 수 없다는 듯 돛을 꺾었다. 항복한다는 의사를 전하는 편이 나을 테니까.

곧 세 척 중 한 척이 다가오더니 우리 배 옆구리에 바짝 배를 붙였다. 가까이에서 보니 배에 타고 있는 사람들은 한층 더 무시무시해 보였다. 얼굴을 비롯한 거의 모든 피부가 짙은 빛깔의 물감과 문신으로 뒤덮인 모습이라니. 게다가 그들은 에로스섬 사람들보다 훨씬 체격이 우람했다. 키나 골격으로 봐서 조모들 가운데 가장 힘센 자들 정도는 되어야 이들과 상대가 될 듯했다. 나는 이제야 비로소 왜 이 섬에서 우리 콜로니 병사들이 실종되었는지 그 이유를 이해할 수 있을 것 같았다.

그들이 우리를 끌고 가는 동안 나는 내가 거의 두려워하지 않고 있다는 사실에 적잖이 놀랐다. 두려움보다는 아무 잘못도 없는 친구들을 공연히 모험에 끌어들여 돌이킬 수 없을 곤욕을 치르게 한다는 미안함이 더 컸다.

승자의 배에 타고 있는, 어둠처럼 컴컴한 남자들은 말이라고는 한마디도 없이 오래도록 우리를 바라보았다. 그러다가 제일 앞에 자리를 잡은 남자가 마침내 첫 번째 질문을 던졌다. 다른 이들보다 훨씬 많은 깃털을 꽂은 남자였다.

"너희들은 어디에서 왔는가?"

어조며 어휘들이 타요와 안티나가 사는 섬 언어와 다르긴 했지만, 그래도 매우 가깝게 느껴지는 언어였다.

"남쪽에 있는 섬에서 왔다."

타요가 대답하자 우두머리가 나를 가리키며 말했다.

"알겠다. 그런데 이 사람은?"

타요가 답하려는 찰나, 나는 그를 저지하며 말했다.

"별에서 왔다."

나는 타요의 눈길에서 크나큰 충격을 읽는 동시에, 우두머리가 마치 자신의 짐작이 맞았다는 듯이 미소 지으며 고개를 끄덕이는 광경을 놓치지 않았다. 이제는 거짓말을 해봐야 소용이 없다는 생각이 들었다. 그가 벌써 조모들을 만났다면, 내가 다른 섬에서 왔느니 어쩌니 저쩌니 허풍을 떤다 한들 한마디도 믿지 않을 것이다.

우두머리가 손짓을 하자 부하들 가운데 하나가 우리 배에 밧줄을 던졌다. 이내 우리 배는 그들이 타고 온 배들 가운데 한 척의 뒤꽁무니에 묶이고, 나머지 두 척이 양쪽에서 우리 배를 에워싸고는 해변 방향으로 끌고 가는 형국이 되었다.

이 짧은 여정 중에 나는 폴리네시아 군도에서 이어져 내려오는 전사들의 전통에 대해 읽었던 내용을 조금이라도 떠올리려고 애를 썼다. 이들은 외지인을 어떤 식으로 대했더라? 일반적으로는 죽이거나 노예로 만들었다. 뱃머리에 앉아 한 팔로 안티나의 양어깨를 감싸주고 있는 타요를 보니 심란하기 짝이 없었다. 인정사정 볼 것 없이 가장 잔혹하게 치러진 전쟁에서도 아름다운 여인들은 해를 입지 않고 온전히 목숨을 부지했으나, 승자의 잠자리로 끌려갔다.

이 호전적인 부족이 우리를 살려두게 하려면 어떤 이유가 필요할까?

그것은 단 하나. 우리가 우두머리의 권력을 강화해주는 수단으로 보여야 할 터였다. 다른 방법은 없어 보였다. 내가 내린 결론, 그러니까 아테나라면 일 초 만에 찾아냈을 그 결론이 꽤 괜찮기를 기대해보는 수밖에.

이리저리 떠밀린 끝에 바닥에 내동댕이쳐진 우리는 곧 전사들이 빙 둘러선 가운데 앉혀졌다. 앉은 자세에서 바라본 그들의 우람한 체격은 한층 더 위압적이었다.

나는 벌떡 일어나 우두머리를 향해 입을 열었다.

"왜 우리를 이렇게 함부로 대하는가?"

그 즉시 한 남자가 건장한 체구를 당당히 내밀면서 다가왔는데, 마치 자기들의 우두머리를 향해 감히 입을 놀리는 것은 벌을 받아 마땅한 불경한 태도임을 알게 해주려는 것 같았다. 그때 우두머리가 멈추라는 신호를 보냈다.

"나에게 무슨 할 말이라도 있는가?"

"우리를, 나와 내 친구들을 잘 대해준다면 할 말이 굉장히 많다."

"너는 두렵지 않느냐?"

이건 분명 질문이었지만, 그가 나의 태도에 놀라고 있음을 알아차렸다. 정말 나는 두렵지 않았는데, 스스로도 그다지 크게 겁먹지 않고 있다는 사실에 놀라고 있기는 마찬가지였다.

"나는 위대한 부족 출신이다. 그리고 나는 이곳에 너희들의 적으로 오지 않았다."

"네가 말은 그렇게 한다만. 다른 자들도 왔었지."

"우리는 같은 부족이 아니다." 내가 말했다.

"거짓말이다."

그러나 그가 내 말을 믿기 시작하고 있음을 알 수 있었다. 나는 어느 모로 보나 조모들과는 다르게 생겼으니까.

"우리는 같은 별에서 왔지만, 같은 부족은 아니다."

"그자들은 우리의 적으로 왔다."

"그들은 전사다."

"전사라고?"

우두머리가 바닥에 침을 뱉었다.

"우리, 우리가 전사다! 그들은 아니다! 그들은 불경스러운 무기를 들고 왔으며, 우리를 무찌를 수 있다고 믿었다…."

"그자들은 전투를 벌이려 들지 말았어야 했다."

우두머리가 나를 쏘아보았다.

"그다지 힘은 세어 보이지 않지만, 너는 꽤 똑똑한 것 같다. 그런데 넌 도대체 이 두 사람과 뭘 하는 거냐?"

그가 타요와 안티나를 가리키며 물었다.

"이들은 내 친구들이다. 이 친구들이 아니었다면, 나는 여기까지 항해할 수 없었다."

"남쪽에 있는 섬에서 왔다고 했지, 맞느냐?"

"그렇다."

"우리는 남쪽 아주 멀리까지는 가 보지 않았다."

나는 그 이유를 이해할 수 있었다. 이 지역의 지배적인 바람은 남쪽에서 불어와서 지삭에 매다는 돛 없이 그 바람을 거스르기가 매우 힘든데, 이들에게는 그 돛이 없는 게 분명했다.

"내 친구들은 훌륭한 항해사다."

나는 묻지도 않는 말을 늘어놓았다. 그 말에 우두머리는 두 사람을 바라보았다. 혹시 우리가 달고 온 돛의 형태까지 봐두었을까?

"이 두 사람도 특별해 보이진 않는데, 여자는 확실히 예쁘구나."

"대장, 이 친구들도 나를 대하듯 대해 달라. 그러면 이 친구들이 대장의 부족을 바다로 안내할 거다."

우두머리는 내 제안의 값어치를 재어보는지 잠시 말이 없더니, 이윽고 입을 열었다.

"그러는 너 말인데, 내가 왜 너를 잘 대해줘야 하지?"

"그건 내가 하늘로 가는 길을 알기 때문이다."

우두머리는 다시 침묵했고, 나는 심사숙고하는 그를 묵묵히 바라보았다.

잠시 뒤 우두머리 가까이에 있던 전사 한 명이 큰 덩치를 꼿꼿하게 펴고 정면을 응시했다. 그리고 마침내 우두머리가 결심한 내용을 발표했다.

"이들은 우리의 손님이다!"

"어디에서 우리 언어를 배웠는가?"

"제 친구들 덕분입니다."

"아니, 너의 말은 네 친구들이 하는 말과 완전히 똑같지 않다."

지금 나는 이 부족의 위대한 족장과 대화하고 있다. 그는 방금 나의 첫 번째 거짓말을 지적했다.

위대한 족장은 전사로 싸울 나이는 지났으나, 두둑해진 살집으로도 완전히 가려지지 않는 강건한 골격이 돋보이는 남자였다. 거대한 체구에서 흘러나오는 낮게 깔리는 목소리는, 화기애애한 대화를 나누는 중임에도, 마치 멀리서 치는 천둥 소리를 방불케 했다. 나와 이야기를 나누면서도 그는 끊임없이 총기 있게 반짝거리는 작고 노란 두 눈으로 관찰을 이어갔다.

나는 그가 콜레트 사령관과 맞장 뜰 만한 상대인 데다 아테나 앞에서도 전혀 주눅 들지 않을 인물이라고 느꼈다. 위대한 족장은 천 명이 넘는 전사들을 지휘하는데, 족장과 전사들 사이에는 실질적으로 전사들을 통솔하는 장교 계급이 존재하며, 이장교들 각각은 언제라도 마음만 먹으면 족장을 살해할 수도 있었다. 모르긴 해도 족장은 규칙만 배운다면 체스 시합에서 여러 차례 승리를 거둘 법한 위인으로 보였다.

우리는 길쭉하게 이어지는 족장의 집 깊숙한 곳의 계단 앞에 앉아서 대화를 나누고 있다. 발치에는 십여 명의 전사들이 호위 중이었는데, 이 호위 전사들의 우두머리가 해변에서 우리를 맞이한 자로, 알고 보니 그는 위대한 족장의 열네 명의 아들 가운데 한 명이었다.

"자, 어디에서 우리 언어를 배웠느냐?"

"친구들이 제가 자기들의 언어를 실생활에서 사용하도록 도와주었습니다. 그렇긴 한데, 제가 떠나온 곳에서는 이 세상의 모든 언어를 빠짐없이 보관하고 있습니다."

"이 세상의 모든 언어라고? 너희들은 인구가 많은가?"

"너무 많아서 모든 사람이 서로를 다 알지 못합니다."

이 거짓말은 제아무리 영리한 족장이라도 확인하기 어려울 터였다. 위대한 족장이 나를 막강한 인구를 지닌 부족이 파견한 사절로 믿어주기를 바랐다. 타요와 안티나는 무기를 든 다른 전사들에 둘러싸인 채 입구에 서 있었다.

"그러니까 너는 너보다 앞서서 이곳에 온 사람들을 모른다는 말이냐?"

"전 그자들이 어디에서 왔는지는 알고 있지만, 그들을 개인적으로 알지는 못합니다."

이건 적어도 사실이었다. 스탄을 제외하면 조모들 가운데 개인적으로 아는 사람이라곤 한 명도 없었으니 말이다.

물론 그들이 어떻게 되었는지 알고 싶었지만, 그런 질문은 입 밖에 내지 않았다. 그들을 너무 걱정하는 듯한 모습을 보이면 내가 그들과 무척 가까운 사이라고 의심할 테니까.

"다른 사람들도 데려오너라."

위대한 족장이 지시를 내리자, 타요와 안티나가 내가 있는 곳까지 끌려왔다. 두 친구들은 무표정하기 이를 데 없는 얼굴로 나에게는 눈길 한 번 주지 않았다. 마치 자신 안으로 꽁꽁 숨어든 것 같은 모습이었다.

이 섬에 도착하면서 다른 원주민들과 마주친 적이 있다. 대개 우리와 키가 비슷했기 때문에 우리는 순식간에 그들이 노예들이거나 최소한 일상적인 노동, 그러니까 우리를 맞이한 전사들과는 달리 일상생활을 영위하기 위해 필요한 일을 도맡아 하는 사람들임을 알아차렸다. 또 여인들과도 마주쳤는데, 그녀들은 모두 호기심 어린 눈으로 안티나에게 관심을 보였다.

"이자가 너희들에게 자신이 어디에서 왔다고 말해주었는가?"

위대한 족장이 친구들에게 물었다.

"그는 우리에게 다른 섬에서 왔다고 말했다."

"너는 왜 이들에게 거짓말을 했는가?"

족장이 내 쪽으로 몸을 돌리며 다그쳤다.

"처음에는 이들이 공연히 겁먹을까 봐 그렇게 말했지만, 이곳에 도착하기 직전에 마침 진실을 말하려던 참이었습니다."

타요는 나를 향해 힐책하는 듯한 눈길을 던졌고, 안티나는 두 눈을 내리깔았다.

"그런데 이 두 사람을 왜 여기로 데려왔는가?"

족장은 내가 원정대의 대장 격임을 알아차린 모양이었다.

"다른 섬들을 발견하기 위해서, 그게 제 임무입니다."

"어째서 그런가?"

"우리는 모든 것을 알고 싶어 하는 부족입니다. 오래전에 지구에서 일어난 일도 다 알고 있으며, 요즘에 무슨 일이 벌어지고 있는지도 알고 싶어 합니다."

"알고 있다, 알고 싶다, 도대체 왜 알고 싶은가?"

"모든 것을 알고 싶어 할 때 비로소 우리는 하늘에서 항해할 수 있기 때문입니다."

족장은 내가 제시한 대답을 두고 생각에 잠긴 듯했다.

"그저 알기 위해선가? 아니면 우리를 침공하기 위해선가?"

"제가 전쟁을 하려고 이곳에 온 것으로 보이시나요?"

그는 다시금 입을 닫고 말이 없었다. 그러더니 부하 전사들을 바라보며 말했다.

"이자를 잘 보거라. 그가 우리와 전쟁을 하러 온 것으로 보이는가?"

부하 전사 한 명이 웃음을 터뜨리자 다른 한 명도 참지 못하겠다는 듯 소리 내어 웃었다. 약골에 전사다운 무장도 하지 않은 자가 전쟁을 하러 오다니, 무슨 그런 농담을!

"너도 보았다시피, 이들은 네가 우리를 침공하러 이곳에 왔다고 생각하지 않는다…. 그렇지만 네가 한 이야기 중에는 내가 도무지 이해할 수 없는 뭔가가 있다…. 나는 너를 나의 손님으로 받아주겠다. 하지만 네가 나에게 거짓말을 한 것이 드러나면, 그땐 불행이 너와 함께할 것이다!"

나는 안티나와 타요와 함께 이곳 사람들이 사는 기다란 집들 가운데 한 곳에 묵게 되었다. 마을, 아니 거의 백 호가량의 주택을 거느린 작은 도시의 집들이 다 그렇듯이 말뚝 위에 세워진 집이었다.

　가장 큰 집은 당연히 위대한 족장의 집으로, 집 바깥쪽은 깃털 묶음과 커다란 조개껍질, 멧돼지 머리뼈며 인간의 두개골 등으로 요란스럽게 치장되어 있었다. 크기가 좀 작을 뿐 형태는 다르지 않은 다른 집들은, 전사들과 그들의 가족이 사는 곳이었다. 여자들이 문지방까지 나와서 우리가 지나가는 광경을 지켜보았다. 아이들은 우리를 더 잘 보고, 만져도 보겠다고 아예 집밖으로 뛰어나오고 싶어 했으나 엄마들에게 붙잡혀서 그러지 못했다.

　이 섬은 신뢰의 공간이 아니었다. 평등의 공간은 더더욱 아니었다. 그렇게 판단할 수밖에 없는 것이, 족장의 집에서 멀어질수록 집들은 작고 소박해졌는데, 더러는 말뚝조차 박지 않고 맨바닥에 지어졌고, 거기에 사는 사람들은 체격도 작았다. 몇몇 사람들은 에로스섬 주민이라고 해도 전혀 이상하지 않을 정도였다. 더구나 그런 사람들은 더 큰 집에 사는 사람들에 비해서 우리에게 훨씬 호의적인 눈길을 보내왔다.

우리에게 배당된 집은 한 전사의 집이었는데, 한눈에도 그다지 넓지 않은 것으로 보아 계급이 낮은 전사의 집 같았다. 집 주인의 이름은 칼로. 칼로는 내가 지금까지 만나본 전사들 가운데 단연 최고로 예의 바르고 상냥했다. 그는 미소를 지을 줄 알았다. 희한하게도 칼로를 보니 자꾸 스탄이 떠올랐다. 두 전사는 어딘지 모르게 닮은 구석이 있었다.

칼로의 집에 도착하니 세 명의 젊은 여자와 많은 아이들이 우리를 맞이했다. 처음에는 이 여자들이 자매나 사촌 사이일 것으로 짐작했으나, 칼로는 모두 자신의 부인들이라고 소개했다. 여자들이 우리에게 잠잘 곳을 안내해주었다. 방의 가장 한가운데, 돗자리가 깔려 있는 곳이었다. 여자들이 음료를 대접하는 동안, 끝내 호기심을 주체하지 못한 아이들이 우리에게 질문을 쏟아냈다. 그러자 아이들의 아버지인 칼로가 손님들이 피곤하실 테니 가만히들 있으라고 나지막이 타일렀다.

혹시라도 밤에 도망치려면 잠든 이 집 식구들을 다 밟고 지나가야 할 처지에 놓였음은 자명했다. 낮 동안에는 집집의 문지방마다 그토록 많은 사람들이 나와 있으니 우리의 일거수일투족이 순식간에 알려질 수밖에 없을 테고. 마찬가지로, 우리가 집안에서 나누는 대화 역시 온 가족의 귀에 들릴 수밖에 없을 터였다.

어쨌거나 지금으로선 타요도 안티나도 나와 대화할 마음이 전혀 없는지, 두 사람과 이야기를 하려는 나의 거듭되는 시도 앞에서 침묵할 뿐이었다.

하긴, 두 사람의 침묵을 이해하지 못하는 건 아니었다. 나는 내가 어디에서 왔는지, 무슨 목적으로 왔는지, 죄 거짓말을 함으로써 두 사람이 내게 보여준 우정을 배신했고, 우리의 목숨을 위험하게 만들었다.

마을 사람들의 삶을 관찰할 겸 문지방에 가서 앉자, 칼로가 슬며시 내 옆에 엉덩이를 들이민다.

"듣자 하니 너는 어느 별에서 왔다던데, 정말이야?"

"웅. 게다가 오늘 밤에 우리별을 보여줄 수도 있어."

"그런데 별에 살다가 여긴 왜 왔어?"

"알고 싶어서. 우린 호기심이 많은 부족이거든."

그가 껄껄 웃었다.

"우리도 그래! 우린 바다 위에서 돌아다니지. 다른 땅들을 찾아내려고."

"그래서, 다른 땅을 많이 찾아냈어?"

"이 섬." 그가 바닥을 가리키며 말했다.

"그러면, 여기가 원래 살던 곳이 아니란 말이야?"

"난 여기서 태어났지만, 우리 조상들은 아니야."

칼로의 말에 따르면, 그들 공동체는 오래전에 이 섬에 와서 정착했다고 한다. 그 이후로 다른 섬들을 발견하기 위해 정기적으로 배를 타고 원정길에 오른다고.

"그렇지만 이 섬만큼 큰 섬은 없었기 때문에 우리는 다시 돌아오곤 했어."

"그러면 다른 부족들도 만났겠네?"

"가끔. 우리는 그들과 싸우고 그들을 잡아와."

"잡아온다고?"

"응, 예를 들어 저 여자."

칼로는 우리 뒤쪽에 있는 세 부인 가운데 한 명을 가리켰다. 희미하게나마 안티나와 닮은 것 같은 그 여자에게서 나는 이 집에 처음 도착했을 때부터 우울한 기색을 느꼈던 터였다.

그렇다면 이 호전적인 부족이 언젠가 에로스섬 해변가 마을까지 항해를 하게 된다면, 내 친구들도 똑같은 꼴을 당하게 될 것이 아닌가!

"혹시 다른 부족들이 이리로 쳐들어온 적은 없어?"

"우리는 훨씬 사람 수도 많고 힘도 센데, 어떻게 그럴 수 있겠어?"

"언젠가 전사들이 왔었다고 족장한테 들었어."

칼로가 물끄러미 나를 바라보았다. 나에게 어떤 말을 털어놓을까 말까 망설이는 것 같았다. 나는 못 본 척 말을 이어갔다.

"그 사람들은 우리별에서 온 전사들인데, 나와 그 사람들은 같은 부족이 아니야."

"그건 그래, 넌 그 사람들하고 하나도 안 닮았어."

"그런데 그 사람들은 어떻게 됐어?"

다시 나를 쳐다보는 칼로의 얼굴에 불편해하는 기색이 역력했다.

"족장한테 물어보지 왜 안 물어봤어?"

"이제 물어볼 거야. 그런데 네가 친절하고 합리적인 사람 같아 보이니까, 난 너라면 조금 더 자세한 이야기를 들려줄 수도 있겠다고 생각했어. 난 말이야, 전사들이 모두 모여 있는 곳에서 뭐라 뭐라 이야기하는 건 좋아하지 않거든."

칼로는 골똘히 생각하는 듯했다. 그러더니 내 팔을 잡아당겼다.

"너한테 무슨 말을 해줘야 할지 잘 모르겠지만, 아무튼 난 너를 어디고 데리고 갈 수 있어. 그러니 따라와."

나는 잠이 든 타요와 안티나를 바라보며 주저했다. 마치 나를 믿고, 나의 보호 속에서 잠든 것 같은 두 사람. 칼로는 내 걱정을 짐작한 눈치였다.

"걱정 마, 내 부인들이 네 친구들을 잘 지켜줄 거야. 게다가 우린 금방 돌아올 건데 뭐."

칼로는 유쾌한 데다 외지인에게 안내하기를 즐기는, 기분 좋은 동행이었다. 비록 지금까지 다른 부족 남자들과의 유일한 경험이란, 그가 간략하게 설명한 대로, 그들의 목숨을 빼앗고, 그들의 부인을 갈취하는 것이 전부였지만 말이다. 나는 칼로가 무안해하고 있음을 알아차렸다. 적어도 그는 그러한 무훈을 내 앞에서 떠드는 것이 품위 있는 짓이 아니라는 정도는 의식하는 사람이었다.

그 많은 부하 전사들 가운데에서 이토록 좋은 안내자의 자질을 갖춘 칼로를 내게 붙여준 위대한 족장의 통찰력에 감사할 따름이었다. 안내자이자 감시인. 나로서는 나보다 훨씬 체구가 크고 힘도 더 센 칼로를 따돌리고 도망치거나, 그를 제압하기란 매우 어려운 일일 터였다. 더구나 마을의 주민들까지도 모두 집과 집 사이의 골목길에서 우리를 주시하는 형편이 아닌가.

칼로와 같은 부족에 속하는 사람들의 경계심은 내가 처음으로 마을을 가로지른 이후—틀림없이 우리가 족장의 손님이라는 소문이 돌았을 것이다— 다소 누그러진 것 같았다. 얼마 전까지만 해도 잔뜩 찡그렸던 얼굴들, 특히 여자들과 아이들의 얼굴에 환한 미소가 어렸으니 그렇게 생각하지 않을 수 없었다.

그렇긴 해도, 에로스섬에서와 같은 제안을 기대한다는 건 언감생심이었다.

"너는 부인들이 없어?" 칼로가 물었다.

"있지. 하지만 그 여자들은 우리별에 있어."

"그럼 우리가 줄 테니, 걱정 마."

칼로는 지금 내 기분이, 그가 어떤 상황에서도 당연하다고 여기는 그 욕구와 얼마나 거리가 먼지 짐작도 하지 못할 것이다. 내 관심사는 오직 하나, 조모들을 찾아낸 다음 타요와 안티나를 노예가 될 운명에서 구출하는 것이었다. 그리고 물론 유를 다시 만나고 싶다는, 말도 안 되는 희망도 빼놓을 수 없었다.

마을의 가장 외곽 지대에 있는 작은 집들을 벗어나자 초원 같은 곳이 나타났다. 알고 보니 내가 초원이라고 짐작했던 곳은 경작지였다.

오후의 햇살 아래서 남자들과 여자들이 작은 낫과 도끼를 들고서 줄기가 짧은 일종의 곡물을 수확하는 중이었다. 낫질을 하는 사람들 사이로 바구니를 든 사람들이 돌아다녔는데, 주로 여자들이었다. 이 여자들이 바구니 안에 들어 있는 수확물을 바퀴가 아닌 받침 같은 것을 댄 수레에 쏟으면, 여러 명의 남자들이 그 수레를 끌고 갔다.

농작물을 경작하는 밭은 오르막을 따라가며 펼쳐졌는데, 위로 갈수록 가팔라지는 경사면의 정상에는 노대를 쌓아 계단식 밭으로 조성했다.

"여기가 가장 오래된 밭이야."

칼로가 주위를 둘러보며 설명해주었다.

"여기에 전사들이라고는 한 명도 없네."

나는 본 그대로 소감을 전했다.

"당연하지! 전사들은 사냥이나 고기잡이를 해야지. 하루 종일 허리를 구부려야 하는 밭일은 하지 않아!"

"하지만 저 사람들 가운데 누군가가 훌륭한 전사일 수도 있잖아?"

나는 부지런히 낫을 쓰는 사람들을 가리키며 물었다.

"물론 그럴 수도 있어."

"그러면 그 사람은 바로 전사가 될 수 있어?"

"시험을 통과해야 해."

"어떤 시험?"

"젊은 전사들과 경합을 벌여야지. 거기서 이기면 전사가 되는 거야."

이 계급사회는, 그러니까 능력을 인정하는 사회였다. 아까운 재능을 썩히는 어리석은 짓은 원치 않는 것이다.

"만약 지면?"

칼로가 어깨를 한 번 들썩이며 말을 이었다.

"당사자에겐 안타까운 일이지만, 어쩌겠어, 밭으로 돌아가는 거지."

"그가 더는 밭일 따윈 하기 싫다고 하면?"

"그러면 떠나야지."

"어디로?"

"저기로." 칼로가 화산 방향을 가리키며 말했다.

타요와 안티나가 사는 섬에서처럼, 이곳에도 노동과 전쟁의 세계에서 배제된 사람들을 위한 장소가 따로 마련되어 있는 걸까?

뜨거운 햇볕 아래서 허리를 구부리고 일하는 사람들을 보며, 나는 이 사회가 타요와 안티나의 섬마을에 비해서 얼마나 불평등한 사회인지 뼈저리게 깨달았다. 그 섬에서는 가장 재주 있는 사람조차도 다른 사람의 도움을 필요로 하는 채집과 낚시를 통해 얻은 소득까지 모든 것을 함께 나누었는데….

이곳에서는 농업을 통해 생산된 풍요가 전사들과 우두머리들을 풍족하게 먹여 살리고 있었다. 그들은 힘으로 나머지 사람들을 지배하면서 외부에서 침략을 해오는 경우 피지배인들을 보호했으며, 다른 섬으로 정복 원정을 떠나 부를 확대하기도 했다. 요컨대 나는 지금 지구의 고대문명 역사가 눈앞에서 재현되고 있는 광경을 목도하는 중이었다!

칼로는 토지와 가축들은 공유하거나 자손들이 많은 대가족끼리 상속하기도 한다고 설명했다. 그에 따르면, 밭에서 일하는 경작자들은 내 짐작과는 달리 노예가 아니었다. 소수의 젊은이들에게 주어진 경합 승리를 통한 전사 계급으로의 편입 가능성 외에, 경작자들 중에 가장 우수한 이들은 집과 집에 딸린 정원을 소유할 수 있었다. 그 정원에서는 채소를 길러서 소득을 올릴 수도 있었다. 그런 이들은 틀림없이 의무적인 밭일보다 자신의 텃밭 가꾸기에서 보다 큰 행복을 맛볼 테지.

위대한 족장이 그 자리에 오른 초기에 이러한 정책을 지시했다고 칼로가 귀띔해주었다. 그때부터 모든 사람이 소유주가 되기 위해 점점 더 열심히 일을 하게 되었다고 한다. 내 짐작이 맞았다. 위대한 족장은 확실히 무척 영리한 사람이었다. 화성 콜로니에 피바람을 몰고 온 대폭동 같은 위험을 피할 수 있는 장치를 일찌감치 마련해두었으니 말이다.

칼로와 산책을 하는 내내 나는 이 주제에 대해 골똘히 생각했다. 농업은 지구상에 존재했던 모든 사회의 진화 과정에서 언제나 진보로 인식되었다. 그런데 타요와 안티나의 섬마을 사회, 심지어 소외된 사람들의 마을에서조차 지배적이던 평등 분위기를 생각하면, 나는 혹시 농업이 궁극적으로는 저주가 아니었는지 의문이 들었다.

그리고 같은 맥락에서 인공지능에 대해서도 똑같은 말을 할 수 있지 않을까? 인공지능은 엄청난 진보로 간주되었으나 지구상의 '용도 불명들'에게는 치명타였으며, 그 후 콜로니의 '용도 불명들'에게도 같은 결과를 초래했다. '개발도상국'이 되고자 애를 쓰던 나라들조차 순식간에 나라 전체가 '용도 불명 국가'로 전락했다. 요컨대 혁명과 전쟁이 너무 빨리 그들을 집어삼킨 것이다.

몽상에 잠겨 있는 나를 바라보며 칼로가 물었다.

"무슨 생각해?"

"이곳 사회가 내 친구들의 사회보다 상당히 앞섰다는 생각을 하는 중이었어."

내가 "불행을 향해 질주하는 길에서"라는 말까지 대놓고 하지 않은 덕분인지, 칼로는 내 지적에 흐뭇해하는 눈치였다.

"그럼, 네가 살던 사회는?"

"거긴 아주 다른 세상이야."

"나도 언젠가 꼭 가 보고 싶네…. 물론 거기 가서 전쟁을 하겠다는 말은 아니고."

내가 뭐라고 하지도 않았는데, 그가 서둘러 덧붙였다.

한 가지 의문이 줄곧 머릿속에서 맴돌았다. 칼로는 덩치도 크고 힘도 센데, 왜 전사들 중에서 가장 낮은 계급에 속하는 걸까? 마을 중심에서 멀리 떨어진 곳에 살고, 부인도 세 명만 거느린 하급 전사잖아? 결국 나는 그에게 직접 물어보기로 했다.

"아, 벌써 그걸 다 알아차렸구나."

갑자기 말이 없어진 그를 보니 더는 물을 수 없었다. 그의 마음을 상하게 한 건 아닌지 덜컥 겁이 났다.

"나는 강등되었어."

입을 뗀 그가 조심스럽게 고백했다.

"강등되었다고?"

"응, 원정 나갔을 때 두 번인가 제대로 공격하지 않는다, 공격의 선봉에 서지 않는다는 비난을 받았거든."

차마 세세한 내용까지 물을 수 없는 나는 잠자코 가만히 기다리기로 했다.

"하지만 그건 부당했어." 지금 생각해도 억울하다는 투로 그는 말을 이어갔다. "우리의 전진은 현장에서 장애를 만났거든. 게다가 일부 부하들은 제대로 따라오지 않았고…."

"그러면, 너는 앞으로 다시 원래 자리로 돌아갈 수도 있어?"

"지금으로서는 힘들어. 목숨을 걸 각오를 하지 않고서는!" 그가 씁쓸한 미소를 지으며 한마디 덧붙였다. "게다가 나는 다음 번 원정이 언제 있을지도 모르는 처지니까."

"어떤 전사가 여러 번씩 강등될 수도 있어?"

문득 칼로의 눈빛이 어두워졌다. 그리고는 말없이 들에서 일하는 사람들을 가리켰다. 칼로의 예의 바르고 붙임성 있는 태도의 이면에는 강등에 대한 두려움이 공존하고 있었다.

계속해서 도시 주변을 둘러보던 우리 앞에 대규모의 헐벗은 구릉지대 풍경이 펼쳐졌다. 경작하지 않고 놀리는 땅들도 보였는데, 군데군데에서 관목들이 자라고 있는가 하면 시커멓게 불탄 나무줄기들도 보였다.

칼로의 설명으로는 이 년 연속 경작하는 밭은 없다고 한다. 토지도 쉬게 할 필요가 있다는 것이다. 그래서 이곳 사람들은 항상 새로운 경작지를 찾아내야 하고, 더구나 주민 수가 계속 늘어나고 있기 때문에, 숲의 상당 지역에서 벌목을 하거나 삼림을 태워서 농사지을 땅을 마련한다고 한다.

이 섬의 기후는 타요와 안티나가 사는 섬보다 추운 편이었다. 이곳에서 남쪽으로 꽤 떨어진 내 친구들의 섬에서는 식물들이 빠른 속도로 무성하게 자랐다. 너그럽지 않은 날씨에 땔감과 농지 확보의 필요성이 더해져 숲의 면적은 분명 처음보다 눈에 띄게 줄어들었을 것이다.

"네가 어렸을 땐 숲이 더 가까이 있었어?"

칼로가 기억을 더듬었다.

"맞아, 아마 저기까지도 다 숲이었던 것 같아."

그가 조금 떨어진 언덕을 가리키며 말했다.

인구가 계속해서 늘어나면 이들은 결국 숲을 사라지게 만들 수밖에 없을 것이다. 칼로는 계속되는 나의 질문에서 부정적인 판단의 기색을 읽었는지, 나름대로 상황을 합리화하려는 변명을 늘어놓았다.

"집을 짓기 위해서, 또 배를 만들기 위해서 우리는 늘 더 많은 나무를 필요로 하지. 더구나 더 멀리 원정을 나갈수록 더 큰 배가 필요하거든."

"왜 더 멀리 나가야 하는데?"

"그래야 더 큰 섬을 발견할 수 있을 테니까. 그게 바로 우리 부족의 운명이야."

칼로의 설명에 따르면, 아주 오래전 위대한 족장들 가운데 한 명이 부족의 운명을 예견했다. 하늘과 별, 그리고 이 섬의 화산들을 지배하는 신이 이 세상 전부를 정복하기 위해 이들 부족을 선택했다는 것이다. 그렇기 때문에 이들은 항상 다른 땅을 찾아다녀야 했다. 위대한 족장에게 내가 그들을 별에 인도해주겠노라고 말했을 때, 족장은 예언이 성취되어 가는 중이라고 이해했을 것이다.

"우리 부족은 아니지만, 너는 우리 역사의 한 부분이 되었다고 할 수 있지." 칼로가 빙긋 웃으며 멋지게 말했다.

나는 굳이 그의 말을 부인하지 않았다.

우리는 아까와는 다른 길을 통해 마을로 돌아가기로 했다. 작은 광장에 이르렀을 때, 나는 광장 한가운데에 놓인 받침돌 위에 무게가 족히 일 톤은 됨직한 맷돌이 올라앉은 광경을 보게 되었다. 맷돌에는 마치 축처럼 나무 들보가 꽂혀 있었는데, 남자 네 명이 원으로 그려진 선을 따라가며 그 들보를 밀고 있었다. 이들이 원을 한 바퀴 돌 때마다 발자국이 파여 길이 만들어졌다.

한눈에 보아도 이들이 방금 전 밭에서 본 사람들과는 체격부터 다르다는 걸 알 수 있었다. 이들은 분명 전사의 체격을 갖추고 있었다. 게다가 이 남자들은 실오라기 하나도 걸치지 않은 차림이었는데, 내가 마주친 이곳 어디에서도 이들처럼 벌거벗은 사람은 없었다. 가까이 다가가서 보니 이들의 팔은 밀고 있는 들보에 끈으로 묶여 있는 상태였다.

바로 조모들이었다. 지구로 파견된 조모들 중 네 명.

나는 놀라움과 반가움을 숨긴 채 그들에게 다가갔다. 그런 나를 칼로는 말없이 지켜보았다. 그는 안내인이자 감시인, 그리고 스파이이기도 했으니까.

운 좋게도 이들 가운데 내가 아는 사람은 한 명도 없었다. 조모들 쪽에서도 마찬가지인 듯했다. 예전에 화성 콜로니 어디에 서든 나를 마주친 기억—가령, 복도를 지날 때라든가—이라고 는 없는 것 같았다.

그 사이 내 머리카락은 길게 자랐고 피부도 적당히 검게 탔 으므로, 솔직히 내 외모는 섬 주민들과 그다지 구별되지 않는 것이 사실이었다. 나는 조모들에게 말을 걸고 싶었지만, 당연히 칼로가 보는 앞에서는 그럴 수 없었다.

칼로는 조모들이 우리가 도착했을 때 잠깐 쳐다보는 듯하더 니 금세 아무런 관심도 보이지 않고 하던 일에 집중하는 모습을 제 눈으로 똑똑히 확인했을 터였다. 아닌 게 아니라 밭일하는 사람들은 쉬지 않고 바구니 속 낟알들을 맷돌에 쏟아댔고, 감독 한 명이 손에 회초리를 든 채 게으름을 부리기라도 하면 즉시 매질할 태세를 갖추고 있었으니 조모들에게 한눈팔 겨를이라 고는 없었다.

"저들은 하루 종일 일해?"

"아니, 교대로 일해. 네 명이 더 있거든."

"어디에?"

말을 내뱉은 동시에 나는 괜한 질문을 했다고 후회했다. 같 은 부족도 아니라면서 지나친 관심을 가진 것으로 의심받을 법 한 질문을 했기 때문이다.

"이 집에."

말뚝도 없이 맨바닥에 지은 원형의 집에는 묵직한 대문 말고 는 외부로 열린 곳이 전혀 없었다. 이로 미루어볼 때 감옥이 확실했다.

간혀 있는 사람들까지 합하면 조모는 도합 여덟 명인데, 출발할 땐 열두 명이었다. 그렇다면 나머지 네 명은 어떻게 된 거지? 쥘마 중위는 또 어떻게 되었고? 하지만 그런 걸 칼로에게 물어보면 안 되지. 난 무슨 일이 있어도 이 고약한 침략자들과 연결되고 싶지 않았으므로.

그때 별안간 웬 목소리가 들려왔다.

"어, 저기, 스탄 친구잖아!"

아테나, 오, 아테나, 왜 나를 버리십니까?

머릿속은 온통 이 위기를 벗어날 해법들로 와글거렸다. 방금 나를 알아보고는 내게서 눈을 떼지 않는 조모가 무슨 말을 했는지 못 알아들은 척한다? 이젠 다른 조모들까지 내 쪽으로 고개를 돌리면서 녀석을 따라 하는데, 이를 어쩐담?

망설임 끝에 결국 그들에게 말을 걸기로 했다. 대신 여기 사람들이 적대적인 외지인에게 하듯 아주 거만한 어조를 택했다.

"이봐, 우리는 아는 척을 해선 안 돼, 심지어 서로 적인 것처럼 행동해야 한다고. 알겠어?"

조모들은 넋이 나간 사람처럼 입을 열지 못했다. 이런 곳에서 나를 보게 되어 굉장히 충격을 받은 모양이었다. 잠시 침묵이 흐르는가 싶더니, 그들 중에서 가장 기민한 자, 그러니까 나를 알아본 그가 입을 열었다. 그 역시 내가 요청한 대로 적대적인 투로 질문했다.

"너는 어떻게 이곳에 왔지?"

"너희들처럼 왔는데, 나는 여기 말고 다른 섬 근처에서 캡슐을 잃어버렸어. 너희들 캡슐은 어디 있지?"

"화산 위에."

"네가 우리를 풀어줄 수 있어?" 다른 조모가 물었다.

"시도는 해봐야지. 이 집에는 네 명의 조모가 있다던데, 나머지는 어디에 있지?"

"죽었어."

"그럼, 너희들의 대장은?"

"그 여자도 죽었어."

문득 서툰 솜씨로 유에게 작업을 걸던 쥘마 중위가 떠올랐다…. 중위의 사망 소식은 예상했던 것보다 훨씬 큰 충격으로 다가왔다. 그러나 곧 혼란한 마음을 가라앉히고 질문을 계속했다.

"너희들이 타고 온 캡슐은 작동 가능한 상태야?"

"우리가 그 캡슐에서 빠져나올 때까지는 그랬지. 그런데 다른 조모들도 올 거야?"

"그건 나도 몰라. 교대 시간은 언제야?"

"매일 정오."

"그럼, 사람들이 너희들을 집으로 데려가는 시간은?"

"해가 질 무렵. 너한테 무기는 있어?"

"아니. 이 정도면 상당히 말을 많이 한 셈이야. 자, 이젠 나한테 욕을 퍼부어. 우린 적으로 보여야 하니까."

마치 콜로니에서의 훈련 시간에 공격성을 보여야 할 때처럼, 조모들은 기꺼운 마음으로 그렇게 행동했다. 나를 향해 심한 욕설을 외치면서 얼굴을 있는 대로 찡그리거나 위협적인 방식으로 끈을 잡아당겨댔다. 회초리를 든 사람이 그들에게 막무가내로 매질을 가해도 멈추지 않았다.

"자, 가자." 나는 칼로에게 말했다. "저 녀석들, 정신이 돌았나 봐."

우리가 조모들로부터 멀어지자 고함 소리도, 회초리를 휘두르는 소리도 잦아들었다.

"저들이 어떻게 너를 알아?"

칼로가 언제나처럼 상냥한 투로 물었다.

"저들은 나를 몰라. 개인적으로는 나를 모르지만, 내가 속한 부족은 아는 거지."

"하긴 그래, 너는 저자들과 닮은 데라곤 없거든."

"저들은 전사라서 영리해."

"그다지 영리하지도 않던데 뭐." 칼로가 씩 웃으며 대꾸했다.

"너희들은 어떻게 해서 저들에게 승리를 거뒀지?"

"저들은 애송이들에 불과하거든."

그러니까 이곳보다 몇 세대쯤 앞선 선진 문명이 길러낸 전사들인 조모가 칼로와 그의 동료 전사들에게는 고작 애송이에 불과했다는 것이다. 그 말에 불안이 엄습해왔다. 칼로가 혹시 내가 조모들과 방금 부린 술수를 이미 다 꿰뚫어본 건 아닐까? 위대한 족장과 칼로는 앞으로 얼마나 더 오랫동안 그들과 다른 부족이라는 나의 궤변을 믿어줄 것인가?

나는 서둘러 타요와 안티나만 남겨두고 온 집으로 돌아갈 채비를 했다. 이곳 사람들이 내 친구들은 건드리지 않겠노라고 약속했지만, 나 역시 그들에게 한낱 애송이로 보인 건 아닌지 궁금해 죽을 지경이었다.

칼로의 집이 보이는 곳에 이르자, 나는 대번에 난관이 기다리고 있음을 알아차렸다. 사람들이 대문 앞에 잔뜩 모여서 웅성거리고 있었기 때문이다. 칼로도 나만큼이나 걱정스러웠는지 발걸음을 재촉했다.

사람들 틈을 헤쳐가며 길을 낸 우리는, 집 문턱에서 칼로의 부인들에게 에워싸여 바들바들 떨고 있는 안티나와 타요를 발견했다. 칼로의 부인들이, 위협적인 표정으로 그들 앞에 떡 버티고 선 덩치 큰 두 명의 전사로부터 두 사람을 보호하고 있는 형국이었다.

"이들이 외지인 여자를 끌고 가려고 해요!"

한 부인이 칼로를 향해 크게 소리를 질렀다. 칼로는 그 전사 앞으로 다가가더니, 겁먹은 사람처럼 그의 앞에 몸을 숙였다. 그 모습을 보고 나는 경악하고 말았다. 맙소사! 상대 전사는 칼로보다 높은 사람인 것이었다.

"족장께서는 이 여자를 취하지 말라고 하셨습니다."

"족장의 말은 이 여자를 부인으로 취하지 말라는 뜻이고, 나는 그저 잠시만 이 여자를 취하려는 것이다."

"족장께서는 원치 않으십니다." 같은 말을 반복하는 칼로의 얼굴에는 편치 않은 기색이 역력했다.

전사는 그런 칼로를 슬쩍 우회하더니 안티나 앞으로 한 발짝 다가갔다. 그런 무례를 용납할 수 없는 타요가 악을 쓰며 두 사람 사이에 끼어들었다.

"그 여자를 건드리기만 하면 네 놈을 죽여버릴 거야!"

모여 있던 사람들이 지레 겁을 먹고는 웅성거리기 시작했다.

"이놈이 방금 한 말, 다들 들었지? 이놈이 나를 죽이려고 한다!" 전사가 낄낄 웃어대며 모두 들으라는 듯 크게 소리쳤다.

타요는 힘이 셌다. 그 사실은 나도 잘 알고 있지만, 상대 전사는 그보다 머리 하나는 더 큰 데다 단언컨대 이미 사람을 죽인 경험도 있을 터였다. 그러니 나로서는 아무리 타요가 안티나를 보호하려는 열기로 활활 타오르더라도, 아니, 어쩌면 그 열기 때문에라도 도저히 전사에게 이길 확률이 있다고 보기 힘들었다.

내 뒤에 있던 칼로가 누군가에게 위대한 족장에게 이 상황을 알리라고 속삭이는 모습이 보였다. 나도 발을 앞으로 한 걸음 내디뎠다. 아테나의 의견대로라면, 나야말로 갈등을 가라앉히는데 비상한 재주를 가진 사람이 아니던가?

"나는 위대한 족장의 손님이다." 내가 운을 떼며 말했다. "이 두 사람은 내 보호를 받는 사람들이다."

"너도 나를 죽이고 싶냐?" 전사가 가소롭다는 듯 히죽 웃었다.

"그럴 리가 있겠는가." 나도 그에게 미소를 돌려주며 대꾸했다. "네가 전사라는 사실을 잘 알고 있다. 난 그저 너에게 위대한 족장의 의지를 상기시켜주고 싶을 따름이다."

"족장께서 너희들을 잘 대해주라고 하셨기에 저 여자를 잘 대해주고 싶을 뿐이다. 충분히 그럴 가치가 있는 여자니까. 게다가 그것도 아주 잠시만 그렇게 하겠다는 것이다."

"너는 힘이 셀 뿐만 아니라, 내가 보기에 매우 영리할 것 같다. 그러니 위대한 족장이 한 말뜻을 잘 알 것이다."

"그래서, 지금 위대한 족장께서 무슨 생각을 하고 계시는지 나한테 설명이라도 하려는 거냐?"

"아니, 그저 네가 이미 그 뜻을 잘 알고 있음을 상기시켜주려는 것뿐이다."

갑자기 주변에 침묵이 내려앉았다. 나는 칼로가 이 전사 앞에서 보여준 존경심 가득한 태도를 떠올리고는 상대를 불쾌하게 만들 수 있는 말은 삼가려고 애썼다. 전사는 나를 물끄러미 바라보더니 말을 이었다.

"제법 말솜씨가 좋구나. 하지만 머리는 약간 멍청한 것 같은데?"

"그럴지도 모르지. 하지만 나는 어디까지나 위대한 족장의 뜻을 존중하고, 나의 두 친구를 지켜줄 뿐이지."

"내가 너를 멍청이 취급했는데도 아무런 반응을 보이지 않는 걸 보니, 명예 따위는 안중에도 없는 모양이지? 저자는 그래도 명예심은 있어 보이는데."

그가 타요를 가리키며 빈정거렸다.

"그래, 내 친구는 분명 나보다 명예심이 많지. 내가 가진 명예심이란 그저 윗사람들에게 복종하고 친구들을 지키겠다는 마음과 다르지 않으니까."

구경꾼들이 웅성거리면서 내 말이 맞다고 동의하는 분위기가 감지되었다. 그러나 이와 비례해 전사의 진노는 한층 증폭되는 듯했다. 그제야 나는 처음부터 내가 실수했음을 깨달았다! 전사와 더불어 시시비비를 가리는 건, 그것도 다른 사람들이 있는 공개 석상에서 그렇게 하는 건 일종의 공격이 아닌가! 나는 차라리 그에게 몸을 굽혀 간청을 했어야 했는데, 화성 콜로니에서의 평등한 삶, 심지어 상사들과도 막역하게 지내는 생활에 너무 젖어 있었던 것이다.

"네 꼴을 한 번 바라보는 게 어때?" 전사가 빈정거리며 말했다. "도대체 어떻게 그 꼴로 네 친구들을 나로부터 보호한다는 거지?"

"내가 힘이 세지 않다는 것쯤은 나도 잘 안다. 그렇지만 난 네가 이성적인 사람이라고 믿는다."

"나더러 이성적이라니 하는 말인데, 내 이성은 네 친구 녀석이 나를 위협했고, 여러 사람이 다 보는 가운데 나에게 도전장을 내밀었다고 말하고 있어. 그가 나를 도발한 건 사실이 아닌가?"

전사가 우리를 둘러싸고 있는 구경꾼들에게 외치듯 말했다. 잠시 주위가 조용하다 싶더니 이내 다시금 그의 말에 동의한다는 웅성거림이 들려오기 시작했다. 그 사이에 구경꾼들은 점점 늘어만 갔다.

"그렇다면 우리는 싸워야 해."

전사가 타요를 느긋하게 겨누어 보며 말했다.

안티나는 울면서 타요의 목에 매달렸다. 그녀는 타요가 전사와 싸워 목숨을 잃게 되는 걸 원하지 않을 것이다. 하지만 명예를 아는 타요는 안티나를 옆으로 밀고는 전사 쪽으로 몸을 돌리더니 그를 향해 비웃는 듯한 미소를 던졌다.

나는 황급히 두 사람 사이에 끼어들었다.

"그만들 해, 이건 위대한 족장이 원하는 일이 아니야."

"저자가 나를 도발했어." 전사가 반발하며 말했다. "그러니 위대한 족장께서도 전사에게 도전을 받아들이지 말라는 지시를 내릴 순 없어."

주변의 구경꾼들은 그의 말이 옳다고 인정하는 분위기였다. 나는 칼로 쪽으로 몸을 돌려 구원을 청해볼까 했지만, 그 역시도 고개를 끄덕이고 있었다. 나는 타요를 바라보며 말했다.

"안티나 곁에 있어줘. 내가 알아서 할 테니까."

상황이 악화되고 있었지만, 나는 여전히 대화를 이어가려고 노력했다. 그 사이에 위대한 족장이 도착하기를 기대하면서.

"이건 나의 싸움이야!" 타요가 단호하게 잘라 말했다.

"아니, 너희들은 내 실수로 이곳에 끌려왔어. 그러니 내가 너희들을 보호해야 해."

"타요, 이 친구 말 들어." 안티나도 그를 만류하며 애원했다.

나는 타요를 안티나 쪽으로 밀쳤다. 아, 아직까지 위대한 족장은 도착할 기미가 없다.

"그러니까 너도 역시 나를 죽이고 싶다는 거지?"

전사가 비아냥거렸다. 그 모습에 내 안의 무언가가 나도 모르게 튀어나왔다.

"그럴 리가. 네가 그걸 원한다면야 또 모르겠지만."

앗, 내 입에서 이런 말이 튀어나오다니! 마치 내가 아닌 다른 누군가가 나를 대신해 말을 한다는 느낌이 들었다. 군중 사이에서 놀라움의 탄식 소리가 들려왔다.

"저자가 우리말을 제대로 몰라서 하는 말입니다."

칼로가 나를 대신해서 궁색하게 변명했다. 그러나 전사는 내가 한 말을 똑똑히 들은 터였다.

"저자가 나를 도발했다!" 전사는 믿을 수 없어 하면서도 동시에 기뻐 죽겠다는 표정으로 외쳤다. "저자가 나를 도발했다!"

그는 그곳에 있는 군중 모두를 증인으로 삼았다.

타요가 내게 다가오려 했지만 나는 손짓으로 만류하며 안티나 곁에 있으라는 메시지를 보냈다. 안티나와 시선이 마주친 나는 그녀의 눈에서 두려움이 아닌, 신뢰를 읽었다. 내 역량에 대한 무한한 신뢰. 나는 안티나가 보여주는 그 신뢰를 온전히 내 것으로 만들고 싶었다!

그 사이에도 칼로는 전사, 그리고 어느새 전사를 보러온 그의 동료들과 열심히 이야기를 나누고 있었다. 그러나 그의 표정이나 몸짓으로 보건대 아무 소용이 없는 모양이었다. 내가 공개적인 자리에서 전사를 도발했으니, 그다음에 닥칠 일은 피할 수 없는 것이었다.

칼로가 내게 다가왔다.

"양쪽 모두 무기 없이 싸우기로 합의를 봤어. 너는 무기 다루는 데 익숙하지 않잖아."

"도와줘서 고마워."

"그렇지만, 그래도 그는 너를 죽이고 말 거야…."

"여기 사람들은 몸싸움에 익숙한가 봐?"

"응. 저자는 자기 힘을 자랑하려고 너를 힘껏 부둥켜안고서 질식하게 만들 거야."

"고마워, 친구."

칼로가 멀어져갔다.

구경꾼들이 여러 겹으로 빽빽하게 둘러선 가운데 나는 홀로 덩치 큰 전사와 마주 섰다. 전사는 연신 히죽히죽 웃으며 나를 노려보았다. 약간 안으로 굽은 두 다리는 언제라도 튀어 올라 나를 휘어잡을 태세였다. 그가 우람한 두 팔로 나를 낚아채는 순간, 모든 것이 끝나게 될 것이다. 그는 싸움꾼의 반사 신경을 일깨우며 그 결정적인 순간을 준비하는 듯했다.

이미 말했듯이, 나는 화성 콜로니에서 모든 신병과 마찬가지로 몇백 시간짜리 비무장 육탄 공격 훈련과 같은 시간만큼의 가상훈련만 받았을 뿐, 이토록 거대한 적과의 실전은 단 한 번도 겪어보지 못했다.

전사가 슬슬 앞으로 나왔다. 내가 옆으로 한 걸음 옮기자 그는 빙그르르 몸을 회전했다. 바로 그때 나는 반대 방향으로 튀어 올랐다. 그가 팔을 뻗어 나를 잡으려는 순간 나는 그의 손목을 낚아챈 다음 내 쪽으로 힘껏 잡아당기면서 있는 힘을 다해 그의 목을 후려쳤다. 비틀거리는 그를 한 차례 더 가격하자 그가 뒤로 휘청거렸다. 그 틈을 놓치지 않고 그의 위에 올라탄 다음 계속 목을 노렸다. 한데 엉킨 우리 두 사람이 바닥으로 떨어지는 찰나, 나는 팔꿈치에 최후의 힘을 실어 그의 목을 때렸다.

"그만두거라!"

위대한 족장의 목소리가 들렸다.

하지만 이미 너무 늦었다. 전사는 숨이 막힌 듯 헉헉댔다. 내가 몸을 일으켰을 때도 그는 바닥에 그대로 널브러진 채 몇 번인가 경련했다. 그러나 그 누구도 그를 도와주려 다가가지 않았다.

나는 이렇듯 살인적인 공격 기술, 적이 입을 피해 따위는 고려할 필요가 없을 때 구사하는 기막힌 기술을 가르쳐준 스탄에게 마음속으로 깊이 감사했다.

상대가 나와 맞붙은 전사보다 약체였다면, 그는 이미 죽었을 수도 있었을 테지만, 나의 맞수는 서서히 정신을 차리고는 일어나려는 듯 몸을 옆으로 돌렸다. 하지만 그는 완전히 일어나지 못한 채 엎드린 자세로 헐떡거릴 뿐이었다. 나는 이곳의 싸움 규칙을 알지 못한다. 아직 기운이 남아 있을 동안 내가 끝장을 내야 하는 걸까? 스탄은 나에게 목을 부러뜨리는 기술도 가르쳐준 적이 있다. 나는 그에게 다가갔다.

위대한 족장은 사람들이 이곳까지 가져온 의자에 앉아 우리를 물끄러미 바라보는 중이었다.

"그를 데려가라." 마침내 족장이 입을 열었다.

전사 두 명이 엎드려 있는 동료의 양쪽 겨드랑이 사이로 손을 넣어 그를 일으키더니 구경꾼들 사이를 가로질러 끌고 갔다.

"너는 정말이지 두려움을 모르는구나."

위대한 족장이 말했다.

"친구들을 보호하기 위해서라면 그렇습니다."

하지만 그건 거짓말이었다. 싸움을 하는 동안에는 두려움을 느끼지 못했으나, 싸움이 끝나자 별안간 어찌나 겁이 나는지 온몸이 부들부들 떨릴 지경이었다. 나는 떨지 않으려고 무진 애를 썼다.

주위를 둘러보니 전사들의 증오 가득한 시선이 느껴졌다. 어느새 내 곁으로 온 칼로만이 혹시 모를 불시의 공격에 대비해 나를 지켜주고 있었다.

위대한 족장이 손을 높이 치켜올리더니 쩌렁쩌렁한 목소리로 관전평을 말했다.

"이자는 우리의 손님이다. 그의 친구들도 마찬가지다."

족장은 잠시 말을 끊더니 곧 다시 이어갔다.

"이들을 건드리는 자는 노예가 되어 죽으리라."

군중 사이에서 웅성거리는 소리가 들려왔다. 족장이 방금 전 전사들의 복수 의지를 꺾어버릴 만큼 불명예스러운 벌을 내린 것이 틀림없었다.

그러는 사이에 나는 눈물을 흘리고 있는 안티나와 타요에게 달려가 두 사람을 끌어안았다. 나 역시 두 사람만큼이나 감정이 격앙된 상태였지만, 애써 눈물을 참았다. 방금 나는 전사에게 승리를 거두었으므로 나 또한 전사가 되었고, 모름지기 전사란

울지 않는 법이니까.

그때까지만 해도 나는 전혀 의식하지 못했는데, 나에 관한 모든 것을 나보다도 더 잘 알고 있는 아테나는 왜 지금까지 그걸 몰랐던 걸까?

이 접근 금지 벽을 뚫기까지 오랜 시간이 걸렸다. 장애물이 어찌나 복잡하게 가로막고 있던지, 내가 보기에는 아테나만이 유일하게 그 같은 회로를 설계할 수 있을 것 같았다.

그런데 난데없이 화면에 로뱅의 새로운 이미지가 나타나는 것이 보였다. 처음에는 방금 입력한 이미지와 똑같은 증명사진인 것으로 착각했다. 조명이며 무표정한 얼굴이며 짧게 자른 신병 헤어스타일까지 모두 똑같았으니까. 그러나 방금 나타난 이미지 속의 로뱅은 훨씬 나이가 들어 보였다.

이 사진 속의 내 사랑은 마흔 살도 넘어 보이는데, 도대체 어찌된 영문일까? 인위적인 노화 프로그램?

아니다. 내가 다 확인해보았지만, 이 사진은 수정된 것이 아니었다.

문제의 사진에서는 묘하게 나를 끌어당기는 힘이 느껴졌다. 언제나처럼 조롱기를 머금은 시선—거기에 이십 년이라는 세월이 주는 약간의 지혜까지 더해진 그 눈길—으로 나를 바라보는 로뱅을 마주했다. 도대체 이 수수께끼는 뭐지?

그때 별안간 뒤에서 귀에 익숙한 목소리가 들려왔다.

"골치 썩이던 문제를 해결했어?"

카반은 더는 화난 모습이 아니었다. 체념한 듯 덤덤한 모습이었다.

우리 두 사람은 화면을 가득 채우고 있는, 그러나 이해할 수 없는 사십 대의 로뱅 사진을 함께 들여다보았다.

사진에 놀라고, 카반의 출현에 한 번 더 놀란 나는 그저 말문이 막힐 뿐이었다. 항상 나를 믿어주는 카반이었지만, 방금 그는 내가 그에게 거짓말을 하고 있다고 느꼈을 것이다. 마치 잘못을 저지르다 들킨 아이가 된 것 같다. 상대를 속였다는 죄책감…. 어느새 내 눈에 눈물이 그렁그렁 차오른다.

"난 그냥… 난 그냥 왜 그를 거기에 보냈는지 알고 싶었을 뿐이야."

나를 바라보는 카반의 표정이 몹시 고통스러워 보였다. 그가 여전히 로뱅의 얼굴을 보여주는 화면을 가리키며 말했다.

"이 사진, 이렇게 오래 놔둘 거야? 그러다가 금세 자기 흔적을 찾아내면 어쩌려고…."

그의 말이 옳았다. 나는 이미지를 사라지게 한 뒤, 시스템에 남아 있는 나의 경로를 신속하게 지웠다.

"자, 그럼 이제 돔으로 산책이나 다녀오는 게 좋겠군. 난 여기 오래 머물면 안 되는 사람이니까."

이번에도 그의 말이 옳았다.

밖으로 나오니 돔에는 이미 밤이 내려앉았다. 창백한 구름들이 보름달 앞으로 지나가는데, 마치 지상의 하늘이 빚어내는 한 편의 완벽한 픽션 같았다. 아마 지금 우리는 낭만적인 밤길 산책에 나선 커플로 보일 것이다.

"거짓말해서 미안해." 내가 먼저 입을 열었다. "난 그냥…."

나는 차마 "자기 마음을 아프게 하고 싶지 않았다"는 말을 하지 못하고 망설였다. 그 말이 오히려 그를 더 가슴 아프게 하는 건 아닌지 걱정되었기 때문이다.

"…하지만 오늘 저녁 일이 있기 전까지는 한 번도 자기한테 거짓말한 적 없어."

그건 정말이었다. 하지만 그런 말로도 지금 이 순간 카반이 느끼는 슬픔은 덜어지지 않는다는 걸 나 자신이 누구보다도 뼈저리게 느꼈다.

"…더구나 오늘 저녁 일만 해도, 자기한테 거짓말까지 했는데도 아무 소득이 없네. 아무것도 못 찾았거든, 그 이상한 사진 빼고는. 여전히 왜 그를 거기에 보냈는지 도무지 모르겠어."

"나이 먹은 그의 사진이라면… 혹시 인위적인 노화 프로그램 같은 거야?"

"그런 게 아니더라고. 내가 확인했어."

"혹시 자기가 알아낼 수 없는 더 앞선 어떤 프로그램이 있는 거라면?"

그의 가설은 충분히 가능성이 있어 보였으나, 미처 그런 것까지 확인해볼 겨를이 없었다. 더구나 그 사진을 한 번 더 살펴보기에는 너무 위험부담이 컸다.

"아니면, 이미 존재했던 사람의 사진일 수도 있지 않을까?"

"이미 존재했던 사람이라고?"

실력 있는 연구원으로서, 카반은 때로 놀라운 사고의 우회로들을 제시하곤 했는데, 나로서는 즉각적으로 이해하기 어려운 것들이었다. 그리고 그의 그러한 재능은 사실 내가 그에게 끌린 이유 중 하나이기도 했다. 솔직히 나는 지루한 건 잘 견디지 못하는 사람이니까.

"응, 벌써 오래 전에 마흔 살이 넘은 사람."

"혹시 로뱅의 쌍둥이 형제?"

"난 자기가 지능 면에서 상위 0.2퍼센트 안에 드는 사람이라고 믿고 있었는데, 쌍둥이라니 말도 안 돼. 쌍둥이는 같은 시각에 태어난 사람들이잖아."

"그렇다면?"

"복제인간."

"복제 프로그램은 벌써 오래전에 중단되었잖아!"

화성 콜로니 초기, 그러니까 대재앙 이후 한 세대가 지났을 무렵에는 인간 개개인의 복제가 자식을 얻는 수단으로 각광받았다. 즉 인간복제를 통해, 가장 높은 수준으로 인정받은 성인들의 역량에 버금가는 자식 세대를 만들어낼 수 있었던 것이다. 하지만 이 방법으로는 지나치게 많은 수의 동일한 인간을 만들어내지 않으면서 인구 증가도 가져오는, 말하자면 일석이조의 효과를 기대하기가 너무 어려웠다. 동일한 개인들은 같은 가계에 속하는 동일한 복제인간들을 만들어낼 테니 말이다. 결국 이 프로그램은 콜로니의 유전공학 기술이 품질 좋은 태아들을 만들어낼 만큼—비록 아주 최근까지도 '용도 불명들'의 출생을 완전히 막진 못할지라도― 발전하게 되자 중단되었다.

"복제 프로그램은 더 이상 운영되지 않는데, 그렇다면 이 사진은 도대체 언제로 거슬러 올라가는 거지?"

카반이 중얼거렸다.

"그런 것까지는 알아내지 못했어. 파일의 정보들이 모두 삭제되었거든."

복제인간이라고? 그건 정말이지 내가 상상했던 모든 것을 뛰어넘을 만큼 놀라운 일이 아닌가.

카반이 혼잣말처럼 웅얼거렸다.

"자, 이젠 자기가 뭘 하고 싶은지 알았으니까…, 잘 해봐! 하지만 조심해야 해."

그 말이 떨어지기 무섭게 난 이 선량한 남자를 가짜 달빛 아래 홀로 남겨둔 채 달려갔다.

이제 우리는 널찍한 족장의 집에서 생활하게 되었다. 덕분에 족장의 아들들을 포함해 그의 가장 충실한 전사들로부터 훨씬 철저하게 보호받을 수 있었다. 족장의 아들들은 대부분의 시간을 부인들과 함께 그 집에서 머물렀다.

사생활도 이전보다 효과적으로 보장받게 되었다. 아래쪽이 트인 가리개가 집 안의 중심이 되는 공간과 우리가 기거하는 공간을 분리해준 덕분이었다. 나는 최대한 안티나와 타요가 둘만의 시간을 갖도록 신경 썼다. 둘만의 오붓한 시간을 통해 두 사람이 기운을 추스르고, 최근에 겪은 어려운 일들일랑 조금이라도 잊기를 바라는 마음에서였다.

나는 자주 위대한 족장과 함께 산책에 나섰다. 네 명의 남자들이 메고 다니는, 일종의 가마 같은 것에 올라탄 족장은 전사들의 호위를 받았는데, 칼로도 이제 그 호위대의 일원이 되었다. 결투를 요청한 전사로부터 나를 보호하기 위해 모범적으로 행동한 데 대한 공을 인정받아 승진한 것이다.

가마를 타고 산책에 나설 때면 족장은 자기 부족이 이루어놓은 성과물을 나에게 보여주면서 기뻐했다. 특히 목축 분야의 성과가 그의 최고 자랑거리였다.

우리 안의 많은 염소들이 그들에게 젖과 고기를 제공했다. 나는 염소뿐만 아니라 가히 괴물에나 비길 법한 돼지들도 발견했다. 에로스섬의 야생 돼지들에 비하면 이곳 돼지들은, 엷은 빛깔에 갈색 점이 박힌 똑같은 종이라 할지라도, 정말이지 괴물이라 할 만큼 덩치가 우람했다. "우리는 벌써 여러 세대째 이 돼지들을 기르고 있는데, 녀석들이 점점 더 뚱뚱해진다"라며 족장은 자랑스럽게 설명했다.

내가 거구의 돼지들 앞에서 깜짝 놀라는 동안 족장은 전사들에게는 똑같은 방식을 적용할 수 없음을 아쉬워했다.

"가장 뛰어난 전사들은 흔히 가장 아리따운 여자를 부인으로 삼으려 한다."

전사들이 가장 뛰어난 전사들의 딸을 부인으로 맞아들여야 전투력이 뛰어난 자식을 얻을 확률이 높아지는데, 예쁜 여자만 좋아한다는 뜻이었다.

위대한 족장은 우리가 화성 콜로니에서 시험관을 통해 얻은 것을 자연적인 방식으로 실현하려 하고 있었다. 그러니 이것을 '당대 정신'이라고 표현해야 할지 아니면 '구닥다리 정신'이라고 표현해야 할지, 나도 잘 모르겠다.

"전사의 자식이 훌륭한 전사가 될 자질을 타고나지 못했을 땐 어떻게 되나요?"

"그렇다면 그 아이는 다른 일에 종사해야 한다. 하지만 이유야 어찌 되었든 그 아이는 전사가 아니므로 전사에 비해서 적은 수의 부인을 얻게 될 것이고, 따라서 자식도 적을 수밖에 없다. 그가 썩 괜찮은 아와카가 된다면야 이야기가 달라지겠지만 말이다."

아와카는, 족장의 설명에 따르면, 모든 농업 활동을 조직하고, 어떤 밭에 작물을 심거나 종자를 뿌릴지, 어떤 숲을 벌채하거나 태울지 등을 결정하는 책임자였다. 그런가 하면 집이나 배를 건설하는 사람들도 있는데, 이들 중 더러는 지금까지 지어진 집들을 개량하고 한층 더 완벽하게 가다듬는 재능을 보여 유명해지기도 했다.

"너희 부족은 어떻게 사느냐?" 족장이 내게 물었다. "뛰어난 전사들이 더 많은 부인을 얻는가?"

"저보다 앞서 이곳에 온 자들은 전사 부족 구성원들이지만, 나는 그들의 관습을 잘 모릅니다."

"그렇다면 너는 전사가 아니란 말이냐?"

"네, 전사가 아닙니다. 우리는 어렸을 때 모두가 싸우는 방법을 배웁니다. 족장께서 보신 전사들이 우리를 공격할 경우에 대비하기 위해서 그렇게 하는 것이죠. 하지만 어릴 때 싸움 기술을 익힌 다음에는 각자 다른 일을 합니다."

"다른 일이라니, 어떤 일을 말하는가?"

"모든 지식을 섭렵하고, 다른 세상을 탐험합니다."

"우리처럼 말이구나. 우리도 다른 섬들을 찾아다니지."

나는 그제야 족장이 무슨 말을 하고 싶어 하는지 알아차렸다. 그는 자기 부족이 정착할 새로운 섬, 새로운 여자들을 찾아다니듯이, 우리도 새 보금자리를 마련할 다른 별들을 찾아다닌다는 말이 내 입에서 나오게끔 유도하려는 것이었다.

그래서 나는 화성에서의 행복한 삶을 묘사하기 시작했다. 여인들과 식물들이 풍성하며, 영토도 드넓어서 우리의 대규모 공동체는 물론, 싸움을 좋아하는 저 끔찍한 조모들의 공동체까지도 포용할 수 있다고 자랑을 늘어놓았다.

"그런데 전사들의 공동체라면, 너희 부족에게 전쟁을 걸어오지 않겠는가?" 족장이 걱정스럽다는 듯이 물었다.

"하지만 우리에게는 훨씬 성능 좋은 무기가 있습니다. 얼마든지 살상이 가능한 무기들이지요."

이 대목에서 나는 족장이 내 말을 곧이곧대로 믿고 있음을 느꼈다. 조모들이 들고 온 무기는 살상용이 아니었음을 이곳 사람들도 눈으로 확인했을 테니 말이다. 그런데 도대체, 그 무기들은 다 어디로 갔을까? 그것들도 조모들이 캡슐을 버려두었다는 화산에 있으려나?

나에 대한 족장의 신뢰가 조금씩 자라나는 것이 느껴져 족장이 속내를 조금 더 털어놓기를 기대했지만, 그는 여전히 경계심을 늦추지 않았다.

며칠 뒤, 이곳 사회를 지배하는 기본적인 원칙이 조금 더 명확하게 드러났다. 무위도식하는 사람은 없어야 한다는 생각이 바로 그 철칙이었다. 심지어 전사들조차도 전투 훈련을 받지 않는 시간에는 고기잡이를 나가거나 숲으로 사냥을 나가고, 그것도 아니면 집 짓는 일에 동원되었다.

이곳에서 가장 고약한 욕설은 "잉여 인간" 정도로 번역할 수 있는데, 이 말은 "게으르다"를 뜻하는 단어와 마지막 철자만 달랐다. 아무튼 누군가를 향해 이 단어를 내뱉는다는 건 달리 해석할 여지가 없는 명백한 도발이며, 상대가 전사라면 그는 즉시 결투를 요구할 수 있다. 이곳에서 노동이란 절대 심심풀이식 농담이 아닌 것이다!

궁극적으로, 이곳 사회는 타요와 안티나가 속한 사회보다는 우리 화성 콜로니와 훨씬 더 많이 닮아 있다. 다시 말해서, 이 사회는 지구상에서 명멸한 모든 사회가 거쳐 간 원시적인 단계 가운데 하나에 머물러 있다고 할 수 있다. 쾌락보다는 노력이 행복을 가져다준다는 생각이 지배하는 사회. 모두가, 심지어 전사들까지도, 계급 강등에 대한 불안과 두려움을 안고 사는 사회.

그렇기는 했으나, 이러한 두려움이 이곳 사람들을 움직이는 유일한 동력은 아니었다. 나는 작업 중인 이들에게서 어느 정도의 즐거움을 감지할 수 있었다. 곡물을 가득 채운 바구니를 실어 나르는 농부들마저 무거운 짐을 지고 가는 도중에 동료 일꾼들로부터 격려 차원의 박수 세례를 받는 것을 보면 더더욱 그랬다.

하지만 뭐니 뭐니 해도 내가 보기에, 전사들과 아와카들이 가장 행복하게 사는 것 같았다. 자기들이 좋아하는 일을 하니 말이다.

어찌 되었든 이 사회의 궁극적인 목표는 전쟁과 정복이다. 이곳은 에로스가 아니라 아레스, 즉 전쟁과 파괴를 관장하는 그리스의 군신이 지배한다. 그래서 나는 이 섬에 아레스라는 이름을 붙이기로 했다. 라틴어로는 마르스(Mars), 즉 내가 떠나온 행성과 이름은 같으나 가치관 면에서는 우리 화성 콜로니와 달라도 아주 많이 다른 섬.

나중에 나는 아와카들과 수공업 장인들이 누리는 행복까지 고려하여 나무껍질에 다음과 같이 새겼다.

행복 = 자유의지에 따라 선택한 목표를 향한 노력

자신이 세운 목표에 도달하기 위해서 도중에 만나는 문제들을 해결하고, 스스로 조금씩 성장한다고 느끼는 행복! 장애물을 넘어서고, 시련을 극복함에 따라 용도 불명으로서의 내 정체성은 조금씩 지워져갔다.

신의 섭리가 내 앞길에 내가 지닌 역량에 어울리는 목표만 제시하신다면야….

오늘 아침, 칼로가 우모라는 아와카 한 명을 우리에게 소개했다. 나이는 마흔가량 되어 보이며, 체격은 타요와 에로스섬 사람들과 비슷한 우모는, 내가 제대로 이해했다면, 신지식 연구 임무를 맡은 사람이었다.

　내가 별에서 왔다는 사실을 알게 되자 그는 즉시 나를 자기 집으로 초대했다. 타요와 안티나도 함께 왔는데, 이 두 사람에게도 배울 것이 있다는 우모의 주장 때문이었다. 그는 등급이 높은 전사의 집만큼이나 큼지막한 집에 부인도 네 명이나 되었다. 우리를 집 안으로 안내한 우모는 한편에 걸어놓은 지도를 보여주었다. 그와 그의 전임자들이 작성한 지도라고 했다.

　그가 우리 앞에 펼쳐놓은 밤하늘 지도가 어찌나 정확한지 타요 역시 나만큼이나 놀라는 눈치였다. 그와 우모는 각자의 언어로 지도에 보이는 별자리들의 이름을 댔다. 이름이 비슷한 것으로 미루어 두 섬의 문화는 닮은 점이 많은 모양이었다. 나는 그들에게 화성을 가리키며 설명했다. 달이나 지구처럼 화성도 단단한 별이라고, 반면 다른 별들은 대부분 불이나 가스로 되어 있다는 설명도 덧붙였다.

　내 설명에 신이 난 우모는, 다 같이 식사를 하자며 제안했다.

곧 네 명의 부인 가운데 두 명이 분주하게 식사 준비에 나서더니 여러 가지 향신료로 간을 맞춘 맛 좋은 돼지고기찜을 내왔다. 안티나와 타요도 처음 맛보는 향신료에 호기심을 보였다.

돌아오는 길에 나는 모처럼 즐겁게 타요와 안티나와 이야기를 나누었다. 전사와의 결투 이후, 나는 그들의 신뢰를 되찾았다. 타요와 안티나는 최근의 내 기록을 궁금해했고, 나는 두 사람의 요청에 따라 요사이 기록한 내용에 간단한 설명을 곁들여 가며 들려주었다.

타요는 행복 = *자유의지에 따라 선택한 목표를 향한 노력*이라는 내 생각에 동의하지 않았다.

"전사들과 아와카들에게는 맞는 소리일 테지. 하지만 들판에서 밭일하는 사람들은 좋아서 선택한 게 아니잖아."

안티나도 지적했다.

"이곳 사람들은 삶을 즐기지 않아."

타요가 잘라 말했다.

"어차피 그 사람들 인생인데 뭐."

안티나가 자못 신랄한 투로 응수했다.

"난 말이지, 이곳 사람들이 우리가 사는 방식에 대해서는 뭐라고 말할지 궁금해."

"이 사람들이 그런 걸 알아내려 우리 섬에 오는 일이 없게 해달라고 타후에게 열심히 기도나 해!"

안티나가 말을 마치자 곧 침묵이 흘렀다. 나는 이 전사 부족이 내 친구들의 섬에 상륙할 경우 무슨 일이 벌어질지 차라리 상상하지 않는 편을 택했다.

"이 섬에서 사는 게 더 좋다면, 여기 숲이 풍부한 먹을거리를 제공해준다면, 이 사람들도 여기서 잠자코 살면서 사랑이나 나눌 테지." 타요가 무심한 투로 말했다.

"그래, 맞아. 그래도 우리 부족만큼은 아닐 테지만. 게다가 여긴 우리가 가진 그 버섯도 없잖아."

두 사람이 살던 에로스섬이 그 버섯의 원산지라는 말인가? 카시아 덕분에 알게 된, 타후 신을 섬기는 데 크게 기여하는 그 신비의 버섯은 선선한 날씨의 이 섬에는 없는 게 사실이었다.

"설사 기후가 더 좋아진다 한들, 지금처럼 자식들을 많이 낳다 보면 어쩔 수 없이 식량을 찾아 다른 곳으로 가지 않을 수 없을 거야." 안티나가 덧붙였다.

그럼 타후쿠는? 설마 타후쿠도 에로스섬에만 있는 걸까? 궁금증을 친구들에게 털어놓으니, 피임용 식물인 타후쿠 또한 이 아레스섬에서는 볼 수 없다는 대답이 돌아왔다.

결국 특정한 한 식물의 존재가 한 부족의 운명을, 심지어 종교까지도 바꿀 수 있다는 말이 되었다. 문득 나는 지구상의 여러 문명에 대해 공부하면서 그런 내용을 읽은 기억이 났다. 자기의 영토에서 특정한 식물이 자라느냐 아니냐, 가축화할 수 있는 동물이 있느냐 없느냐에 따라서 어떤 문명은 번성했고, 다른 문명은 발전하지 못하고 쇠퇴했다는 것.

"이 사람들에겐 타후쿠는 없지만, 아와카들이 보유한 모든 지식이 있어. 그러니까 이들은 아기를 낳지 않는 다른 수단을 발견할 수도 있었을 텐데."

타요가 계속 그 주제를 물고 늘어졌다.

"자제할 수도 있잖아, 아니면 미리 알아서 삽입 행위를 멈출 수도 있을 텐데?"

안티나가 타요의 말에 반응을 보였다. 타요는 입을 비죽 내밀며 말했다.

"그게 어디 쉬운 일인가, 게다가 그건 전혀 타후에 부합하지 않아."

"그래도 자기가 한번 시도해보는 건 어떨지…."

그 뒤 우리는 다른 수공업 장인들도 만났다. 그들은 집을 짓거나 농기구를 제작하거나 배를 만드느라 매우 분주해 보였다. 타요와 안티나는 모든 것을 호기심 어린 눈으로 관찰했는데, 나는 두 사람이 혹시 이 섬에서 일어나는 다양한 기술 혁신들 가운데 더러는 자기들 섬으로 가져가고 싶어 하는 건 아닌지 궁금했다. 만약 그렇게 한다면, 그들이 속한 사회의 조직과 그들이 사는 섬의 본성에 어떤 효과가 나타날지 두 사람은 상상이나 할 수 있을까?

칼로의 집 앞에 이르렀을 때, 나는 두 사람에게 질문을 던졌다.

"맞아." 타요가 순순히 대답했다. "만일 여기서 자라는 식물들과 그 식물을 재배하는 방식을 우리 섬으로 가져갈 수 있다면, 우리는 더 많은 사람을 먹여 살릴 수 있을 거야."

"아니, 왜 더 많은 사람을 먹여 살려야 하는 건데?"

안티나의 반문에 타요는 잠시 머뭇거리다가 대답했다.

"그럴 수만 있다면, 우리는 아이를 더 많이 낳아도 될 것이고, 우리 섬의 인구도 늘어나겠지."

"글쎄, 그러니까 왜 인구가 늘어나야 하냐고?"

안티나는 거의 화가 난 투로 퉁명스럽게 물었다. 이 섬에서 이루어지고 있는 모든 혁신이 자기들 사회를 완전히 바꿔놓을 수 있다는 걸 안티나는 이미 꿰뚫어 보고 있는 것이다. 하지만 그렇다고 단념할 타요가 아니었다.

"이 섬 사람들이 공격해올 경우에 대비해서 우리는 인구가 더 많아져야 해."

이번만큼은 안티나도 반박할 말을 찾지 못했다.

전사와 일부다처제를 이상화하는 이 섬 사회는 내가 화성 콜로니의 삶에서 젖어 있던 가치와는 전혀 상반되는 가치를 추구했다. 때문에 나는 스스로에게 다음과 같은 사실을 끊임없이 세뇌해야 했다. 내가 여기 온 목적은 남을 판단하거나 가르치기 위해서가 아니다. 나는 그저 임무를 부여받은 군인일 뿐이다.

한편, 칼로와 대화를 나눌수록 나는 아레스섬에서의 삶을 조금씩 더 이해하게 되었다.

"바다 원정길에 오르면 우리는 항상 동료들을 잃지."

"전투에서?"

"아니, 먼바다 항해 중에 그렇게 되는 거야. 돌아오지 못하는 배들이 생기니까. 그래서 여자들이 남게 되니, 어쩌겠어, 그 여자들과 결혼을 할 수밖에. 게다가 족장은 누구나 부인이 있어야 한다고 강조하지. 가장 뛰어난 전사라고 해도 부인을 다섯 명 이상 둘 수는 없어. 부인 없는 남자가 있어서는 안 되니까. 그런데 전에는 이런 규칙이 없어서 가끔 남자들끼리 여자를 차지하려고 서로를 죽이는 일도 일어났어."

또다시 나는 위대한 족장을 끔찍한 야만인으로 간주해야 할지, 아니면 계몽적인 진보주의자로 대접해야 할지 혼란스러워졌다.

나는 생각을 더 확장해나갔다. 타요와 안티나가 속한 부족은 외도가 오히려 정상적인 기준이며 정절을 비정상으로 간주했다. 그리하여 그 가치에 집착하는 사람들을 사회에서 배제할 정도로 모든 금기를 없앰으로써, 연애가 야기하는 경쟁 관계에 종지부를 찍으려 했다.

칼로의 부족은 이와 정반대의 길을 택했다. 이들은 금지를 강화했으며, 규정을 이탈하는 모든 행위에는 엄중한 경고가 따랐다. 가령, 여자들은 집 밖으로 나갈 때 절대 혼자 다니지 않고 항상 무리를 지어 다녔다. 무리 중에 남자들이 없을 땐 동성의 친척이나 친구들과 함께여야 했다.

이렇게 보면 화성 콜로니는 이 두 사회의 중간 단계쯤에 머물러 있는 듯하다. 우리는 그곳에서 성생활이 심각한 드라마로 변질되어서는 안 되며, 사람들이 서로 만나기도 하고 헤어지기도 하는 것이 자연스러운 현상인 것처럼, 일부 커플이 자신들의 관계가 언제까지고 지속되기를 바라는 것 또한 자연스러운 일이라는 식의 사고에 익숙해지도록 교육받는다. 누군가가 실연이나 상대의 외도로 너무 고통스러워한다면, 그 남자 또는 그 여자는 아테나의 대화 가능 인터페이스에 자신의 고민을 털어놓으면 된다. 이 인터페이스는, 물론 실연으로 불행해하는 당사자의 심리 프로필을 고려하여 상담을 진행한다. 몇 차례에 걸친 상담 치료는 사랑하는 사람의 부재로 인한 금단 증세를 사라지게 해준다. 때로는 진정 효과가 있는 약물의 도움을 병행하기도 한다.

나는 유와의 결별로 매우 힘들어했는데—지금도 무척 힘들다—, 그럼에도 아무 도움도 받지 않았다. 왜 그랬는지 그 이유를 정확하게 알 수는 없으나 아마도 나는 아테나가—그러니까 나의 몇몇 상사들이— 내 절망스러운 상태를 알게 되기를 원하지 않았던 것 같다(비록 밤에도 잠 못 이루고 뒤척이던 내 모습이 자동적으로 기록되어 기억 장치에 저장되어 있을 테지만).

하루는 칼로가 나를 망루 꼭대기에 데려갔다. 이 섬에 도착하던 날, 해변에서 보았던 바로 그 망루였다. 꼭대기에 올라서니 근사한 전망이 눈에 들어오면서 화산의 경사면이 아주 잘 보였다. 혹시나 거기서 조모들이 타고 온 캡슐의 흔적이 보일까 찾아보았지만, 괜한 짓이었다. 그 캡슐은 울퉁불퉁한 경사면에 가려졌거나, 곳에 따라서 제법 높은 지대까지 우거진 숲속 어딘가에 숨겨져 있을 터였다.

"포로로 잡힌 전사 말로는, 그들이 타고 온 캡슐이 화산에 있다고 하던데. 그런데 너희들은 왜 그걸 찾으러 가지 않는 거야?"

칼로는 내가 방금 입 밖에 내서는 안 되는 말이라도 했다는 듯 눈이 휘둥그레졌다.

"거긴 아무도 갈 수 없어."

그는 화산이 마치 올라타면 안 되는 커다란 야수 같아서 그곳에 집을 짓거나 하는 일은 상상도 할 수 없다고 설명했다.

"그래도 숲에 사냥하러 갈 수는 있지 않을까?"

"숲이 가파르게 이어지는 곳까지는 사냥하러 갈 수 있지만, 그보다 더 높이는 안 돼. 그건 신의 심기를 불편하게 하는 행동이거든."

"하지만 그래도 누군가 거기에 간다면 어떻게 돼?"

"그 사람은 큰 벌을 받게 될 테지, 어쩌면 사형을 당할 수도 있을 거야. 그렇지만 지금까지 그런 일은 없었어."

뛰어난 전사로서, 조모들은 그 높은 곳을 착륙 장소로 택했다. 상대의 공격으로부터 방어하기 쉬운 위치라고 판단했을 테니까. 그런 다음 주변을 정찰하러 산을 내려왔을 테고, 방금 그들이 신의 계율을 어겼다는 사실 따위는 당연히 알지도 못했을 것이다.

"우리는 숲에서 그들을 기다렸지."

칼로가 묻지도 않은 말을 떠벌렸다.

"그래서, 그들을 공격했어?"

"아니, 우린 그저 그들의 진로를 차단했어."

나는 콧대 높은 쥘마 중위의 지휘를 받는 전투복 차림의 조모들이 깃털로 치장하고 삽과 도끼로 무장한 이곳 전사들을 만나 오도 가도 못 하고 쩔쩔매는 광경을 상상했다.

"양쪽이 서로 이야기는 해봤어?"

"애는 써봤지만…."

칼로가 어깨를 한 번 들썩이며 말끝을 흐렸다.

"그자들은 뭐랄까 갑옷에 작은 귀가 달린 것 같다고나 할까, 그들이 뭐라고 말을 할 때면 우리 언어와 비슷한 말이 새어나오긴 했어."

"그러니까 서로 이해할 수 있었다는 말이야?"

"그자들은 자기들이 신의 계율을 어겼다는 사실을 이해하지 못했지. 그 때문에 우리 부족을 화나게 했다는 점도 물론 이해하지 못했고."

"그들이 너희들에게 뭐라고 했는데?"

"자기들은 친구로 왔다고 하더군."

그가 마치 조모들의 어리석은 말이 얼마나 웃겼는지를 나와 공유하고 싶다는 듯 싱긋 미소 지었다.

"무기를 잔뜩 들고 온 친구들이라…, 너도 그자들의 표정을 봤어야 한다니까!"

"그런데 어떻게 해서 상황이 틀어진 거지?"

칼로가 길게 한숨을 내쉬었다.

"그건 말이지, 대치 상황이 너무 길어진다 싶었을 때 그들 중 하나가 우리를 '잉여 인간' 취급했기 때문이었어! 그러니 우리도 그 도전을 받아들였지. 그자들의 무기가 요란한 소리를 내면서 우리 전사 네 명이 쓰러졌어. 하지만 그때 이미 우리는 그자들을 깔아뭉개는 중이었지. 우리도 그들을 여럿 죽였어. 포로도 여러 명 되고."

"너희 전사들도 죽었어?"

"아니, 쓰러졌던 우리 전사들은 곧 다시 일어났어. 그렇긴 한데, 쓰러졌을 땐 꼭 죽은 줄로만 알았다니까. 그러니까 죽이지도 못하는 무기를 들고 와서 우리와 싸운 거지!"

나는 이제야 조모들이 어쩌다가 대량 학살당했는지 그 연유를 알 수 있었다. 섬사람들과의 첫 대면이 꼬여가는 듯하자, 조모 또는 쥘마 중위가 동행들에게 "더 이상 대치하는 건 불필요하다"는 식의 말을 했을 테고, 자동번역기는 상대에게 그 말을 문자 그대로, 다시 말해서 칼로와 그의 동료들이 최고의 모욕으로 여기는 단어로 옮겼을 터였다.

자동번역의 위험에 대한 콜레트 사령관의 생각은 옳았으며, 살상 무기의 필요성에 대한 조모들의 견해 또한 옳았던 건 아닐까?

"그런데 그들이 타고 온 배는? 혹시 너도 그걸 봤어?"

"아니, 그건 화산의 더 높은 곳에 있어. 거긴 접근할 수 없어."

나는 화산을 바라보았다. 산의 정상에 이르기 전에 아마도 부차적인 분화구인 것으로 보이는 여러 개의 봉오리를 지나가야 할 것이다. 분화구 사이로는 과거 용암이 흘러내리면서 만들어진 계곡이 이어지고 있었다. 이 풍경 속으로 들어가 조모들의 캡슐을 찾으려면 며칠은 족히 걸릴 것 같았다.

"어느 누구도 저렇게 높은 곳까지 걸어갈 수는 없다!"

높은 계급의 전사가 몹시 화난 듯한 목소리로 말했다.

위대한 족장은 말이 없었다. 그는 그저 물끄러미 나를 바라보며 생각을 가다듬는 중이었다.

우리는 지금 나무 그늘 아래 모여 있다. 늘 그렇듯 족장은 소수의 전사들을 앞에 두고 자신의 의자에 앉아 있고, 그로부터 조금 떨어진 곳에 타요, 안티나가 칼로와 두 명의 다른 전사들과 함께 자리하고 있다.

"그 배를 찾아낼 수만 있다면 별로 가는 길을 보여드릴 수 있습니다." 내가 강조하며 말했다.

"또는 네가 도망을 칠 수도 있겠지." 족장이 꼬집어 말했다.

그는 종교적 금지—족장이 과연 그걸 믿기는 하는 걸까?—를 거역하는 일 따위는 크게 괘념치 않는 것 같았다. 오히려 자신이 아직 잘 파악하지 못한 외지인이 도망가지는 않을까 염려하는 기색이 훨씬 두드러졌다.

"약속할 테니, 제 말을 믿으십시오."

"하긴 무엇보다도 내겐 네 친구들이 있다." 족장이 타요와 안티나를 가리키며 말했다. "너는 저들을 위해 목숨의 위협도 무릅썼으니….”

“며칠이면 됩니다.”

“안 됩니다, 이자는 그렇게 높은 곳까지 걸어갈 수 없습니다!”

조금 전의 그 전사가 똑같은 말을 반복했는데, 이번에는 화가 났다기보다 잔뜩 겁을 집어먹은 목소리였다. 족장이 엄한 표정으로 그를 쳐다보자, 전사는 얼른 몸을 굽혔다.

“내가 알아서 결정하겠다.” 족장이 말했다. “이자는 우리 부족이 아니고, 우리의 신께서도 그 사실을 아신다. 이자는 틀림없이 화산에 올라가서, 불경스러운 물건처럼 그곳에 놓인 그 배를 가져올 수 있을 것이다. 너는 그렇게 할 수 있느냐?”

그가 다짐을 받으려는 듯 내게로 몸을 돌리며 물었다.

“물론입니다. 그렇지만 그 배가 있는 곳까지 가려면 포로들 가운데 한 명의 안내를 받아야 합니다.”

“그들 중 한 명과 같이 가겠다는 거냐? 만일 그자가 너를 죽이고 도망치려 한다면 누가 너를 지켜주겠느냐?”

족장은 내가 엉겁결에 꾸며낸 이야기, 그러니까 내가 저들과 같은 부족이 아니며 저들은 나의 적이라는 그 이야기를 진실로 믿고 있는 것이다.

“포로에게는 족쇄를 채우고, 저에게 같이 갈 전사 몇 명을 허락해주십시오.”

“전사는 숲의 경계를 넘어설 수 없다.”

족장은 마치 판사가 선고하듯이 단호하게 말했다. 자기 부하들을 잘 알고 있는 그는 전사들 중 어느 누구도 신의 계율을 어기겠다고 나서지 않을 것임을 내다보고 있었다. 비록 그 자신은 그다지 신앙심이 돈독해 보이지 않았지만 말이다.

지금까지 한마디도 하지 않던 제법 나이 들어 보이는 전사 한 명이 족장 쪽으로 몸을 기울이더니 그의 귀에 뭐라고 속삭였다. 그러자 족장은 고개를 끄덕이며 동의를 표시했다.

"이자는 여자와 함께 갈 것이다." 족장이 선언했다.

아니, 조모의 캡슐을 찾으러 가는 나에게 안티나가 무슨 도움이 된다는 거지?

놀라는 내 표정을 본 족장이 한마디 덧붙였다.

"이 여자 말고."

쥘마 중위는 계속 울고 있었다. 흘러내린 머리카락에 얼굴은 잘 보이지 않았지만 중위가 울고 있다는 사실은 분명했다.

나는 하마터면 그녀를 알아보지 못할 뻔했다. 마지막으로 보았을 때 중위는 짧게 자른 군인 머리에 상하의가 붙은 콤비네이션 차림이어서, 나는 그런 그녀가 운동선수 같다고 생각했다. 그런데 다시 만난 중위는 옷이라고는 너덜너덜한 천 조각만 하나 걸쳤을 뿐 거의 벌거벗고 있었다. 게다가 그 사이 살이 올라 그 천으로는 몸뚱어리가 잘 가려지지도 않았다.

"저 사람들은 나를 한 번도 밖에 내보내주지 않았어요."

중위가 살이 찐 데 대해 변명이라도 하듯 울먹이며 말했다.

쥘마 중위의 절망적인 모습에 짠해지는 마음을 다잡으며 겉으로 연민을 드러내지 않으려 애썼다. 괜히 그랬다간 중위가 수치심을 느낄 수도 있을 테니까. 나는 부하 조모들은 중위가 이미 사망한 것으로 알고 있다고 전해주었다.

"그럴 테죠, 나는 전투 중에 정신을 잃었거든요. 깨어보니 여기였어요."

우리는 고위급 전사의 크고 기다란 집에 와 있었다. 이 집의 주인인 전사는 칼로와 함께 우리 가까이에 앉아서 중위와 내가 대화를 주고받는 모습을 흥미롭다는 표정으로 관찰했다. 비록 대화의 내용은 알아듣지 못했지만 말이다. 기다란 공간을 나누어주는 가리개 너머에서는 전사의 다른 부인들이 속삭이는 소리가 들려왔다.

놀랍게도 쥘마 중위 역시 전사가 거느린 여러 명의 부인 가운데 한 명이었다. 중위가 앞장서서 부하들을 인솔하여 걸어오는 광경을 보자마자 전사는 그녀를 포로로 삼겠다고 다짐했다고 한다. 저런 여자라면 그에게 뛰어난 자식들을 낳아주리라고 확신했던 것이다. 아들을 낳는다면 미래의 전사 자리는 떼어놓은 당상일 테니까.

나는 그녀의 살이 오른 이유도 알게 되었다. 임신 중이라서 다른 부인들이 끊임없이 음식을 가져다 먹였기 때문이다.

사실 전사는 처음에는 중위에게 어느 정도의 자유를 허락했다고 한다. 자신처럼 높은 계급 전사의 아내가 되었으니 중위로서는 그에게 고마운 마음뿐일 거라고 지레짐작했던 것이다. 그러나 중위는 도주를 시도했으며, 그녀를 잡으려는 다른 전사에게 부상을 입히기까지 하여 남편 전사를 깜짝 놀라게 했다고 한다.

그로부터 며칠이 지난 어느 날 밤에 사람들은 돗자리에서 뽑은 줄로 목을 매단 중위를 발견했고, 그 이후 중위는 달랑 천 조각 하나만 걸친 신세가 되었다.

집주인 전사가 걱정스러운 듯 내게 다가왔다.

"내가 어떻게 해야 이 여자가 행복해질 수 있겠는가?"

다시금 아테나 생각이 간절했다. 그에게 쥘마 중위의 성적 취향을 폭로해야 할 것인가? 그렇게 하면 아마도 중위에 대한 그의 총애가 대번에 사라질 텐데, 아니 그보다 훨씬 더 고약한 상황이 벌어질지도 모르는데? 나는 동성애에 대한 이 섬의 관습이라고는 전혀 알지 못했다.

에로스섬의 경우, 비록 동성끼리의 접근은 이성과의 접촉에 비해서 보다 조심스럽게 이루어지는 것 같긴 했어도 어쨌거나 분명 동성애가 존재했다. 그런데 에로스섬은 쾌락이 지배하는 곳인 반면, 이곳은 노력과 전쟁이 지배하는 곳이다. 그럼에도 두 섬에는, 언어의 유사성에서 보이듯, 오래전부터 전해 내려오는 공통의 문화가 있다. 나는 지구에 존재한 많은 문명들이 동성애에 관해서 집단적인 축하에서부터 사형에 이르기까지 매우 다양한 태도를 보였다는 사실을 알고 있다. 반면, 화성 콜로니에서는 그저 무관심으로 일관했다.

"그녀를 다른 부인들과 함께 자도록 하는 게 좋겠다."

집주인 전사에게 나지막이 조언을 건네자 흠칫 놀라는 것 같았다. 그러나 이내 그의 눈빛을 통해서 그가 이해했음을 알아차렸다. 그가 내 조언을 알아들었다는 듯이 고개를 끄덕였으니 말이다.

그렇지만 나에게는 쥘마 중위를 절망에서 구해낼 더 나은 묘책이 있었다.

"중위님, 우리는 함께 임무를 수행하러 가야 합니다."

중위는 벌떡 고개를 들더니 얼굴을 가리고 있던 머리카락을 쓸어 올렸다.

"임무라고? 누가 지시하는 거죠?"

"접니다."

중위는 못 믿겠다는 표정으로 나를 쳐다보았다.

"아니, 고작 신병인 주제에! 나는 이등병으로부터 명령을 받는 사람이 아니야."

"중위님을 해방시켜주려고 온 신병이죠. 더구나 저는 콜레트 사령관이 보낸 사람입니다."

콜로니에서 가장 높은 군인의 이름을 대자 쥘마 중위의 얼굴이 굳어졌다. 중위는 콜레트 사령관으로부터 단 한 번도 직접 지시를 받은 적이 없는 것이 확실했다. 중위는 그제야 포로로서의 자신의 위치, 벌거벗은 상태, 그리고 자유인으로서의 나의 위치, 콜레트 사령관이 보낸 특사로서의 위치 등을 새삼 의식하기 시작했다.

"명령만 내리십시오."

중위가 풀 죽은 어조로 우물거렸다.

"무슨 임무인가요?"

아무리 해도 나는 이 '접근 금지'를 뛰어넘지 못했다.

"그게 바로 네가 그 시도를 멈춰야 하는 이유야."

알마가 나에게 조언했다.

우리는 알마의 집무실에 있었는데, 이곳이라면 알마가 손쉽게 모든 감시를 차단할 수 있다는 장점이 있다.

"네가 그걸 뚫지 못한다는 건 그것이 아테나나 그보다 앞선 어떤 버전에 의해서 설계되었기 때문이지. 다시 말해서 콜로니를 보호할 목적으로 설계된 전략적인 비밀이란 뜻이야."

물론 알마의 말이 다 맞았다.

우리는 각자 말없이 알마가 준비한 핫초코를 홀짝거렸다. 우리 둘 다 끔찍이 좋아하는 음료였다. 카카오나무는 콜로니의 온실에서도 계속 잘 자랐다. 그 나무에 열린 열매를 차지한다는 건 제법 높은 계급에 속하거나 비밀리에 특혜를 누림을 의미했다. 그런데 알마는 계급이 아주 높지는 않았다.

"그만큼 했으면 넌 네가 할 수 있는 건 다 한 거야. 그러니 포기할 줄도 알아야지. 우리 모두는 위험이 너무 커질 땐 포기할 줄도 알아야 한다고 배웠잖아, 안 그래?"

나는 친구의 눈에서 동요를 보았다. 알마는 분명 스탄을 포기해야 했던 순간을 생각하고 있음에 틀림없다.

나는 로뱅을 포기해야 했다. 아니, 그를 포기해야 했다기보다 나 자신이 그를 포기하는 선택을 했다고 해야 하려나. 나는 미래의 유가 누리게 될 행복을 위해 현재의 유를 불행으로 몰아넣었다. 그리고 현재의 카반까지도 불행하게 만들었다. 하지만 아마도 그것이 미래의 카반을 행복하게 하는 길이 될 수 있을 것이다. 나는 내가 선물 같은 존재가 아님을 잘 알고 있다. 때문에 내가 그를 놓아주면 그는 다른 여자와 지금보다 행복해질 수 있을 것이다. 비록 그 자신은 아직 그걸 모르고 있더라도. 그리고 난 아마 앞으로 절대 행복해질 수 없을 것이다. 결정적으로 내 사랑과 헤어졌으니….

핫초코 속으로 눈물 한 방울이 똑 떨어졌다.

"내 말 좀 들어, 유, 언제까지나 이렇게 살 수는 없어."

나를 위로해주려는 알마의 마음이 오히려 나를 더 눈물짓게 만들었다.

"제발 그만 좀 하라니까. 그렇게 엉엉 운 게 드러나면 넌 치료실로 불려가게 될 거야."

알마 말이 맞았다. 나는 이내 마음을 다잡았다.

알마는 그러는 나를 물끄러미 바라보았다. 아메리카인디언 공주의 검고 깊은 두 눈동자.

내 친구는 착하고 예쁘고 강했다. 나는 스탄이 어떻게 그녀와의 결별을 견뎠을지 궁금해졌다. 야심이 많은 사내라서 사랑 따위는 금세 잊었을까? 아니면 혹시 이 여자 저 여자 다양하게 만나는 데서 위로를 찾았을까?

그런 생각을 하다 보니 눈물이 저절로 멈추었다.

"이러고 있는 너를 보려니 정말이지 내 마음이 찢어지는 것 같아." 알마가 푸념했다.

"걱정해줘서 고마워, 하지만 이건 너랑은 아무 상관없는 일인데 뭐."

알마는 잠시 아무 대꾸도 하지 않더니, 곧 입을 열었다.

"다른 방법이 있긴 한데…."

"다른 방법이라고?"

알마가 지체하지 않고 설명하기 시작했다.

"로뱅을 지구로 보낸다는 결정 말인데, 그 결정은 인간이, 그러니까 콜레트 사령관이 읽을 수 있는 어떤 형태로 어딘가에 저장되어 있어야 하잖아."

"물론이지, 나도 그 생각은 해봤어. 그렇지만 사령관의 데이터는 너무 철저하게 보호되고 있어서 내가 어설프게 잘못 들어갔다간 금세 들통이 나버릴 거야."

"그럴 테지. 그런데 최후의 결정이 내려지기 전까지 거쳐가야 하는 단계들을 다 생각해보자고. 우주선 준비를 지시하고, 장비들도 갖추라고 지시해야 하고, 통신수단과 방식도 결정해야 하고… 지시에 지시가 폭포처럼 떨어지잖아…."

그때 퍼뜩 나는 깨달았다. 그래, 그거야. 최종 종착점에서 시작해서 거꾸로 출발점까지 거슬러 올라가는 거야. 하지만 그러려면 아테나의 주변에 위치한 지대를 뚫고 들어가야 하는데, 나에게는 그럴 권한이 없잖아.

"그래서 말인데, 통신수단이라면, 그건 내 영역이거든."

오, 알마, 친구야, 정말로 너를 사랑해.

우리는 새벽부터 계속 걷는 중이다. 무리의 선두에 췰마 중위와 내가 섰고, 그 뒤로 안티나와 타요가 따랐다. 맨 뒤에는 칼로와 네 명의 전사가 함께했는데, 네 명의 전사 가운데 둘은 형제고, 나머지 둘은 그들의 사촌이었다.

나는 족장과의 긴 담판 끝에 안티나와 타요가 우리와 함께 가도 좋다는 허락을 얻어냈다.

"제가 책임집니다." 나는 자신 있게 말했다.

"네가 그 두 사람을 데리고 출발하면, 무엇이 너를 이곳에 잡아둔다는 것이냐?"

"제가 한 약속입니다."

"그렇다면 나도 너와 약속한다. 두 사람이 여기 있는 한 아무도 그들을 건드리지 못할 것이다."

그래도 나는 고집을 부렸는데, 사실 족장이 자신의 지시에도 불구하고 전사들이 안티나를 집적거리지는 않을까 은근히 염려하고 있음이 느껴졌기에 그 약한 고리를 슬쩍 파고들어본 것이었다.

그런데 칼로와 나머지 전사들이 화산을 둘러싸고 있는 숲

너머까지 행군을 감행하기 위해서는 또 다른 고비를 넘어서야 했다.

"너희들을 통과하게 해달라고 우리 신에게 간청을 드릴 것이다."

그들이 특별한 이름이라고는 없이 그저 "우리의 신" 또는 "세상의 신"이라고 부르는 신은 유일한 존재이나 여러 다양한 모습으로 나타났다. 한 세대가 흐르는 내내 활동을 멈춘 채 쉬고 있는 화산도 그 다양한 모습 가운데 하나였다. 칼로는 마지막 화산의 분출을 그가 어렸을 때 일어난 일로 기억했다. 흘러내린 용암이 산 중턱에 지어진 오두막들을 모두 집어삼키는 바람에 숲에서 사냥하기는 오히려 수월해졌다고 그는 회상했다. 당시 그곳에 살던 주민들은 다행히 대피할 여유가 있었으므로, 이들은 이 천재지변을 화산에 인간의 출입을 허용하지 않겠다는 신의 의지로 해석했다. 신이 희생자를 내지 않는 선에서 경고를 준 셈이었으므로, 이들은 이것이 경고인 동시에 신의 영원한 선함의 증거라고도 여겼다.

호기심이 많은 나는 이곳 사람들의 종교 의식에 꼭 참석해보고 싶은 마음이 들었다.

출발 전날, 밤이 되자 온 마을 사람들이 봉홧불을 환하게 밝힌 광장에 모였다. 대제사장이 모습을 드러냈는데, 일반 주민들보다 더 짙은 빛깔로 문신을 새겨넣은 얼굴을 제외하고 온몸을 모피와 깃털로 치장한 차림이었다. 멀리서도 대번에 그가 대제사장임을 알아볼 정도였다. 나이는 들었지만 여전히 기력이 좋은 제사장은 이따금씩 목을 쥐어짜는 듯한 괴성을 질러가며 먼지바람을 일으키는 원무를 춤으로써 이를 입증해보였다.

그 춤이 제례 의식의 시작이었다. 춤을 끝낸 제사장은 동작을 멈추고 우뚝 서더니, 하늘을 향해 두 팔을 들어 올린 채 단조로운 노래를 읊조렸다.

나는 남들보다 조금 늦게야 그들이 하는 대로 따라서 몸을 굽혀 절을 했다. 제사장의 말은 도무지 알아들을 수가 없었다. 노래 곡조로 인해 내 귀에는 발음이 뭉개져서 들리기 때문인지, 아니면 아예 다른 언어, 그러니까 제례 의식 때만 쓰는 특별한 언어를 사용하기 때문인지는 알 도리가 없었다. 내 옆에서 칼로는 계속 제례를 중개해주었다. 지금 제사장이 우리에게 화산 길을 열어달라고 간청한다, 조모들의 배를 화산에서 끌어내리기 위해 별에서 나를 이곳까지 오게 해준 신에게 감사한다, 등등….

단조로운 선율이 끝나자 다른 사람들과 같이 몸을 일으킨 나는 제사장이 사람들이 방금 들고 온 의자에 앉는 광경을 지켜보았다. 그의 자리는 족장 바로 옆자리였다. 적어도 이날 저녁만큼은 세속과 영성이 동일한 중요성을 갖는 것으로 보였다.

"이제 곧 제물을 바치는 순서가 시작될 거야."

칼로가 귀띔해주었다.

나는 만에 하나 인간 제물을 바치는 걸 보게 될까 봐 더럭 겁이 났다. 칼로 말로는, 가끔 이런 의식을 위해서 살려둔 전쟁포로를 제물로 바치기도 한다는 것이었다. 그러나 곧 이어진 광경에 나는 안도했다.

밧줄에 묶인 돼지 한 마리가 끌려왔다. 이 섬에서 처음 돼지를 봤을 때도 엄청나게 큰 덩치에 놀랐는데, 이번에 끌려온 녀석은 그 크기가 돼지라기보다는 들소에 가까웠다. 언제 있을지 모를 녀석의 예상치 못한 움직임을 제어하기 위해서인지, 녀석을 에워싼 네 명의 전사는 창을 든 차림이다.

하지만 돼지는 이상하리만치 평온했다. 적어도 몸을 묶은 밧줄을 바닥에 박아놓은 장대에 고정시킬 때까지는 얌전했다. 그러더니 이내 상황이 심상치 않음을 느꼈는지 녀석은 거의 인간의 소리에 가까운 처절한 비명을 지르기 시작했다. 멀리서 녀석의 친구들이 그 소리에 응답했다.

열두어 살쯤 되어 보이는 사내아이 두 명이 군중들 틈에서 나와 돼지에게 다가갔다. 괴물처럼 커다란 돼지 곁에 서니 아이들은 인형처럼 작아 보였다.

"저 아이들에겐 이게 전사로서의 첫 번째 행위야."

칼로가 의아해하는 나에게 설명해주었다.

사내아이 한 명은 손잡이가 거의 제 키만큼이나 긴 망치를 손에 들고 있었는데, 그 무게가 제 몸무게의 절반은 되어 보였다. 다른 아이의 손에는 전사의 단도가 들려 있었다. 군중이 노래를 부르기 시작하자 두 아이는, 무대에서 공연을 시작하려는 배우들처럼 그들을 향해 고개를 숙여 인사했다.

모든 건 순식간에 진행되었다. 단도를 쥔 사내아이가 돼지 뒤로 가서 녀석을 일 초쯤 노려보는가 싶더니 곧 날쌘 동작으로 돼지의 한쪽 뒷다리 힘줄을 끊고, 이어서 나머지 다리의 힘줄도 끊었다. 그러는 동안 돼지는 가슴을 찢을 듯한 비명을 지르며 주저앉았다.

다른 아이는 비명을 지르며 상처 입은 두 다리로 애써 몸을 일으켜보려고 기를 쓰는 돼지 앞에 잠자코 서 있었다. 커다랗게 벌어진 돼지 아가리 사이로 흉측하게 생긴 이빨들이 보였다.

가만히 서 있던 사내아이는 가냘픈 몸을 휙 돌리더니 허공으로 들어 올린 망치를 그대로 돼지의 머리 위로 내려쳤다. 두개골이 깨지는 소리와 함께 돼지는 그 자리에 쓰러지고 말았다.

군중은 기쁨의 환성을 질러댔다.

"두 녀석 모두 단 한 번에 해치웠어! 자랑스러운 미래의 전사들!" 칼로도 흥분을 감추지 못했다.

그 뒤로는 단순한 도축 행위가 이어졌다. 돼지를 끌고 온 전사들이 녀석을 조각내기 시작하자 벌건 피가 바닥을 흥건히 적셨고, 자른 고기들은 계급이 높은 순으로 각 가정에 분배되는 것 같았다. 짐승의 박살난 두개골은, 콤비네이션 복장으로 전투 중에 사망한 조모들처럼, 새벽에 신에게 봉헌되었다.

능선을 따라 올라갈수록 기온은 점점 낮아졌다. 이러한 기온 변화를 예상한 우리는 고지대로 사냥을 떠나는 전사들처럼 짐승 가죽으로 만든 옷에 모피 조각까지 갖추어 챙겨 입었다. 마지막 화전 지대를 가로지르자 바위투성이 황야가 아직 그 누구의 발길도 닿지 않은 대규모 원시림 방향으로 이어졌다. 그 원시림을 가로지르고 나면, 화산의 뾰족한 원추 부분에 해당되는 경사진 초지에 닿을 터였다.

　경사가 훨씬 가팔라지면서 우리는 묵묵히 걷는 데만 전념했다. 한시 바삐 원시림에 도착하고픈 조바심이 여정을 이어가는 연료가 되었다.

　우리가 나무들로 뒤덮인 숲속으로 들어서는 순간, 쥘마 중위가 내 곁으로 다가오더니 작게 속삭였다.

　"나는 내 부하들을 구해내기 전까지는 이 섬을 떠나지 않을 겁니다."

　화산을 향해 출발하는 순간부터 중위는 본래의 위엄을 되찾았다. 도도한 태도에 튜닉으로 온몸을 휘감은 중위는 이 섬마을 부족의 여왕이라고 해도 잘 어울릴 것 같았다. 더구나 왕과 부인들을 선택하는 취향까지 같으니 말이다.

"일단 우리에게 어떤 지시가 내리는지 들어본 다음에 생각해 보죠." 내가 대꾸했다.

쥘마 중위는 내가 콜레트 사령관으로부터 어떤 지시가 내리기를 기대하는지 꿰뚫어 보고 있는 것이 분명했다. 최대한 빨리 캡슐에 올라 우주 궤도에서 우리를 기다리고 있는 모함에 합류하여 콜로니 쪽으로—유가 기다리고 있는 쪽으로— 방향을 잡으라.

나는 돌아가는 길에 타요와 안티나를 그들의 섬에 내려줄 생각이었다. 그들을 이 야만적인 부족 속에 내버려두어서는 안 될 테니까.

일단 화성 콜로니로 귀환하고 나면 내가 가져간 정보들을 토대로 포로 상태의 조모들을 해방시키는 구조 원정대를 조직할 수 있을 것이다. 나는 콜레트 사령관이 우선순위를 정할 때 나와 의견을 같이하도록 설득할 것이다. 이런 상상을 하니 그제야 몇 번씩이나 절망적으로만 보였던 이번 모험에 행복하게 마무리되는 서광이 비추는 것 같았다.

"대장은 절대 적의 영토에 자기 부하들을 방치해두지 않습니다." 쥘마 중위는 끈질기게 나를 설득했다.

"그들을 구할 방도를 마련하기 위해서는 그 길밖에 없다고 해도 말입니까?"

"당신은 아무것도 모르는군요. 우리가 여기서 그냥 날아가버리면 그들은 아마 그 즉시 참수형을 당하거나 인간 제물로 바쳐질 테죠."

중위의 말은 틀리지 않을 것이다. 도주는 족장에 대한 도전일 뿐 아니라, 당장 칼로와 나머지 전사들의 저항도 고려해야 한다.

"어쨌거나 지금까지는 이 사람들이 평소 포로들을 대하던 관습과는 달리, 조모들을 인간 제물로 삼지 않았잖습니까."

"그렇지만 그건 순전히 조모들에게 물레를 돌리게 하는 쪽이 자기들에게 더 이득이 된다고 믿었기 때문이죠."

조모들이 물레를 돌리게 되면서 그들에 앞서 그 일을 해야 했던 낮은 계급 사람들은 그 일에서 해방되어 밭일 노동자가 되었다고 쥘마 중위는 설명했다.

"내 부하 한 명이면 그런 사람들 두세 몫은 거뜬히 해내죠."

중위가 말하는 어조에서는 자부심과 부하에 대한 애착이 느껴졌다. 그래서일까, 나는 쥘마 중위에 대한 존경심이 점점 커져가는 걸 느꼈다. 사실 콜로니에서 출발하기 이전에는 중위에 대해 아는 거라곤 거의 없었다. 유에게 작업을 걸려고 시도한 적이 있다는 점을 빼면 말이다.

"당신은 유의 동반자죠."

별안간 그녀가 나를 향해 툭 한마디 던졌다.

"동반자였죠."

내가 고쳐 말하자 중위는 깜짝 놀란 듯했다.

"하지만 그래도 당신은…."

다른 상황이었다면, 나는 절대 쥘마 중위에게 내 신상에 관해 털어놓지 않았을 테지만, 지금 우리는 적진에 떨어진 유일한 동지이자 심지어 운명 공동체가 아닌가? 나는 몇 마디 정도로 간략하게 유와 헤어지게 된 경위를 들려주었다. 중위는 못 믿겠다는 듯이 눈썹을 씰룩댔다.

"하지만 유는 확실히 수명 연장 프로그램 수혜자로 선발되었을 텐데요! 너무 소중한 자원이니까요…."

나는 중위가 방금 한 말을 통해 비로소 내가 품어온 의혹과 콜레트 사령관의 기만적인 태도에 대해 확신을 얻었다.

"그런데 왜 이곳에 파견할 인물로 당신을 선발했을까요?"

"콜레트 사령관이 나를 선택했고, 아테나가 동의한 것으로 알고 있습니다."

"그러니까, 왜 그렇게 되었을까요?"

"내가 언어를 구사하고 갈등을 완화하는 데 재능이 있기 때문이라더군요."

중위는 대꾸하지 않았지만, 그녀 역시 뭔가 미심쩍어하는 눈치라는 건 나도 느낄 수 있었다.

나는 비행이 끝나갈 무렵 유가 했던 말까지 중위에게 다 털어놓는 무모한 짓은 하지 않았다. 쥘마 중위가 누구인지, 어떤 임무를 맡고 있는 인물인지 기억하고 있었기 때문이다. 내 사랑이 군사 통신에 몰래 잠입했다는 사실을 알게 되는 순간, 그 사실을 보고하는 것이 그녀의 임무일 테니까.

어느새 타요가 우리 곁으로 다가오더니 어디선가 연기 냄새가 난다고 알려주었다. 그간의 경험으로 장담하건대, 타요는 나보다 훨씬 발달한 후각을 지녔다. 아마도 내가 살아온 콜로니라는 공간이 폐쇄적인 탓에 후각이 생존에 필수적이지 않게 진화된 건 아닐까.

주변 어디에서도 화재가 발생한 기색은 발견되지 않았다. 그러니 연기 냄새는 멀지 않은 곳에 인간이 있음을 의미하는 게 분명했다. 나는 칼로 쪽으로 몸을 돌렸다.

"근처에 혹시 사람들이 살고 있어?"

"사람들이라고는 말할 수 없지."

"그들이 불을 피우고 있는 것 같은데, 오직 인간만이 불을 피우거든."

"그자들은 잉여 인간이야."

그 순간, 용도 불명인 내가 이제 곧 노력 지상주의자들의 섬에서 배제된 사람들을 만나게 될 것임을 직감했다.

나무들 사이로 공터가 보이더니 허름한 산막이 눈에 들어왔다. 나뭇가지와 진흙을 섞어 엉성하게 엮은 흙집이었다. 그 집에서 웬 남자가 나오더니 잔뜩 겁을 집어먹은 표정으로 우리를 쳐다보았다. 남자는 밭일하는 사람들처럼 중간 키에 꾀죄죄한 누더기를 걸친 차림이었다.

그는 우리를 향해 무슨 말을 하려는 듯 입을 열려다가 쥘마 중위를 보더니 얼음처럼 굳어버렸다. 그의 눈에는 중위가 외계인 같은 존재로 보인 모양이었다.

"겁먹을 거 없어." 칼로가 남자에게 말했다. "너희들을 사냥하려고 온 게 아니니까."

칼로의 말에 나는 전사들이 사냥 원정을 나가면 짐승들만 잡아오는 게 아님을 알아차렸다.

"겁나지 않아."

겁나지 않는다고 말했지만 그의 몸은 부들부들 떨리고 있었다. 그는 존엄성을 지키려 애를 썼지만, 그토록 처량한 겉모습에 더러움 때문에 어쩔 수 없이 배어나오는 악취까지 더해지는 처지로는 할 수 있는 게 없어 보였다.

전사들과 쥘마 중위는 혐오스럽다는 듯이 남자를 바라보았다. 그러나 타요와 안티나는 달랐다. 그들의 눈빛은 그를 향한 연민으로 가득했다.

"다른 사람들은 어디 있지?"

칼로가 묻자, 남자가 위쪽을 가리켰다.

"우리를 안내해."

칼로가 그에게 지시를 내리자 남자는 묵묵히 앞장서서 걷기 시작했다.

나는 칼로가 마을 위치를 알지 못한다는 사실에 매우 놀랐다. 그러면 분명 이 숲에서 사냥을 했을 텐데 마을 위치를 모르다니. 칼로는 잉여 인간들이 모두 유랑민이며, 여러 개의 공동체를 이루고 있다고 설명했다. 식량을 찾고, 사냥에 나선 전사들의 눈에 띄지 않기 위해 늘 자리를 옮겨 다닌다는 말도 덧붙였다.

"저래 봬도 저들은 멍청하지 않다고."

칼로가 나지막이 중얼거렸다. 그건 마치 아무 재주도 없는 사람에게서 어쩌다가 뜻밖의 재능이 발견되어 마지못해 인정한다는 듯한 말투였다.

드디어 마을에 이르렀을 때, 나는 실개천 주변으로 다 쓰러져가는 오두막 몇 채가 듬성듬성 자리 잡은 이곳을 마을이라 부르는 게 맞을지 헷갈렸다.

우리를 가장 먼저 발견한 마을 주민들은 겁을 한껏 집어삼킨 모습이었다. 그러나 우리의 안내자, 그러니까 그들과 같은 섬사람을 보더니 일단 마음을 놓는 것 같았다. 어른, 아이 할 것 없이 모두들 오두막 밖으로 나왔는데, 어찌된 일인지 노인은 거의 보이지 않았다. 예외 없이 그들은 안내자처럼 우리를 두려워하는 눈치였다.

높은 화산 지대인 이곳은 확실히 저지대에 비해 날씨가 훨씬 춥고, 나무들도 저지대 들판만큼 무성하지 않았다. 그러니 잉여 인간들은 사냥과 채집을 하기 위해 쉴 새 없이 옮겨 다녀야 했을 것이다. 당연히 노인들은 이러한 생활을 오래 버티지 못했을 테고, 밤의 추위 역시 그들에게 치명적이었음은 두말할 나위 없다. 이 가엾은 인간들은 어쩌다가 그토록 빈틈없이 잘 조직된 해변 근처 공동체에서 배제된 걸까?

"이들은 배제된 게 아니야. 더러는 자진해서 이곳으로 온 사람들도 있어."

칼로는 모닥불 앞에서 전날 제단에 바쳐졌던 돼지고기 몇 조각을 구우며 설명했다.

그는 여정에 필요할지도 모른다며 고기조각을 챙겨왔다. 우리를 빙 둘러싸고 있는 화전민들, 오래도록 고기를 보지도, 고기 굽는 냄새를 맡아보지도 못한 헐벗은 사람들 앞에서 고기를 굽는 일이 칼로에게는 전혀 거북해 보이지 않았다. 나는 아이들의 눈길을 버텨낼 수 없을 지경이었고, 쥘마 중위마저도 식욕을 잃어버린 것 같았다. 일찌감치 분위기에 압도당한 안티나는, 가까이 다가온 어린 소년에게 가늘게 썬 고기 한 조각을 내밀었다. 그러자 순식간에 안티나 주위로 아이들이 모여들었다. 아이들은 고기 한 점을 얻기 위해 필사적으로 달려들었다.

곧 칼로가 일어나 그만하라는 듯 손을 올리자 부모들과 아이들이 뒤로 물러섰다. 그의 개입에 마음이 상한 타요가 자리에서 벌떡 일어났다. 할 수 없이 내가 나서야 할 차례였다.

"안티나는 이곳 사람이 아니야." 나는 입을 열었다. "그녀가 사는 곳에서는 모두가 똑같은 방식으로 식사를 해."

"그 점은 나도 잘 알겠다고." 칼로가 다시 엉덩이를 바닥에 내려놓으며 말했다. "그래도 이곳에서는 우리 명령이 중요해. 이자들은 우리와 같은 사람들이 아니고, 그저 잉여 인간일 뿐이야."

"그들의 아리따운 부인들은 예외일 테고…."

나는 팽팽한 긴장을 풀고 묵직해진 분위기도 누그러뜨릴 겸 한마디 덧붙였다. 그러자 칼로도 전사들과 함께 슬며시 웃었다. 그제야 타요와 안티나, 쥘마 중위, 그리고 나는 조금이나마 식욕을 내보려고 애를 썼다.

"조금 전에 일부는 배제당한 사람들이 아니라고 했는데, 그렇다면 그들은 왜 여기로 온 거야?"

"그들은 우리 관습을 더는 따르고 싶어 하지 않는 사람들이야."

관습을 따르고 싶어 하지 않는다고? 설명이 필요한 말이었다. 자발적으로 해변 마을을 떠나는 사람들 가운데 대부분은 낮은 계급에 속하는 사람들이었다. 이들은 단조롭기 그지없는 밭일을 감수하는 대신 이곳 숲에서의 생활을 선호한다고 칼로가 설명했다. 돌발적인 상황에 대처해야 하지만 그래도 어떤 식으로건 자유를 누리는 편이 좋다는 것이다.

나는 그들을 농업 난민이라고 이해했다. 높은 계급에 속하는 자들을 위해 하루 종일 허리 한 번 펴지 못하고 일하느니 차라리 사냥과 채집 시절로의 후퇴도 불사하는 것이다. 그들은 자유와 평등을 위해서라면 기꺼이 가난과 내일의 불안을 택한 사람들이다.

잉여 인간 공동체에는 이들 외에 아와카도 더러 끼어 있었다. 자신보다 더 능력 있는 사람으로 인해 좌절했거나, 자신이 가진 기술에 대한 관심을 완전히 상실한 사람이 강등된 상태 그대로 눌러살기보다는 숲속으로의 망명을 택한 것이다. 또한, 예전에 전사로 활약했으나 그 후 용맹을 잃고 겁쟁이가 되어버린 사람도 이곳을 찾았다.

그러나 뭐니 뭐니 해도 제일 독특한 사람은 바로, 전투에서 승리를 쟁취했음에도 맞서 싸운 적수, 그러니까 다른 섬 사람을 한사코 죽이지 않겠다고 해서 이곳에 온 왕년의 전사였다.

그를 가리켜 칼로는 "미친 사람"이라고 간단히 표현했다.

나는 칼로에게 그 전사를 꼭 만나보고 싶다고 청했다.

나는 마을 상류 쪽에서 낚싯줄로 물고기를 잡고 있는 그를 찾아냈다. 훤칠한 키에 떡 벌어진 어깨로 보아 그는 과연 전사다운 체격을 지녔으나, 그 점을 빼면 그의 과거 동료들이 거의 모든 상황에서 과시하는 자부심 넘치고 위협적인 태도(늘 웃는 얼굴인 칼로는 예외다. 하긴 그는 승진하기 전까지는 그다지 높은 계급의 전사가 아니었으니까.) 같은 건 전혀 찾아볼 수 없었다.

　그와 가까운 풀숲에는 손바닥 크기 정도 되는 물고기 두 마리가 놓여 있었다.

　"칼로가 그러는데, 너는 더 이상 살생을 하고 싶지 않다고 했다던데." 내가 운을 뗐다.

　"그렇지만 아직 물고기는 죽일 수 있어."

　그가 낚싯줄에서 눈을 떼지 않으며 대꾸했다.

　"사냥은 안 해?"

　"가끔 하지. 하지만 우리에겐 사냥할 권리가 없어."

　사냥은 전사들에게 주어진 특권이다. 하지만 그렇다고 그들이 자기들의 특권이 지켜지는지 보기 위해 늘 주변을 감시하는 것도 아니었다.

　"넌 왜 살생을 단념했지?"

처음으로 그가 나를 바라보더니 싱긋 미소를 지었다.

"희한한 녀석이로군. 다른 사람들 말이 너는 모든 것을 알고 싶어 하는 부족 출신이라던데, 정말이야?"

"응."

"난 네 이야기는 믿지 않아. 우리 부족이 하는 이야기도 믿지 않지만."

"무슨 이야기?"

"신이 세상을 정복하기 위해 우리를 선택했다는 이야기."

"너는 너희들의 신을 믿지 않는구나?"

"썩 잘 믿는다고는 할 수 없지."

"너는 조물주도 믿지 않아?"

그가 잠시 생각에 잠겼다.

"난 말이지, 이 세상 어딘가에 어떤 의지가 있어서 그 의지가 세상을 창조했으며, 지금도 여전히 세상을 통치하고 있다고 믿어. 이런, 물고기가 방금 찌를 물었네!"

그는 재빠르게 낚싯줄을 잡아당겨 팔딱거리는 물고기를 꺼냈다. 먼저 잡은 두 마리보다도 더 작은 녀석이다.

"이런 개구쟁이 신 같으니!" 그가 웃으며 농담했다.

찌를 빼낸 그가 방금 잡은 물고기를 다른 녀석들 옆으로 던지자, 녀석은 우리가 대화를 나누는 동안 잠시 퍼덕거렸다.

"왜 너는 의심하는 거지?"

그는 내내 낚싯줄을 응시했지만, 난 그의 생각이 다른 곳을 향하고 있음을 느낄 수 있었다.

"…하루는, 우리가 어떤 섬을 정복했어. 물론 우리와는 다른 부족이 사는 섬이었지. 그 사람들은 싸움에 졌고, 우리는 그들의 마을을 불태우고, 남자들을 거의 모두 죽여버렸어. 난 다른 동료들과 같이 끌고 갈 여자들을 한데 모으는 중이었어. 그때 어떤 여자를 발견했는데, 아주 예뻐서 내가 직접 데려갔지."

그는 그 뒤는 나더러 알아서 상상하라는 듯 말을 멈추었다.

"…그런데 갑자기 그쪽 어린 전사들 가운데 하나가 움막에서 뛰어나오더니 나한테 달려들었어."

쥐고 있는 낚싯줄이 팽팽해지자 그는 단번에 그걸 잡아당겨 봤지만, 따라 올라오는 건 아무것도 없었다.

"…그 젊은이는 아마 겁이 나서 전투 내내 숨어 있었던 모양이야. 그러다가 내가 그 예쁜 여자, 어쩌면 그의 누이거나 약혼녀였을지도 모르지. 아무튼 여자를 데려가는 걸 보고는 더 이상 참지 못하고 공격에 나선 거지."

"네가 그를 무찔렀어?"

몸을 돌려 나를 바라보는 그의 얼굴에는 서글픈 미소가 어려 있었다.

"그에겐 얼떨결에라도 나를 이길 가능성이 전혀 없었어. 그가 찔러대는 창 공격을 피한 나는 들고 있던 몽둥이로 그를 내려쳤지."

"그래서?"

"그때까지도 여전히 내 손에 잡혀 있던 여자가 두 배는 더 큰

소리로 엉엉 우는 거야. 그러다가 젊은이가 정신을 되찾았는지 나를 쳐다보는데, 난 그가 그때부터 일어날 일에 대해 확신하고 있다는 걸 알았지. 그는 그때까지 우리가 자기 동료들을 처치하는 방식을 지켜봤을 테니 나도 그런 식으로 자신을 죽일 거라고 믿었을 거야⋯."

"그래서 어떻게 되었는데?"

"그래서 어떻게 되었느냐 하면, 갑자기 만사가 귀찮은 느낌이 들면서 피곤해지더라고⋯. 그러면서 우리의 신이 세상을 정복하라고 우리를 선택했다는 이야기들이 모두 아무 의미 없다는 생각이 드는 거야. 그 부족에게도 자기들의 신이 있었는데, 우리는 그들의 성상을 모두 불태워버렸어. 도대체 이게 다 무슨 의미가 있느냐고?"

나는 속으로 이 남자는 전사가 되기에는, 화성 콜로니의 조모가 되기에는 머리가 너무 복잡하다고 생각했다.

"내 동료 전사들이 그러는 나를 지켜보고 있었고, 그들은 나더러 그를 해치우라고 고함을 질러댔는데, 나는 그렇게 하지 않았어. 그러자 동료 한 명이 달려와서 그 젊은이를 창으로 찔러 죽였어. 그날 이후, 나는 그 어떤 원정에도 참가하기를 거부했지. 그래서 보시다시피⋯."

그가 손짓으로 낚싯줄과 자신의 허름한 옷차림, 그리고 아래로 내려다보이는 소외자 공동체를 차례로 가리켰다.

"그래서, 그 일을 후회해?"

"아니, 절대 안 해. 그러는 넌 어떤 신을 섬기는데?"

"난 나한테 과연 섬기는 신이 있는지조차 잘 모르겠어."

그가 웃었다.

"그렇다면 여기 적어도 튀는 사람 두 명이 있는 셈이네. 그래서 너희 부족도 너를 이리로 추방한 거야?"

"아니, 우리 부족은 나에게 임무를 부여해 이리로 보냈어."

"그런데 너희 부족에게도 신이 있어?"

"응, 몇몇 사람들은 신을 믿지. 우리에겐 여신이 있다고 해야겠네."

"이름이 뭔데?"

"아테나."

나는 걸신들린 사람처럼 읽어 내려갔다.

마치 나의 뇌가 마약처럼 이 보고서를 기다렸다는 듯이.

조모들의 지구 임무 상황 보고서

가장 최근까지 들어온 정보: 조모 분대와 원주민 사이에 전투가 개시되어 세 종류의 비살상 무기를 사용함.

"더 오래 협상하는 것은 불필요"라는 문장이 자동번역된 뒤 원주민 측의 공격이 개시된 것으로 보임.

임무 실패의 원인

임무가 진행되는 환경에 대한 사전 지식 불충분.

원주민의 전투 능력 과소평가.

협상 역량 결여.

자동번역의 문제.

실패 원인 분석 위원회의 만장일치 합의 사항

재조정안 A: 새로운 원정대를 파견하되,

- 살상 무기 지급.

- 원정 대원들 가운데 가장 적응력 있는 구성원을 최소한 두 명(적어도 한 명은 여성 대원) 이상 선발해 사전에 원주민 언어 습득 훈련 필요.
- 이전과 다른 착륙 장소 결정.
- 대원들의 이동 경로(만약 실패할 경우나 사망할 경우에도 요긴할 수 있음)를 추적할 수 있도록 몸에 마이크로 칩을 이식(주의: 우주선이 접선 가능할 정도로 온전할 경우에만 실효성이 있을 것으로 사료됨).

재조정안 A의 장·단점 :

장점: 한층 철저하게 준비된 강력한 전투력.

단점: 여러 달에 걸친 준비가 필요. 잠재적인 적에 대한 지식이 결여된 상태에서 또다시 원정대를 잃을 확률이 어느 정도나 되는지 측정이 불가능.

재조정안 B :

- 언어와 협상 능력을 겸비한 한 명의 대원을 무기 없이 파견.
- 동기들 가운데 이 두 분야에서 가장 적응력 높은 신병 로뱅 노르망디 선발.
- 목표: 환경을 더 잘 학습하고, 다음 원정대의 도착을 준비.

재조정안 B의 장점 :

준비 기간이 짧아 먼저 파견한 조모들이 생존해 있을 경우, 너무 늦지 않게 도착할 확률이 높음.

원주민들 또한 무장하지 않은 한 명의 개인에 대해서는 덜 적대적인 반응을 보일 가능성이 높음.

실패할 경우에도 한 명의 대원만 잃게 됨.

알마는 나를 쳐다보았다.

"자, 이제 좀 안심이 되니?"

"글쎄, 난 잘 모르겠어…."

"나 원 참, 답답하기는. 도대체 너한테는 뭐가 더 필요한데?"

알마는 이제 아주 대놓고 화를 냈다. 제 딴에는 내가 이 자료에 접근할 수 있도록 위험을 무릅썼는데, 난 여전히 흡족해하는 것 같지 않으니 그럴 만도 하다. 하지만 뭐라고 대답해야 할지 통 모르겠다.

"난 유의 심정을 이해할 수 있을 것 같아." 카반이 한마디 거들었다. "나도 이 말이 좀 이상하거든. '동기들 가운데 가장 적응력 높은'이라니?"

"이러지 마, 카반, 너까지 이러지 말라고!"

알마는 로뱅에 대한 조사는 이쯤에서 그만두라고, 더는 스스로를 위험에 노출시키지 말라고 나를 설득하는 데 도움이 될까 해서 카반까지 불러와 이 보고서를 함께 보았던 것이다.

그런데 융통성 없고 곧이곧대로인 카반의 성격까지는 미처 고려하지 못한 것이 알마의 불찰이었다.

"우선 이 사진 말인데, 여전히 수수께끼 같은 사진 문제가 있어." 카반은 알마의 마음을 아는지 모르는지 솔직하게 본인의 생각을 말했다. "그리고 유가 그러는데, 로뱅이 출발하기 직전에 아테나에게서 평소 같지 않은 활동이 감지되었다는 거야."

그토록 평온하고 솔직하게 말하는 그를 보자 내 안에서 카반에 대한 존경심, 그리고 애정이 솟아오르는 것이 느껴졌다. 그러자 곧 그런 그를 마음 아프게 하고 있는 상황에 대한 죄책감도 밀려왔다.

그의 아름다운 황금빛 눈동자가 내 쪽을 향했다.

"…하지만 나도 알마처럼 자기가 이 정도에서 조사를 멈춰야 한다고 생각해. 자기는 너무 멀리까지 가려고 하는데, 꼬리가 길면 잡히는 법이야."

차분한 어조에도 불구하고, 스스로를 위험에 빠뜨리고 있는 나를 지켜봐야 하는 카반이 얼마나 심한 마음의 동요를 겪고 있는지 나는 누구보다 뼈아프게 느낄 수 있었다.

"자, 이 정도면 오래 이야기를 나눈 셈이야." 알마가 느닷없이 폐회를 선언했다. "더 오래 감시를 차단하면 금세 표가 날 테니 이쯤 해둬야지."

"고마워, 알마, 정말 고마워." 나는 친구에게 인사를 전했다.

"진짜로 내가 고맙다면, 괜히 긁어 부스럼 만드는 일은 지금 당장 그만두시지."

"아무리 그래 봐야 듣지도 않을 텐데, 뭐."

카반이 못마땅하다는 듯 구시렁댔다.

우리는 제법 오래 이야기를 나누었다. 이름이 티토라는 왕년의 전사는 나에게 또 다른 소외자를 소개해주겠다고 제안했다. 그 사람은 오랫동안 농업 책임자로 일했던 아와카였다.

　어둠이 내려앉은 밤, 우리가 모닥불 주변에 둘러앉아 두런두런 이야기를 시작할 즈음 타요와 안티나도 대화에 합류했다.

　키가 작고 마른 편인 전직 아와카는 꿰뚫어보는 듯한 시선이 이따금씩 불꽃처럼 활활 타오르는 데다 흡사 설교자 같은 음성까지 겸비한 인물이었다.

　"그들이 걸어가는 길에는 출구가 없어!"

　전직 아와카가 나를 뚫어지게 바라보면서 말문을 열었다.

　"그 길이 어떤 길인데?"

　"항상 더 많은 자식을 낳고, 더 많은 숲을 불 지르고, 끝없이 정복에 나서야 하는 길이지."

　"그런데 왜 그 길에는 출구가 없다고 하는 거야?"

　마치 그가 나를 멍청한 사람 보듯이 쳐다보아서 나는 기꺼이 그 역할을 맡기로 마음먹었다.

　"그야 그렇게 하면 우리를 먹여 살리는 것들이 다 없어지기 때문이지!"

"그래도 숲을 태우면 농작물 심을 밭이 더 넓어지잖아."

"넓어지는 게 아니라 오히려 고갈되는 거야. 난 그들에게도 벌써 경고했어!"

"그래서 정복 원정에 나서는 거구나."

내가 티토를 바라보면서 대꾸하자, 아와카는 경멸하는 듯한 태도로 어깨를 으쓱댔다.

"아니, 도대체 누가 그들에게 이 섬보다 더 크고 더 살기 좋은 섬을 찾게 될 거라고 말해줬는데?"

"그 사람들이 섬기는 신." 이번에는 티토가 대답했다.

전직 아와카는 더는 참을 수 없다는 듯, 두 발로 바닥을 쾅쾅 구르더니 곧 밤하늘 전체를 끌어안는 몸짓을 해보였다.

"신은 곧 이 세상이야!"

그가 별이 쏟아지는 하늘에 대고 외쳤다. 그가 고함을 쳐댔지만 우리를 둘러싼 그 누구도 놀라는 기색을 보이지 않았다. 그의 동료들은 그의 이러한 행동에 꽤나 익숙한 모양이었다.

"우리를 에워싸고 있는 세상, 우리를 지탱해주는 대지와 그 대지를 가득 채우고 있는 사람들, 그들을 굽어보는 하늘 말고 다른 신은 없어, 아니, 모든 게 신이지!"

그는 거의 울부짖음에 가까운 어조로 말을 이었다.

티토가 그에게 이제 그만 앉으라고 권유했다. 이윽고 웬 여자가 티토가 낚시로 잡아 올린 물고기를 구워서 가져왔다. 그 자그마한 생선들은 기가 막히게 맛이 좋았는데, 그래서인지 전직 아와카의 표정도 훨씬 평온해졌다.

"이 남자가 하는 말은 틀리지 않아."

안티나가 내 귀에 대고 속삭였다.

"안티나, 너도 자연 말고 다른 신은 없다고 믿는 거야?"

"나도 잘 모르겠어, 하지만 적어도 한 가지 점에서는 이 사람이 옳아. 이곳 사람들은 결국 이 섬을 파괴하게 될 거라는 거지."

바로 그 순간 전직 아와카가 내 쪽으로 몸을 돌리더니 내가 사는 별에서는 어떻게 농사를 짓느냐고 물었다. 나는 우리가 온실에서 기르는 식물들이며, 본래의 동물이나 과일 따위는 필요 없이 오직 세포 배양을 통해서 우리가 제조하는 모든 먹을거리를 묘사하려고 노력했다.

"그러니까, 너희들은 진짜 물고기의 살에서 식탁에 올라가는 물고기 살을 만들어낸다는 거야?"

"말하자면, 우리는 동물의 원래 생김새와는 완전히 일치한다고 할 수 없는 형태의 살을 자라나게 해. 생김새는 다르지만 성분은 똑같으니까 영양가도 같지."

"그러면 너희들은 또 다른 자연을 만드는 거로구나?"

내 설명을 들은 그는 깊은 생각의 늪으로 빠져드는 것 같았다. 그를 안심시키려는 마음에서 나는 얼른 몇 마디를 덧붙였다.

"우리는 이 섬 사람들이 점점 더 뚱뚱한 돼지를 얻으려고 고안해낸 선발 방법에 몇 가지 과정을 더한 것뿐이야."

"그런데 돼지가 점점 뚱뚱해지면 점점 더 많은 곡물을 먹어야 하니까, 결국 점점 더 많은 밭이 필요해지는 거라고!"

전직 아와카는 다시 방금 전의 주제로 되돌려 자신의 생각을 이어나갔다. 자연에 역행하는 모든 행위는 결국 그런 짓을 하는 사람에게 해가 되어 돌아온다는 것이다.

우리별의 역사를 봤을 때, 그의 말은 틀리지 않았다. 내가 그에게 몇 세기 전에 지구에서 벌어진 일에 대해서도 좀 알고 있냐고 묻자, 그는 아니라고, 자기는 그런 건 전혀 모른다고 대답했다.

티토는 태평하게 우리 이야기를 듣고 있었다. 그는 이미 나에게 자기는 과거의 삶, 그러니까 영예로운 전사로서의 삶을 전혀 그리워하지 않는다고 말했었지. 문득 나는 그 점에 대해서 좀 더 알고 싶어졌다.

"티토, 너 지금 아주 행복해 보이는데, 정말로 행복해?"

내가 묻자, 그는 대답 대신 씩 웃어 보였다.

"나는 행복이라는 말에 대해서라면 확신이 서지 않아. 하지만 만족하다고는 말할 수 있지."

"여기서 이렇게 사는 삶에 만족한다고? 예전의 삶을 살아봤는데도 그럴 수 있어?"

타요가 뜻밖이라는 듯 반문했다.

"그럼. 예전에 내 삶은 끊임없는 투쟁이었어. 전사의 지위며 내 여자들을 유지하기 위해서…. 그런데 그 투쟁이 나를 행복하게 만들어주질 않더라고, 심지어 내가 투쟁에서 승리했을 때에도 말이야."

"지금 여기서는?"

"우리는 필요한 모든 것, 살아가는 데 필요한 모든 것을 다

갖추고 있어."

"먹을거리도?"

나는 우리의 저녁식사를 바라보던 아이들의 시선을 떠올렸다.

"그럼. 우리가 먹을 만큼의 양식은 늘 가지고 있지. 물론 배가 터지도록 구운 돼지고기를 실컷 먹을 순 없지만. 그런 거 없이 지내는 건 말하자면 우리의 자유를 위해 지불해야 하는 대가라고 할 수 있겠지. 사실 아이들에게는 쉽지 않은 일이지만."

이렇게 해서 나는 이 산에서 새로운 형태의 행복과 만났다. 불필요한 모든 것을 포기함으로써 얻어지는 행복.

"진짜 도통한 사람이 아니고서는 이런 삶에 만족할 수 없을 것 같아." 안티나가 티토를 바라보며 말했다.

"나도 매일 진짜 도통한 사람인 건 아니라고 고백해야겠는 걸." 티토가 빙긋 웃으며 대꾸했다.

그날 저녁, 나는 모닥불 아래서 나무껍질에 이렇게 새겼다.

능력 위주의 사회 = 일부 사람들의 행복, 나머지 사람들의 수모

산 아랫마을 부족 사이에서는 전사, 아와카, 심지어 밭일하는 경작자에 이르기까지 각자 자신의 사회적 지위를 유지하면서 노력을 통해 이를 끌어올리려고 안간힘을 쓴다. 자신이 누리고 있는 지위에 더 이상 합당하지 않다고 판단된 사람은 강등되거나 배제되며, 잉여 인간이라는 모멸적인 호칭으로 불리는 수모를 감수해야 한다.

에로스섬에서 몇몇 사람들은 다른 사람들보다 훨씬 능력 있는 사냥꾼이거나 낚시꾼이지만, 그런 사람들이 아니더라도 누구나 쓸모 있는 사람으로 인정받으며, 결과물은, 이곳 산 윗마을 작은 공동체에서와 마찬가지로, 항상 구성원 모두가 함께 나눈다.

물론 타후식 자유연애 또한 불평등과 소외자를 만들어낸다. 하지만 아레스섬의 경우, 자신의 지위를 유지하지 못한다는 것은, 안티나가 잘 이해했듯이, 단순히 먼 곳에 가서 사는 것보다 훨씬 가혹한 결과를 초래한다.

"뭐라고 썼어?"

안티나의 물음에 나는 내 생각을 설명해주었다.

"맞아, 여기는 정말 끔찍해. 소외된 사람들은 자기 부족으로 여기지 않잖아. 여기 사람들은 소외자를 대놓고 경멸하는 것 같아."

"경멸은, 정말로 타후적인 것과는 거리가 멀지."

타요도 동의하며 말했다.

내 친구들이 사는 섬에서는 사랑의 신 타후에게 선택받은 자들일지라도 다른 사람들에게 경멸이 아닌 연민의 정을 느낄 줄 알았다. 그들 역시 언젠가 나이 들게 되면 그런 사람들 대열에 합류하게 될 것임을 알기 때문에 더욱 그랬다.

"여기서는 힘센 사람들이 자기들처럼 힘이 세지 않은 사람들은 받아들이지 않아." 안티나가 예리하게 지적했다.

"그 사람들 보기에 약한 사람들은 다 그럴 만해서 그렇게 된 거니까 운명을 그대로 받아들일 수밖에 없다고 생각하는가 봐." 내가 말했다.

"아무거나 그냥 받아들여야 마땅한 사람은 없어!"

내 말에 안티나가 언성을 높이며 말했다.

"아무거나 그냥 받아들여야 마땅한 사람은 없다고?"

타요가 기가 막힌다는 투로 되물었다.

"그래, 모든 건 타후의 은총에 따라 결정되지. 아니 타후가 아니라 다른 어떤 신인지, 그건 나도 잘 모르겠어. 아무튼 우리를 우리로 만든 그 누군가 말이야. 우리는 그가 우리에게 주는 것을 선택할 수 없어."

나는 하마터면 "안티나, 이제 보니 너는 아테나처럼 생각하는구나!"라는 말을 입 밖으로 쏟아낼 뻔했다.

그도 그럴 것이 아테나는 콜로니 주민 각자의 역량과 한계를 그들이 아주 어린 시절부터 매우 정확하게 알고 있다. 주민 각자의 유전적 잠재성과 교육의 잠재적인 영향력, 이렇게 두 가지를 다 훤히 꿰고 있는 것이다.

'능력'이라는 개념은 그러므로 아무런 의미도 없다. 지구에서는 선진사회의 경우, 이 개념이 성공하지 못한 사람들을 짓누르는 부담으로 작용했다. 그들이 성공하지 못한 것은 바로 그들 잘못이라는 식으로 생각했기 때문이다. 그들에게 야심이나 용기가 부족했기 때문에 그런 결과가 나왔다는 것이다.

그런데 가령 화성 콜로니의 경우, "게으르다"는 말은 오래전부터 더는 사용되지 않는다. 다른 사람들보다 일을 덜 하는 사람은 단순히 보상이 늦어지는 것을 참지 못하는 뇌의 회로를 가졌거나 집중력이 남보다 떨어지거나, 그것도 아니면 그저 금세 피로를 느끼는 사람일 뿐이다. 따라서 예전 기준대로라면 "게으르다"는 평가를 받을 만한 어떤 사람을 경멸하지 않는데, 이는 근시라거나 암산을 잘 못한다는 이유로 누군가를 경멸하지 않는 것과 같은 이치인 것이다. 이런 까닭에 '용도 불명들'도 경멸하지 않는다. 적어도 겉으로는. '게으른 자'나 '용도 불명'에게 그의 깜냥에 맞는 활동을 분배해주는 건 아테나의 역할이다.

반대로, 재능이 많거나 근면하게 일하는 사람이라 해도 그들이 특별한 '능력'을 지닌 건 아니다. 왜냐하면, 그건 순전히 운 좋은 유전자 배열을 타고난 데다 아테나로부터 완벽하게 짜인 교육을 받은 덕이라는 사실을 모두가 다 알기 때문이다.

능력이란 자유의지를 전제로 하는데, 그건 신의 존재만큼이나 입증이 불가능하다. 콜로니에서 더는 신을 믿지 않는 것도 그러므로 같은 맥락으로 볼 수 있다.

물론 화성 콜로니는 여전히 일부 규율 위반에 대해서는 벌을 내리긴 하는데, 그건 공익적인 면을 고려한 방침일 뿐, 특별히 윤리적인 토대에 입각한 방침은 아니다. 그러니까 잘못을 저지른 사람이 다시는 그런 행동을 하지 않도록 하며, 그가 다른 사람들에게 본보기가 되는 효과를 노릴 뿐이다.

그런데 그 벌이라는 것도 실제로는 너무도 드물게 실행에 옮겨진다. 어떤 개인이 심각한 위반을 저질렀고, 따라서 그를 처벌해야 할 필요가 생기면, 아테나는 교육 프로그램을 어떻게 개선할 수 있을지 살피고, 이어서 개인들이 이러한 잘못을 저지르지 않는 방향으로 유전자 개조를 꾀하기 때문이다.

나라는 인간 자체가 그러한 결과물이다. 나는 순순히 '용도 불명'의 지위를 받아들였고, 이번 임무도 아무 저항 없이 수락했다. 나 스스로 언제든 콜로니의 발전을 위해서 내 의무를 다할 준비가 되어 있다고 여기기 때문이다. 아테나는 자유와 능력의 무거운 굴레로부터 우리를 해방시켰다.

그런데 요즘 들어 내가 점점 더 자주 느끼는 이 분노는 어디에서 오는 걸까? 내 속에서 명령에 복종하지 않을 기회를 찾아내고 싶고, 마음 내키는 대로 행동하고 싶고, 나도 잘 모르는 무언가에 항거하고 싶은 욕망이 불끈불끈 느껴지니 하는 말이다.

나는 티토가 생각하는 행복을 되새김질하면서 마음을 가라앉히려고 노력했다. 그리고는 다음과 같이 적었다.

행복 = 우리에게 불필요한 모든 것을 포기하는 것

적지 않은 고대의 철학자들이 이러한 포기를 설교했다는 사실을 나는 잘 알고 있다. 유라면 에피쿠로스니 에픽테토스같이 유명한 몇몇 이름만 알고 있는 나에게 그들의 사상을 일목요연하게 간추린 요약본을 만들어줄 수 있을 텐데. 유는 벌써 한참 전에 내게 불교에 대해서도 설명해준 적이 있다. 요컨대 모든 고통의 원인이 욕망이라는 내용이었는데, 그 욕망은 갈증이라고도 한다는 말이었다.

그런데 이런 유형의 행복은 확실히 티토와 아와카에게는 접근 가능해 보인다. 두 사람 다 자신들의 의지로 고립을 택한 사람들이니 말이다. 하지만 산 아랫마을에서 추방된 다른 사람들에게는 별로 해당되지 않는 듯했다. 결국 노력으로 얻어지는 행복이건 포기를 통해 얻어지는 행복이건, 본인들이 자유롭게 선택했을 때 한층 더 값지게 된다는 공통점을 지닌다.

그렇다면 콜로니에서, 우리는 과연 선택의 자유를 누리고 있는 걸까?

우리는 그렇다고들 말하지만, 사실 따지고 보면 우리가 선택하는 건 아테나가 우리를 위해 선택한 것에 불과하다. 아테나가 우리의 취향이며 역량을 우리보다 더 잘 아니까. 우리에게는 그저 취미 생활이나 성생활 파트너 선택권 정도가 주어질 뿐이다. 물론 이러한 선택마저도 아테나가 해줄 수 있겠으나, 아마 아테나는 우리에게 자유롭다는 환상을 주는 것이 좋다고 판단했을 것이다.

솔직히 어느 누구도 용도 불명의 지위를 선택하지 않는다. 다시금 용도 불명으로서의 내 지위가 떠오르자 기분이 우울해졌다.

이제야 나에게 답을 찾아낼 서광이 보이기 시작한다.

도저히 잠을 이루지 못하겠다.

나는 카반에게조차 내가 방금 찾아낸 사실을 감히 들려주지 못했다.

알마가 접근하게 해준 데이터 덕분에 나는 음성 데이터베이스까지 거슬러 올라갔고, 결국 음성 파일 하나를 찾아냈다. 누군가가 고등위원회 회합 때 잠시 녹음해둔 파일인 모양이었다. 이 파일로의 접근은 철저하게 보호되고 있었지만, 그래도 먼젓번 보고서에 비해서는 덜 어려웠다.

나는 이 녹음 파일의 보존 책임자를 확인했다. 콜레트 사령관.

처음에는 웅웅거리는 기계음만 들리더니 곧 사람의 목소리가 들렸다. 또렷하고 명확한 목소리.

"한 명만 파견할 것이며 그 한 명으로 로뱅 노르망디 신병을 선발하겠다는 생각은 몹시 독창적이군요, 사령관."

분명 여자의 음성인데, 문제의 여자는 사령관과 동등한 위치에서 대화를 하는 것으로 보였다. 나는 민간 고등위원회 의장인 자생트 총독을 떠올렸다.

"이 계획에 당신도 동의하셨던 걸로 아는데요."

사령관이 말했다.

"안타깝게도 그 계획은 실천에 옮기기 곤란한 것으로 판명되었습니다."

놀라움이 담긴 웅성거림.

"그렇다면 당신은 다른 조모들을 보냈어야 한다고 생각하시는 겁니까?"

"아뇨, 그럴 리가요."

"그러면 혹시 제3의 해결책이라도?"

질문을 하는 이 목소리는… 주민본부장이었다.

"사령관의 해결책은 독창적이긴 하지만, 일정한 수준을 넘어서지 못합니다." 총독이 말했다.

"자세하게 설명해보시죠."

"우선 로뱅 노르망디의 사진을 한 장 보시죠. 이어서 다른 사진 한 장도 보여드리죠."

침묵.

경악의 탄식. 이어지는 목소리.

"로뱅 노르망디는 안타깝게도 제거되어야 마땅합니다."

그 순간 벼락처럼 나는 방금 내 사랑에게 사형선고를 내린 매우 정확하면서도 부드럽게 말하는 이 목소리의 주인공을 알아차렸다.

이건 자생트 총독이 아니야.

아테나의 여러 목소리 가운데 하나가 틀림없어.

"나는 동의할 수 없습니다, 동의할 수 없다고요. 모든 것이 다 예측 가능한 건 아니죠! 모든 것을 다 예측할 수는 없다고요!"

이건 콜레트 사령관의 목소리군. 다른 목소리들도 동시에 떠들기 시작했다. 논쟁이 붙은 모양이었다.

로뱅 노르망디는 안타깝게도 제거되어야 마땅합니다.

이 문장이 내 머릿속을 떠나지 않고 뱅뱅 맴돌았다. 당장이라도 벨 수 있는 예리한 칼날처럼.

이 문장이 존재하지 않았던 시간으로 거슬러 올라가고 싶었다.

나는 어떤 논리를 통해서 궁극적으로 그 문장이 발설되었는지, 그 과정을 알아내야 한다. 그러려면 아테나의 미로 같은 회로 속으로 다시 돌아가야 한다.

내가 받은 교육, 이제까지 살아온 이곳에서의 내 삶은 나를 "어떻게?"라는 질문에 답하는 것을 당연하게 여기는 사람으로 만들었다.

이번에는 "왜?"라는 질문에 대한 답까지 찾아내야 하려나?

새벽녘부터 우리 소그룹은 다시 등반을 시작했다.

숲의 고지대에 들어서자 칼로는 우리를 조모들이 착륙한 곳
으로 안내했다. 이 섬의 전사들이 매복 중이던 언덕 아래쪽이었
다. 그 장소가 점점 가까워지자 몸을 떨기 시작하는 쥘마 중위
의 모습이 눈에 들어왔다. 비극적인 기억이 다시 떠오르는 탓일
게다.

전투의 흔적은 전혀 찾아볼 수 없었다. 양쪽 전사들이 싸우
는 동안 짓밟혀서 쓰러졌던 고사리들은 어느새 훌쩍 웃자랐고,
죽은 이들이 흘린 피는 땅속으로 흡수되어버렸다. 자연은 진즉
에 본래의 모습을 되찾은 것이다.

칼로가 안내해준 이 지점에서부터는 쥘마 중위가 바통을
이어받아 우리를 조모들이 타고 온 우주선으로 데려갈 예정이
었다.

해 뜰 무렵 우리는 숲을 빠져나왔다. 이른 아침의 첫 햇살은
우리를 따뜻하게 덥혀주기에는 아직 부족했다.

우리 앞으로 풀이 우거진 들판이 분화구까지 쭉 이어졌는데,
분화구가 있는 산 정상은 아직 요원하기만 했다. 인간의 출입이
절대로 허락되지 않는 금단의 영역. 오직 대제사장의 종교 의식

만이 우리에게 그곳에 들어갈 권리를 허락했다.

우리는 지난 세월 동안 이루어진 화산 분출의 화석화된 증거들, 그러니까 크고 작은 분화구와 작은 골짜기들을 차례로 지났다. 이 때문에 우리는 정상이 점점 가까워지고 있음에도 그 사실을 제대로 파악하지 못했다.

나는 쥘마 중위가 이 복잡한 지형 속에서 아무런 위치 추적 도구도 없이 제대로 길을 찾아나갈 수 있을지 은근히 염려되었다. 이런 경사 지형에서 몇 시간을 헤매다 보면 곧 밤이 내릴 테고, 밤에는 기온이 뚝 떨어질 텐데. 설상가상으로 우리에게는 여분의 식량도 없었다. 나는 쥘마 중위에게 내 걱정을 솔직하게 털어놓았다.

"난 내가 가야 할 길쯤은 정확하게 알고 있다고요!"

내 섣부른 근심 고백에 급기야 그녀가 발끈하고 말았다. 나중에 침착함을 되찾은 중위는 지도나 도구 없이 방향을 찾는 건 조모들의 기초 훈련에 속한다고 설명해주었다. 더구나 자기는 늘 이 분야에서 동기 중 일등이었다는 말도 빼놓지 않았다.

타요와 안티나는 힘들어하는 기색이 역력했다. 두 사람은 이런 추위에 익숙하지 않은 데다 안티나는 특히 더 추위에 약한 모양이었다. 타요가 이미 한 것처럼, 나도 내 몸을 둘둘 감싸고 있던 튜닉의 한 자락을 풀어 안티나에게 둘러주었다.

얼마 뒤, 다른 네 사람과 약간 거리가 멀어졌을 때, 나는 친구들에게 조모들의 우주선을 이용해 그들을 고향 섬에 내려준다는 내 계획을 귀뜸해주었다. 그제야 두 사람의 얼굴에 화색이 돌았다.

몇 개의 능선을 넘자, 풀이 점점 사라지고 돌만 무성하게 나타났다. 그리고 마침내 우리는 분화구 정상이 보이는 곳에 다다랐다. 칼로와 다른 네 명의 전사들은 절대로 더는 가지 않겠다며 완강히 거부했다. 그들은 여기까지는 대제사장의 기도가 보호해주었지만, 이 이상 전진해 불을 뿜을 수도 있는 신의 입으로 접근하는 일은 너무도 큰 신성모독이라고 생각했다. 또 혹시라도 화산이 분출하지는 않을까 잔뜩 겁을 집어먹었다. 그렇게 된다면 우리 모두가 사라지는 것은 물론, 그의 부족 전체에게 불똥이 튈 것이라며 펄쩍 뛰었다.

나는 그들을 기어이 설득하겠다고 고집부리지 않았다. 오히려 그 반대로, 나는 결단을 내려야 할 순간에는 쥘마 중위와 단 둘이 있는 편을 선호했다. 그리고 안티나와 타요의 지지만 있으면 충분했다. 단 한 번도 화산 활동을 본 적이 없는 두 사람은 칼로의 걱정에도 전혀 겁먹지 않았다.

전사들을 뒤로하고 계속 앞으로 나아간 우리 네 사람은 한 시간 정도 걸어서 마침내 분화구에 도착했다. 분화구가 어찌나 넓은지 반대편에 누가 서 있다면 잘 알아볼 수도 없을 정도였다.

분화구 안쪽 경사면을 따라 드문드문 자라난 풀들로 짐작했을 때, 화산이 오래도록 활동을 쉬고 있음이 분명했다. 눈길을 돌려 아래를 바라보니 용암이 식어 평평하게 굳은 바닥 군데군데에서 연기가 뿜어져 나오고 있었다.

나는 그다지 멀지 않은 분화구 안쪽 부벽에서 뭔가 번쩍거리는 빛을 감지했다. 빙고, 드디어 찾았다! 빛을 뿜어내고 있는 근사한 물체, 조모들의 우주선을 발견한 것이다. 우주선이라는 거창한 이름이 붙었지만, 사실 이것은 우주 궤도에서 기다리고 있는 모선으로 우리를 데려다줄 셔틀에 불과했다.

뛰어난 전략가답게 쥘마 중위는, 이 선체를 섬 주민 어느 누구의 눈에도 띄지 않으면서도 분화구 바깥쪽 면에서 전열을 가다듬을 사람들을 방어하기 쉬운 곳에 착륙시켰던 것이다. 그러나 어떤 적을 만나게 될지 알 수 없었던 데다 적절하게 무장을 갖추지 못했던 중위는 결국 대원들을 패배의 나락으로 떨어뜨렸다.

우리는 우주선을 향해 내려가기 시작했다. 경사가 꽤 가팔라서 조심하지 않으면 돌더미에서 굴러떨어지기 십상이었다.

우주선의 발치에서 보니 위에서 내려다볼 때보다 선체가 훨씬 커 보였다. 15인승이니 콜로니에서 조모를 몇 명쯤 더 태우고 출발할 수도 있었을 것이다. 그래 봤자 희생자만 더 많이 발생했거나 물레 돌리는 노동력만 더 보태주는 결과를 낳았을 테지만.

안티나와 타요는 우주선을 보고 실망하는 눈치였다. 분명 두 사람은 괴물이나 날아다니는 짐승 같은, 뭔가 굉장히 희한하게 생긴 엔진을 기대했던 모양인데, 몇 개의 다리 위에 얹어놓은 커다란 알 모양의 장치는 내가 타고 온 캡슐보다 크기만 클 뿐 다를 바 없었으니 말이다.

쥘마 중위가 우주선으로 올라가는 계단 앞에 장치된 안면 인식 렌즈에 다가섰다. 그러자 문이 열리면서 계단이 내려왔다.

"자, 가시죠."

내가 말하자 중위는 몸을 돌려 나를 쳐다보았다.

"당신은 우주선에 들어갈 수 있다는 허락을 받지 못했습니다."

"나는 콜레트 사령관에게 보고할 의무가 있습니다."

내가 단호하게 말했음에도 주저하는 중위를 보며, 쥘마 중위와 몸싸움이 붙었을 경우 내가 이길 확률이 얼마나 되는지 잠시 계산해보았다. 나 혼자서는 이길 확률이 거의 없겠지만 나와 쥘마 중위 사이의 팽팽한 긴장감을 감지하고서 우리를 주시하고 있는 안티나와 타요가 도와준다면 그래도 승산이 없지는 않을 터였다. 중위 역시 나와 같은 생각을 했는지 결국 내가 뒤따라 들어와도 좋다고 동의했다.

그러나 중위는 타요와 안티나가 탑승하는 것만큼은 극구 거부했다. 그녀가 '민간인'—쥘마 중위는 두 사람을 이렇게 불렀다—은 군사 우주선에 탑승할 수 없음을 명분으로 들자 나도 설득력 있는 반대 논리를 펼 수 없었다.

우주선 내부로 들어간 쥘마 중위와 나는 계기판 화면 앞에 자리 잡았다. 중위가 출현하자마자 우주선이 작동을 시작하더니 콜로니와도 순식간에 접속이 이루어졌다. 몇 초나 지났을까, 콜레트 사령관의 모습이 화면에 나타났다.

나는 사령관이 우리를 보게 되어 기뻐하는 모습을 기대했다. 나와 쥘마 중위가 함께 있는 광경이야말로 내가 임무를 성공리에 마쳤다는 확실한 증거가 아니겠는가. 그런데 사령관은 잔뜩 긴장한 것 같아 보였다. 머릿속에 온갖 상념이 너무도 많아서 눈빛마저 게슴츠레해 보였다.

"노르망디 신병, 우리 모두가 축하를 보냅니다."

사령관은 열광하는 기색이라고는 전혀 없이 무표정하게 말했다.

처음 만났을 때처럼 예의 바른 태도를 기대했던 나는 금세 실망하고 말았다. 하긴, 우리가 일대일로 대담하는 자리는 아니니까. 췰마 중위는 여전히 내 옆을 지키고 있었다. 나는 콜레트 사령관과 고등위원회 위원들이 모두 한자리에 모여서 우리가 화면을 통해 대화하는 광경을 지켜보고 있으리라고 확신했다.

"췰마 중위, 부하들은 어디 있습니까?"

"여덟 명은 포로가 되었고, 네 명은 사망했습니다."

"그렇다면 귀관은 자유로운 상태입니까?"

"네, 저는 부하들을 구출해내기 위해 무엇이든 다 할 것입니다. 다른 원정대 파견도 가능할지 궁금합니다만?"

나는 중위의 말을 끊었다. 우리 상황을 사령관이 확실하게 파악해야 한다는 판단 때문이었다.

"저는 원주민 족장과의 협상 끝에 췰마 중위의 석방을 얻어 냈습니다." 내가 재빠르게 설명했다. "그렇지만 우리는 앞으로도 협상을 계속해 나가야 합니다."

췰마 중위가 사나운 눈으로 나를 쏘아보았다.

"그들은 어떻게 해서 포로가 되었습니까?"

나는 쥘마 중위에게 매복 전사들과의 전투 과정을 설명하도록 했다. 중위의 보고 버전은 내게 "잉여 인간"이라는 단어의 의미를 배움으로써 한결 풍성해졌다. 중위는 또한 포로가 된 부하들의 근황, 그러니까 물레를 돌리는 노예로 전락한 그들의 처지도 빠짐없이 보고했다.

"알겠습니다." 잠자코 듣고 있던 사령관이 입을 열었다. "대략 우리가 우려하던 일이 현실이 되었다고 봐야겠군요. 아테나가 우리에게 이번 임무의 위험성에 관해 계속 주의를 주었죠. 때문에 우리도 중위에게 그 점을 분명하게 알려줬고요."

"네, 사령관님."

침묵이 흐르는 가운데 화면에는 콜레트 사령관의 딱딱하게 굳은 얼굴만 계속 고정되었다. 혹시 통신이 끊어진 건가? 그러나 곧 사령관이 다시 말하기 시작하는 걸 보니 방금 전에는 위원회 구성원들의 의견을 들은 모양이었다. 물론 아테나의 의견도 청취했을 테고.

"자, 지시 사항은 다음과 같습니다. 귀관들은 구원 병력이 도착할 때까지 현재 위치를 떠나지 않습니다."

사령관이 명령을 내리자마자 나는 다시 끼어들어 말했다.

"사령관님, 우리는 이곳에 계속 머물러 있을 수 없습니다. 전사들이 아래쪽, 화산 경사면에서 우리를 기다리고 있고, 나는 그들의 우두머리와 약속했습니다. 우리가 돌아가지 않는다면, 그들은 포로로 잡혀 있는 조모들에게 가혹 행위를 할 수도 있습니다."

그러나 사령관은 나의 이의 제기에 꿈쩍도 하지 않는 눈치였다.

"우리가 대화를 나누는 동안, 아테나는 우주선이 출발하지 않는 한 원주민들은 포로들에게 아무 짓도 하지 않을 거라고 판단했습니다. 더구나 포로들은 그들에게 매우 유용할 테니까요. 귀관들이 돌아가지 않는다면, 그곳 전사들은 언제까지고 그 황량한 곳에서 기다리지만은 않을 겁니다. 숲으로 내려가서 뭐라도 먹을 테죠."

"그렇다면 얼마나 오랫동안 여기서 기다려야 합니까?"

"구조선이 여기서 곧 출발할 테니, 지구 시간으로 이십칠 일 후에 도착하게 되겠군요."

"하지만 여기 계속 머물러 있어야 할 경우, 우리는 식량을 구할 수 없습니다!"

"우주선 안에는 두 사람이 그 기간 동안 버틸 수 있을 정도의 식량과 물이 있습니다." 쥘마 중위가 끼어들며 말했다.

나는 밖을 비추는 다른 화면을 통해 우주선 밖에서 평온하게 대기 중인 안티나와 타요의 모습을 바라보았다. 두 사람이 먹을 것도 없는 이곳에서 마냥 머물러 있을 수는 없는 노릇이었다. 그렇다고 내 보호가 미치지 않는 전사 부족들 사이에 두 사람을 방치하는 건 말도 안 된다. 나는 칼로와 그의 친구들은 믿었지만, 그들이 일단 마을로 돌아간 이후에도 다른 전사들을 제지할 수 있으리라고는 생각하지 않았다.

"사령관님, 쥘마 중위는 여기에 남을 수 있지만, 저는 제가 이곳으로 데려온 원주민들과 함께 마을로 내려갈 것을 허락해 주십시오." 나는 사령관에게 간곡히 요청했다. "그들 덕분에 제가 이 섬에 무사히 정착할 수 있었으니까요."

사령관은 말이 없었다. 아마도 아테나의 의견을 듣고 있는 중이겠지. 그 순간 사령관의 얼굴이 굳어졌다.

"노르망디 신병, 나는 이미 지시했습니다. 귀관은 쥘마 중위와 함께 그곳에 남아 우주선이 있는 장소를 엄호하면서 지원 병력이 도착하기를 기다려야 합니다."

"유와 이야기하고 싶습니다!"

별안간 나는 고함을 질렀다. 사실 그건 처음부터 내가 가장 하고 싶었던 말이었다. 게다가 사령관에게 들이밀 다른 제안들을 궁리하기 위해 나에게는 잠깐 쉬어가는 시간이 절박하게 필요하기도 했다.

그러자 사령관이 빙긋 미소 짓더니 흔쾌히 말했다.

"충분히 그럴 자격이 있습니다."

몇 초쯤 기다렸을까. 유의 모습이 화면에 나타났다. 다행히 그녀는 행복한 모습이었다. 지난번 마지막으로 보았을 때처럼 눈물을 흘리지도 않았다.

나는 쥘마 중위가 우리 둘이서만 오붓하게 대화를 나누도록 자리를 떠줄 것을 기대했으나, 중위는 오히려 내 곁에 더 딱 들러붙었다. 어쩌면 나를 감시하는 걸 수도 있겠지만, 내가 보기에는 무엇보다 유를 다시 보고 싶은 마음 때문인 것 같았다.

화면 속의 유는 우리를 보며 활짝 웃었다.

"롭, 정말이지 너무 행복해. 중위님도 살아계신 걸 알게 되어 기쁩니다."

"사령관님은 우리가 여기 남아 있기를 바라지만, 난 얼른 돌아가고 싶어."

"그 마음, 나도 알아." 유가 한숨을 내쉬었다. "그렇지만 사령관님이 더 나은 결정을 내렸어, 아테나도 동의했고."

그러면서 유는 다시금 환하게 미소 지었다.

나는 사랑하는 유가 미소 지을 때 어떤 모습인지 속속들이 잘 알고 있다. 그런데 이 미소는 뭔가 낯설었다. 마치 우리가 떨어져 있다는 슬픔은 전혀 찾아볼 수 없는 기계적인 미소….

그 순간 나는 화면 속에서 미소 짓고 있는 여자가 유가 아님을 깨달았다. 유가 아니라 아테나의 창조물이었다.

진짜 유가 아닌, 사령관 말에 복종하라고 나를 설득하기 위해 만들어낸 가짜 유와 대화하고 있다는 확신이 드는 순간, 한 가지 의문이 내 머릿속을 떠나지 않았다. 유에게 무슨 일이 생긴 걸까? 유가 나와 교신한 사실이 들통난 걸까? 그렇다면 혹시 유는 독방에 갇혀 있을까?

그와 동시에 나는 아테나가 자신의 계략이 발각되었음을 눈치챌까 봐 두렵기도 했다. 화면 위에 장착된 렌즈 덕분에 아테나는 내 얼굴의 아주 미세한 움직임까지도 읽을 수 있다. 무표정을 가장하기란 거의 불가능하므로, 나는 절절한 그리움과 속이 타들어가는 절망감을 연기하기로 마음먹었다. 솔직히 지금 이 순간, 나와 유를 갈라놓는 거리며 우리 두 사람의 장래에 대한 불확실성을 고려할 때, 그 두 가지가 나에게는 너무도 자연스러운 감정이니까.

"이번 임무는 너무 기간이 길어, 네가 너무나 보고 싶어!"

"조금만 참아. 난 얼마든지 오래도록 기다릴 수 있어. 다 네 덕분이야, 내 사랑…."

가짜 유가 또 완벽하게 계산된 듯한 미소를 지어 보였다.

내가 사령관의 명령에 복종하도록 하기에는 완벽한 답변이지만, 진짜 나의 유라면 절대 그렇게 말하지 않았을 것이다. 진짜 유라면 자신을 위해 위험 속으로 뛰어든 나를 나무랐을 테니까.

내 옆에 서 있는 쥘마 중위의 몸이 부르르 떨리는 것을 감지한 나는 그녀 쪽을 힐끗 쳐다보았다. 그러다 그만 고통으로 일그러진 중위의 얼굴을 보고는 경악했다. 중위는 여전히 유를 사랑하는 모양이었다. 나는 혹시 그 사실이 나에게 도움을 줄 수 있을지 머릿속으로 재빨리 계산해보았다.

사령관에게 다시 대화를 청하자, 다른 화면 속에서 조바심으로 가득한 사령관의 얼굴이 나타났다. 지금 내가 바로 유의 얼굴에서 시선을 돌리면 아테나의 의심을 살 것이 뻔했기에, 나는 몇 분 정도 더 유와 사랑의 밀어를 주고받았다. 그러다가 가짜 유의 말에서 유가 내게 과거에 여러 차례 말한 적이 있는 문장들을 발견했다. 아테나는 당연히 이런 문장들을 모방 프로그램에 주입했을 테지.

마침내 가짜 유에게 진짜 유와 헤어질 때만큼이나 가슴 아픈 작별 인사를 하고 난 뒤 나는 콜레트 사령관에게로 고개를 돌려 내 입장을 다시 한번 주지시켰다. 준비해온 식량도 없는 타요와 안티나를 분화구 안에서 기다리게 할 수는 없으며, 그들을 홀로 전사들의 마을로 돌려보내는 것도 불가능하다는 것이 변함없는 나의 입장이었다.

"그 섬 사람들은 그 커플을 보호해준다고 당신과 합의했습니다." 이번에는 사령관이 자신의 입장을 설명했다. "귀관들이 그 섬에서 날아오르는 광경을 다른 사람들이 보지 않는 한 그 약속은 여전히 유효합니다."

"약속은 유효하겠지만, 내가 그 커플 곁에 없다면 지켜지지 않을 겁니다…."

그때 쥘마 중위가 나섰다.

"그 커플을 전사들에게 돌려보낸다면, 전사들은 분화구 안에 들어가도 아무 위험이 없다는 사실을 알게 될 것이고, 그렇게 되면 그들은 이곳에 있는 우리에게 올 것입니다. 다섯 명의 무장한 전사들이 밀어닥치면 우주선이 위험에 처할 수도 있습니다!"

사령관은 또 말이 없었다. 이번에도 아테나의 해결책을 기다리는 게 분명하며, 아테나의 답변은 곧 화면에 나타날 것이다. 사령관의 얼굴이 점차 어두워졌다. 뭔가를 주저하는 것 같더니, 이내 사령관이 외쳤다.

"쥘마 중위! 불가피한 부대 손실."

내가 사령관이 내린 지시의 의미를 이해하는 순간, 쥘마 중위의 손에는 벌써 무기가 들려 있었다. 조종석에서 꺼낸 흉흉한 돌격소총으로, 이 무기만큼은 제대로 살상용인 듯했다. 나는 아테나-유와의 대화에 정신이 팔린 나머지, 중위의 감시를 소홀히 한 스스로에게 화가 났다.

그러나 내 몸동작이 내 머릿속 생각보다 속도가 빨랐다. 소총의 총구를 손으로 낚아챈 나는 중위의 손아귀에서 총을 빼내려고 잡아당겼다. 우리 사이에 본격적으로 몸싸움이 시작되었다. 난 중위가 절대로 우주선 내부에서는 총을 발사하지 않을 것이라고 확신했다.

나는 남자고 중위는 여자지만, 그녀는 키가 나만 한 데다 힘도 세고 전투 실력에 있어서는 나보다 훨씬 강도 높은 훈련을 받지 않았던가. 중위를 제어하던 중에 나는 여전히 밖에서 기다리고 있는 타요와 안티나를 힐끔 살폈다. 지금 우주선 안에서 무슨 일이 벌어지고 있는지 두 사람은 꿈도 꾸지 못할 것이다. 내가 재빨리 계단 통로를 여는 손잡이를 작동시키자 놀라서 우주선 쪽을 올려다보는 타요와 안티나의 모습이 화면에 잡혔다. 나는 다급하게 외쳤다.

"도망 가! 얼른 도망 가!"

그 순간 둔탁한 충격과 함께 나는 잠시 의식을 잃었다. 곧 정신을 차려 눈을 떠보니 조종석 아래쪽에 누워 있는 내게 쥘마 중위가 선 채로 총구를 겨누고 있었다. 중위의 발 근처에 작은 소화기가 놓여 있었는데, 방금 그 소화기로 내 머리를 내려친 모양이었다.

눈앞이 흐려지고, 토할 것만 같았다. 화면에는 더 이상 타요와 안티나의 모습이 보이지 않았다. 혹시 중위가 내 친구들을 죽인 걸까?

"노르망디 신병, 움직이지 마시오!"

이 우주선의 바닥은 모든 충격에도 든든히 버티니, 나라면 주저하지 않고 방아쇠를 당길 것이다.

"내 친구들은 어디 있습니까?"

"도망갔다. 다 당신 때문이야!"

쥘마 중위 뒤로 우주선의 문은 활짝 열려 있었다. 나는 중위를 밖으로 밀어 떨어뜨릴 수 있을지 가능성을 점쳐보았다. 중위도 나의 낌새를 눈치챘는지, 총구는 여전히 나를 향한 채 바닥에 넘어져 있는 소화기를 집어 들었다.

"사령관님?" 중위가 처분을 기다리며 사령관을 찾았다.

사령관은 여전히 화면을 가득 채우고 있었다. 그러니 우리 두 사람의 몸싸움도 고스란히 지켜보았을 터였다.

"쥘마 중위, 노르망디 신병을 우주선에 가두고, 어서 나가서 도망친 자들이 분화구 밖으로 나가지 못하도록 그들을 처치하시오."

"알겠습니다."

나는 그러니까, 아직은 부대 손실로 집계되지 않았다.

"움직이지 마시오."

쥘마 중위는 계단 쪽으로 뒷걸음질 치면서 내게 명령했다. 그런데 그 순간 중위 뒤쪽에서, 마치 그림자가 지나가는 것처럼 뭔가 움직이더니 쿵 소리가 났다. 그리고 중위가 내 위로 쓰러졌다.

너무 놀라 고개를 들어보니 타요의 모습이 보였다. 한 손에 몽둥이를 쥔 채 얼빠진 표정을 짓고 있는.

"너무 힘껏 치지 않으려고 애는 썼는데….."

아니, 어떻게 타요가 몽둥이를 쥐고 있지?

정신을 가다듬고 자세히 보니, 티토의 몽둥이었다. 바로 그때 그가 타요 등 뒤에서 모습을 드러내더니 처음인데도 아주 겨냥을 잘했다며 타요를 치켜세웠다.

나는 그들이 떠들어대는 소리를 들을 겨를도 없이 접속차단

계기판으로 달려가, 콜레트 사령관이 우주선의 원격조종을 시작해서 아테나가 정한 곳으로 우리를 보내기 전에 콜로니와의 통신을 끊어버렸다. 계단 문이 막 닫히기 시작할 때, 운 좋게도 그 작동은 멈추었다.

문 아래로 안티나의 매력적인 얼굴이 보였다. 안티나는 쥘마 중위가 낑낑거리며 몸을 일으키는 모습을 물끄러미 바라보고 있었다.

"조심해, 한 번 전사는 영원히 전사야!"

안티나가 다급하게 외쳐댔다.

나는 "어떻게?"는 찾아냈으나, 여전히 "왜?"는 찾아내지 못
했다. 뿐만 아니라 카반이 예견했듯이, 꼬리까지 잡혔다. 아테
나 여신이 결국 자신의 생각의 미로에서 알짱거리던 생쥐 한 마
리를 발견한 것이다.

　때문에 나는 이제 이 독방에 갇힌 채 피할 수 없는 처벌이 떨
어지기를 기다리고 있는 중이다. 과민성 완화치료 한 번이면 로
뱅에 대한 나의 사랑은 모조리 날아가버릴 것이다.

　차라리 죽어버리는 건 어떨까?

　내가 나의 삶에 종말을 고하는 방식을 진지하게 고려해보려
할 때, 문이 열리더니 젊은 군인의 모습이 보였다. 설마 나의 자
살 충동까지 탐지했단 말인가?

　로뱅과 비슷한 나이 또래로 보이니, 이 젊은 군인은 분명 로
뱅을 알 것이다.

　"저를 따라오십시오."

　"어디로 가는데요?"

　"콜레트 사령관님 방."

나는 젊은 병사를 따라 좁은 복도를 걸어갔다. 도망가려는 시도 따위는 전혀 도움이 되지 않는다. 나에겐 어차피 출구가 없고, 이 병사도 그 점을 잘 알고 있다.

우리는 콜레트 사령관의 집무실로 이어지는 복도에 다다랐다. 나는 걸어가면서 기다란 벽을 장식한 역대 사령관과 부사령관들의 초상화에 힐끗 눈길을 주었다. 초상화 두 장이 빠져 있다.

그때 갑자기 나는 깨달았다.

콜레트 사령관 앞에서 감정을 드러내 보이지 않기 위해 마음을 진정시키려 애쓰고 있을 때 젊은 병사가 내 귀에 속삭였다.

"우리는 모두 롭과 함께입니다."

나는 차마 그의 얼굴을 바라보지 못했다. 어디에 감시 카메라가 달려 있는지 모르니까. 하지만 병사도 분명 알고 있을 것이다. 그는 아마 감시 카메라 사각지대에서 내게 그 말을 했을 것이다. 그는 그 이후 줄곧 그저 가벼운 미소만 지을 뿐 말이라고는 한마디 없이 걷기만 했다.

책상 곁에 서서 구름에 가린 지구가 천천히 자전하는 광경을 지켜보고 있던 사령관은 고갯짓으로 젊은 병사를 내보냈다.

가만히 서 있는 내게 사령관이 다가왔다.

"유, 참 예쁜 이름이로군요. 본인이 선택한 이름인가요?"

"네, 사령관님."

나는 몹시 위축되는 기분이 들었다. 사령관은 강철 빛깔 눈동자와 매력적인 미소로 일종의 마력을 뿜어냈지만, 그 매력적인 미소가 언제든 분노의 일그러짐으로 변할 수 있음을 짐작하기란 어려운 일이 아니었다.

"선택의 자유를 누린다는 건 언제나 좋은 일이지." 사령관은 혼잣말하듯 중얼거렸다.

나는 콜로니에서 우리가 누리는 행복이란 선택할 자유를 포기한 대가—아테나가 우리에게 허락해준 아주 사소한 몇몇 가지만 빼고—라고 말하고 싶었지만, 지금은 그렇듯 철학적인 대화를 나눌 때가 아니라는 것 정도는 나도 잘 알았다.

사령관은 책상 앞에 와서 앉더니 나를 향해서 방문객용 의자들 가운데 하나를 가리켰다.

"이봐요, 유, 당신은 아주 고약한 수렁에 빠졌어."

"저는 그저 알고 싶었을⋯."

"나도 압니다!"

사령관이 내 말을 자르며, 엄한 표정으로 나를 바라보았다. 그 기세에 눌린 나는 천천히 호흡을 가다듬었다.

"결국 당신을 그토록 소중한 인재로 만들어준 그 재능이 이제 와서 우리에게 커다란 문제가 되고 있습니다."

나는 사령관이 말하는 "우리"가 누구를 의미하는지 궁금해졌다. 고등위원회? 아테나까지도 포함하는 그 위원회?

"당신은 왜 당신이 아직 재교육 프로그램을 수강하지 않는지 묻지 않는군요?"

"글쎄, 그건 저도 잘 모르겠습니다."

"당신은 순진한 척하고 있지만, 나는 솔직히 당신이 벌써 다 알고 있다고 생각해요."

"아니, 꼭 그런 건 아닙니다."

그건 사실이었다.

"그러고 보면, 아마 그녀가 당신을 과대평가…."

"아테나 말인가요?"

사령관은 자기 앞에 놓인 화면을 가리키며 말했다.

"지금 이 안에 당신이 시스템에 잠입한 데 대한 아테나의 보고서가 들어 있습니다. 그러니까 아테나가 찾아낸 잠입 흔적들 말입니다. 그중에서 첫 번째 잠입은 로뱅 노르망디 신병이 지구에 접근했을 무렵 그와 접속한 것이고, 그다음에는 그의 전기적 사실을 모아둔 파일을 열람했더군요. 하지만 아테나는 그 외에도 더 있을 거라고 확신하고 있어요."

그렇다면 아테나는 나의 모든 잠입 경로를 다 탐지한 건 아니로군.

"나는 다른 건이 더 있는지 같은 건 묻지 않겠습니다. 어찌 되었든 모든 잠입의 이유는 딱 하나, 왜 우리가 로뱅을 선택했는지 그 까닭을 알려는 목적에서였을 테니까요."

"나는 사령관님께서 아주 적절한 이유 때문에 그를 선택했음을 깨달았습니다."

"그 외에 다른 건 또 뭘 깨달았죠?"

아테나가 나의 마지막 잠입도 탐지했을까? 로뱅에게 사형 선고를 내리는 내용이 담긴 음성 파일을 찾아낸 그 잠입 말이야.

"먼저 떠난 원정대가 실패한 이유도 알았죠."

"그리고 또?"

"사령관님이 로뱅을 지구로 보낸 이유."

나는 그 정도에서 말을 멈추었다.

"그래요, 아테나는 그 흔적도 찾아냈어요."

사령관의 침묵이 길어졌다. 그러나 녹음, 즉 나의 마지막 잠입 건에 대해서는 어떠한 암시도 없었다. 그건 발각되지 않은 게 확실했다. 나는 나오려는 안도의 미소를 애써 참았다.

"앞으로 어떤 처분이 기다리고 있는지는 알고 있겠죠, 미시마 기사?"

나는 우물거리며 말했다.

"재교육… 과민성 완화치료 프로그램?"

사령관은 말없이 내가 불안해하는 모습을 지켜보더니 입을 열었다.

"그런 건 아닙니다, 당신에겐 그런 프로그램을 이수하라고 하지 않아요, 고등위원회의 권유가 있긴 했지만 말입니다."

"고등위원회는 나를 재교육 프로그램에 보내기로 결정했나요?"

"네, 그렇지만 아테나가 동의하지 않았어요."

로뱅을 사지로 보낸 아테나가 나에 대해선 관용을 베푼다고?

"아테나는 보고서에서 인간의 지능이, 당신 정도 수준의 지능이라 할지라도, 그처럼 짧은 시간에 그처럼 대범한 잠입을 시도하고, 게다가 흔적까지 말끔히 지워버릴 수 있을 거라고는 예상하지 못했다고 털어놓았습니다.”

이렇듯 곤란한 상황에 처한 와중에 나는 자존심 면에서만큼은 일말의 만족감을 느끼지 않을 수 없었다.

“그렇다고 너무 빨리 기뻐하진 말도록!”

별안간 사령관이 우렁차게 훈령을 내리듯 말하자 나는 소스라칠 듯이 놀랐다. 다시 뻣뻣해진 사령관은 도끼눈으로 나를 쏘아보았다.

“당신은 매우 심각한 잘못을 저질렀다는 사실을 잊은 것 같은데, 그건 범죄랄 수도 있는 행위입니다. 당신은 군사 작전 요원들을 위험에 빠뜨릴 뻔했다고요!”

나는 더는 감히 질문하지 못했다. 사령관이 발끈해서 화를 낼까 봐 두려웠기 때문이다.

다행히 사령관은 곧 마음을 추스른 것 같았다.

“아테나는 그처럼 놀라운 성과, 당신 자신에게도 예외적이라 할 수 있는 그 같은 역량을 설명할 길은 오직 하나뿐이라고 결론지었습니다.”

나는 이제야 감을 잡기 시작했다….

“롭에 대한 당신의 사랑….”

‘롭’이라고? 나는 사령관이 그 같은 애칭을 사용하는 데에 놀라움을 금치 못했다. 그런 호칭을 쓴다는 건 사령관 역시 그에게 애정을 지니고 있다는 뜻일 텐데…, 하나님 맙소사, 그러니까 사령관은 고등위원회에서 내 사랑이 사라지기를 원하지 않는 유일한 인물이란 말이 된다.

"당신은 말하자면, 당신 감정에 취한 상태였던 거죠. 아테나는 그러므로 그 감정을 과민성 완화치료를 통해 마모시켜버린다면, 당신의 역량이 이전보다 못해질 것으로 예상합니다."

나는 터져 나오려는 안도의 한숨을 간신히 참았다.

"그러면 이제 다시 일을 시작해도 될까요?"

"그건 절대 아니죠."

"하지만…."

"로뱅 노르망디의 임무가 지속되는 한 당신은 절대 그 어떤 컴퓨터나 통신장치에도 접근할 수 없습니다. 당신은 먼저보다는 조금 더 안락한 독방으로 돌아가게 될 겁니다. 하루에 한 시간 외출이 허용되고 어느 정도의 방문객도 맞이할 수 있습니다만, 여하간 모든 만남은 녹화될 것입니다. 질문 있습니까?"

사령관은 스위치를 눌렀다. 면담이 끝난 것이다.

"여기서 내가 한 말은 이 집무실 밖으로 새어나가선 안 됩니다. 이 정도면 우리는 당신에게 대단히 관대했다고 생각합니다. 그러나 위원회는 언제든 결정 내용을 바꿀 수 있습니다."

"그런데 우리의 대화는…."

나는 "당연히 녹음이 되었을 텐데요"라고 맴도는 말을 차마 입 밖으로 내뱉지는 못했다. 대화 내용 중 일부가 어디론가 전달이 될 경우, 나는 대화를 유출했다는 비난을 받고 싶진 않았다.

사령관은 책상에 장착된 다른 작은 스위치를 가리켰다.

"사령관으로서, 나는 내 집무실이 모든 감시와 녹음에서 제외될지 말지를 결정할 권한이 있습니다. 여기에는 아테나에 의

한 감시와 녹음도 포함되며, 그 결정의 유효기간 또한 내가 정합니다."

그건 사실 굉장한 특권이었다. 알마는 도둑질하듯이 잠깐만 감시를 해지할 수 있었고, 그나마도 불법이었다. 최고 사령관, 그리고 어쩌면 고등위원회의 민간 대표를 제외하고는 콜로니의 어느 누구도 그러한 권한을 누리지 못할 것이다. 적어도 공식적으로는.

"아테나도 여기에 대해서는 왈가왈부하지 못한다니까요." 사령관이 웃으며 같은 말을 반복했다. "항상 당신 같은 사람들이 있게 마련이죠. 아테나가 내린 사소한 결정이라도 기어이 그 연혁을 거슬러 올라가봐야 직성이 풀리는 사람들 말입니다."

"언제나 그런 건 아닙니다, 사령관님."

"언제나 그런 건 아니라니, 그게 무슨 뜻이죠?"

"아테나는 스스로 반(反)감시 시스템을 구축할 수 있는 역량을 갖추고 있습니다."

"만일 그런 게 작동을 한다면 당신이 알아차릴 테죠."

"반드시 그렇지도 않습니다. 아테나가 정말로 뛰어난 작동 능력을 가졌다면 말이죠."

사령관은 잠시 말을 잇지 못했다. 내가 방금 한 말이 무엇을 함축하는지 깨달았을 것이다.

"이제야 그런 걸 내게 말해주다니 정말 믿을 수 없군요! 아테나가 고유한 반감시 시스템을 구축할 수 있다뇨? 그렇다면 그건 우선적으로 고려해야 할 심각한 문제로군요! 그런데 어째서 사령관인 내가 그렇게 중요한 사안을 모를 수 있죠?"

"제가 메모를… 학술위원회에 보냈고…, 한 부 복사해서 사령관님께도 보내드렸는데요."

"그게 언제죠?"

나는 사령관에게 정확한 날짜를 알려주었다. 사령관은 화면을 뚫어져라 응시했다.

"그런 메모의 흔적이라곤 찾을 수 없군요." 사령관이 풀죽은 소리로 말했다.

"저는 분명히 보내드렸는데요."

"어떻게 그런 일이 가능하죠?"

"여러 유형의 사고가 있을 수 있으니, 확인해볼 필요가 있겠네요…."

우리 두 사람은 서로 얼굴만 바라보았다. 나는 사령관이 나와 똑같은 생각을 하고 있음을 알아차렸다.

아테나가 내 생각대로 정말 뛰어난 작동 능력을 갖고서 작업을 시작한 거라면?

"사령관님이 저에게 일을 다시 할 수 있도록 허락해주신다면 곧 이 문제를 확인해보도록 하겠습니다." 내가 제안했다.

"그건 불가능해요! 우리는 여전히 당신의 능력은 신뢰하지만, 당신이 그 능력을 활용하는 방식은 더 이상 신뢰할 수 없습니다. 병사, 미시마 기사를 데려가게."

이번 독방은 실제로 먼젓번 방보다 훨씬 안락했다. 로뱅 같은 신병 두 명이 함께 쓰도록 설계된 방인데, 나 혼자 쓰니 훨씬 넓을 수밖에.

그렇긴 해도 어디까지나 벌은 벌이다. 화면도 통신수단도 전혀 없으니까. 있는 거라곤 외부로 연결되는 단추 하나다. 게다가 세 개의 감시 카메라가 이십사 시간 내내 나를 관찰하고 있다.

로뱅이 나의 민간인용 원룸으로 오지 않을 때면, 우리는 가끔 그의 숙소에서, 지금 내가 앉아 있는 것과 똑같은 침구에서 사랑을 나누곤 했다.

제발 로뱅 생각 따윈 그만두고 싶은데, 대관절 그게 가당키나 할까?

나는 생각이란 걸 하지 않으려고 나를 상대로 체스를 두었다. 완전히 몰입하기 위해서 머릿속으로 삼차원 체스판을 꼼꼼하게 쌓아나갔다. 계속 연습하면 아마도 이 독방에서 나갈 때쯤 카반을 이길 수도 있지 않을까?

로뱅 노르망디는 안타깝게도 제거되어야 마땅합니다….

체스판이 머릿속에서 와르르 쏟아졌다. 모든 건 다시금 희망이 없어 보였다.

나는 다시 체스판을 쌓으려 안간힘을 썼다.

티토는 쥘마 중위의 두 손을 등 뒤로 돌려서 묶었다. 왕년의 전사 시절에 갈고닦은 기술로 두 발도 묶었는데, 어찌나 신통한 기술인지 중위는 두 발이 묶인 채 걸을 수는 있으나 뛰거나 발차기는 하지 못했다.

쥘마 중위는 이런 처사가 못마땅한지 분을 삭이지 못하고 계속 씩씩거렸다.

"당신은 명령에 복종하지 않고 있습니다! 이건 항명이에요!"

"그 정도는 아테나도 벌써 알고 있었죠. 내가 권위를 존중하지 않는다고 했다더라고요."

"앞으로 당신에게 무슨 일이 일어날지 모르는군요."

"그러는 중위님은, 알고 계십니까?"

"지원 병력이 도착할 겁니다."

완벽하게 무장하고 상황까지 완벽하게 파악하고 있는 조모 부대가 이곳에 파도처럼 밀어닥치는 광경을 상상하는 건 솔직히 그다지 유쾌한 일이 아니었다.

나는 친구들을 바라보았다. 평정심을 잃지 않은 두 사람은 태평하게 티토와 토론 중이었다. 칼로와 그의 동료들에게 돌아가 위대한 족장에게 가는 편이 나을 것인가, 아니면 반대 사면

을 통해 분화구를 벗어나 섬의 반대편 쪽 경사면을 차지하고 있
는 숲속으로 숨어들어 전사 부족의 손아귀에서 영영 벗어나는
편을 택할 것인가. 그렇게만 할 수 있다면 타요가 카누를 만들
어서 며칠 만에 처음 출발한 그들의 섬으로 돌아갈 수 있을 터
였다.

　나는 티토에게 어째서 감쪽같이 우리 눈을 피해가면서 뒤따
라왔는지를 물었다.

　"난 그 신이니 화산이니 하는 이야기를 확인해보고 싶었어.
원래 그런 이야기는 믿지 않지만, 그래도 내 눈으로 확인해보고
싶었지."

　"그랬더니?"

　"아와카 말이 맞아." 그가 분화구 바닥을 가리키며 대답했다.
"여기에는 자연밖에 없어."

　내 걱정은 통신이 두절된 이 우주선이 이제 우리에게는 무용
지물이 되었다는 사실이었다. 실제로 그 안에 비축되어 있는 약
간의 식량과 쥘마 중위가 찾아낸 무기를 빼면 우주선은 아무 쓸
모가 없었다. 만에 하나, 내가 이 기계장치를 다시 작동시키는
데 성공한다 해도, 우주선은 곧 사령관과 아테나의 의지에 따라
움직이는 도구가 될 것이 자명했다. 예외가 있을 수 있긴 하지
만….

　"쥘마 중위님, 우주선의 다른 장치는 놔두고 통신 기능만 재
접속하는 방법이 있을까요?"

　여전히 분이 풀리지 않은 중위는 고개를 푹 숙인 채 아무런

대답도 하지 않았다.

"어떻게 하면 되는지 나한테 알려주시겠습니까?"

묵묵부답.

"그러지 말고 내 말 좀 들어보세요. 그래요, 나는 항명 중이
죠. 하지만 아마도 바른 길로 되돌아올지도 모릅니다. 중위님이
내게 사령관님과 다시 대화할 수 있는 기회를 만들어만 주신다
면, 상황은 어쩌면 지금보다 나아질 수 있어요."

중위는 무반응으로 일관했다.

그러나 나의 제안은 나름대로 합리적이었다. 다만 중위의 눈
에서 읽히는 분노의 감정이 너무 강렬하다는 게 문제였다. 보잘
것 없는 신병에게, 더구나 민간인의 도움을 받은 애송이에게 패
배의 굴욕을 당함으로써 중위는 군인으로서의 명예에 또 다시
상처를 입은 것이다.

좀처럼 중위는 침묵의 벽 속에서 나올 생각이 없어 보였다.

"할 수 없지." 나는 다른 사람들에게 말했다. "저녁이나 먹죠."

티토와 나의 두 친구는 무엇보다도 군인 식량의 내용물—세
포농업을 통해서 기른 작물을 토대로 만든 음식으로, 온실에서
자란 채소죽 같은 것들이다—을 궁금해하더니, 맛을 보고 나선
곧 경악했다. 영양가는 매우 높지만 방금 물에서 잡아 올린 생
선 구이나 나무에서 막 딴 과일에 비하면 거의 식욕을 자극하지
않는 맛이니까 충분히 그럴 만도 했다. 그리고 솔직히 지금은
나한테도 맛이 없게 느껴지기는 마찬가지였다. 그리고 보니 우

리가 이곳 푸른 행성에 새로운 원정대를 보낸다면, 그들은 콜로니와 그곳에서의 인공적인 삶으로 돌아가고 싶어 하지 않을 것 같다는 생각이 들었다.

곧 밤이 되면서 우리에게 빛이라고는 달빛이 전부였다. 화산의 깊숙한 내부를 달구는 벌건 불빛도 어둠이 깔리자 비로소 보이기 시작했다.

안티나가 쥘마 중위에게 군용식을 가져다주었으나, 중위는 손도 대지 않았다. 그러나 얼마 후 친구들과 이야기를 나누던 중, 식사를 시작하는 중위의 모습을 발견했다. 자, 이제 어떻게 해야 한담?

"이 우주선이 다시 작동하게 된다면, 우리도 너랑 같이 너희 별에 갈 수도 있잖아?"

안티나가 궁금증이 가득한 눈빛으로 물었다.

"그래, 나도 그러고 싶어." 타요도 맞장구치며 말했다.

"자리만 있다면 나도 같이 갈래." 티토가 한술 더 뜨며 거들었다. "난 잉여 인간으로 사는 게 지겨워졌어."

"이보세요, 친구들, 난 이 우주선이 다시 날 수 있을지 어떨지 아직 몰라. 그런데 왜 나랑 같이 떠나겠다는 거지? 방금 전에 너희들은 분화구 반대편 사면으로 빠져나가서 배를 만들자고 했던 것 같은데 말이야."

"이제 그러고 싶지 않아." 안티나가 먼저 반대했다. "더는 바다에서 항해하고 싶지 않거든."

바다를 가로지른 우리의 항해가 안티나에게는 악몽으로 기억되고 있을 테니 그럴 만도 했다.

"그렇다면, 내가 너희들을 고향 섬에 내려주는 건 어때?"

안티나와 타요는 서로를 바라보았다. 나는 우리 위로 카시아의 그늘이 내려앉는 것을 느꼈다.

"우린 너랑 같이 가는 게 더 좋아."

"나도 그래." 티토도 끼어들며 말했다.

"하지만 난 우리가 다시 이륙할 수 있을지 잘 모르겠다니까."

"당연히 그럴 수 있지."

드디어 쥘마 중위가 침묵을 깨고 입을 열었다.

나는 콜레트 사령관과 다시금 대화를 나눌 준비를 시작했다. 로뱅 노르망디 신병이 아닌 항명자 롭의 자격으로.

콜레트 사령관 뒤에는 웬 남자가 서 있었다. 나도 알고 있는 비행기 조종사 나탕이었다. 사령관이 우주선의 제어를 위해 그를 호출한 모양이었다. 그가 어깨를 들썩 올렸다 내리는 것으로 보아, 이미 통신망은 다시 작동되지만 제반 운항 여건을 제어하는 다른 기능들은 계속 먹통 상태인 것을 확인한 듯했다.

"안녕하십니까, 사령관님."

내가 먼저 인사를 건넸다. 나는 티토와 타요, 안티나에게 내 뒤에 와서 서라고 미리 말해둔 상태였다. 그래야 사령관이 이 신인류를 보고서 충격을 받을 테니까.

사령관은 거의 무표정한 상태를 유지하기 위해 애를 썼다. 상사로서 놀라는 표정을 짓는다거나 부하를 보자마자 질문 공세를 퍼붓는 건 체면을 구기는 행동이라고 여길 테지. 그래서 나는 사령관을 도와주기로 마음먹었다. 사실 따지고 보면 사령관도 그리고 위원회도 아테나의 감시를 받는 처지니 말이다.

"지금 제 뒤에는 우호적인 몇몇 공동체의 대표단이 함께 자리하고 있습니다. 이 친구들은 우리 언어를 모르지만 저는 이들의 언어를 이해합니다. 그러니 원하는 바를 말씀하시면 제가 통역하겠습니다, 사령관님."

"쥘마 중위는 어떻게 되었습니까?"

"중위는 잘 있는데, 이번 대화에서는 중위가 빠지는 게 좋겠다고 우리가 결정했습니다."

"귀관은 지금 전적으로 군율을 위반하고 있다는 사실을 알고 있습니까?"

"네, 하지만 그건 사령관님이 다른 해결책을 제시하지 않기 때문입니다. 사령관님이 그랬는지, 아테나가 그랬는지, 그건 잘 모르겠지만 말입니다."

사령관은 대답하지 않았다. 통신 상태가 양호했다면, 아마도 사령관의 한숨 소리를 들을 수 있었을 텐데.

"귀관의 제안은?"

사령관은 더는 나에게 지시를 내리려 들지 않았다. 틀림없이 내가 권위를 존중하는 마음이 사령관이 예상했던 것보다도 훨씬 낮은 수준이라고 여기고 있을 것이다. 나는 말을 이어나갔다.

"우리가 원하는 건 같습니다. '포로로 잡혀 있는 조모들을 구해내고, 지구에 콜로니를 건설한다.' 우리가 곧 합의에 도달할 방안을 찾을 수 있으리라고 저는 믿습니다."

사령관은 마침내 폭발하고 말았다.

"우리가 합의에 도달한다고? 지금 귀관은 자신이 무슨 말을 하고 있는지 알기나 하면서 그런 소리를 하는 겁니까?"

내 뒤에 서 있던 친구들은 우두머리 행세를 하는 이 여자의 언행에 충격을 받았는지 공포에 질린 표정을 지었다.

"불쾌하셨다면 죄송합니다, 사령관님. 저는 합리적인 지시라면 언제나 존중했습니다만, 제가 마지막으로 받은 지시는 그다지 합리적인 것 같지 않았습니다. 사령관님, 심지어 아테나까지도 이곳의 모든 상황을 속속들이 파악할 수는 없습니다. 게다가 그럴 필요까지는 없었는데…."

내가 "나를 설득하기 위해 가짜 유까지 동원할 필요는 없다"고 말하려는 찰나 사령관이 내 말을 끊었다.

"그래서, 귀관의 제안은?"

나는 생각하느라 잠시 뜸을 들였다.

"이곳 공동체와 생존 조모들의 석방을 협상한 뒤 그들을 이 우주선에 태워 귀환하는 겁니다."

"그에 대한 대가는?"

"우주선에 남아 있는 비살상 무기를 그들에게 넘기는 겁니다."

"그들이 그 무기들을 귀관들에게 사용한다면?"

"그럴 위험도 있긴 하지만, 저는 만일 우리에게 변고가 생기면 진정한 의미에서의 침략 전쟁이 일어날 것이라고 으름장을 놓을 수 있습니다. 위대한 족장이 처음부터 가장 두려워하는 게 그 점이라는 걸 잘 알고 있으니까요."

사령관은 대답하지 않았다. 여느 때처럼 고등위원회와 아테나의 결정을 기다리는 중일 테니까. 이윽고 그녀가 입을 열었다.

"지원 병력은?"

"그런 건 보내지 않는 편이 더 낫지 않을까 생각합니다. 그래도 정 보내야겠다면, 이곳의 주민 말살 또는 식민지화를 목표로 하여 그것을 준비하는 원정대가 좋을 듯합니다. 이들은 정복자 전사들로, 다른 공동체가 자기들 영역을 침범하는 건 도저히 용납하지 못할 겁니다. 죽을 때까지 싸울 테죠."

나는 침략 전쟁이 화성 콜로니가 추구하는 가치에 위배된다는 점을 잘 알고 있다. 어린 시절부터 우리에게 '포카혼타스'를 보여주며 추구해온 그 가치관 말이다.

계속 기다리던 사령관이 마침내 대답했다.

"노르망디 신병, 고등위원회는 귀관의 제안에 동의합니다."

"잘됐군요. 그런데 우리는 이곳 부족과의 협상에 대해서는 이야기했으나 제 개인의 조건에 대해서는 아직 언급하지 않았습니다."

"귀관 개인의 조건이라니?"

나는 사령관이 또다시 폭발할 거라고 예상했으나 사령관은 용케도 잘 참고 있었다.

"저는 유 미시마 기사의 석방을 요청합니다. 그리고 유 기사와 대화할 수 있게 되기를 바랍니다."

"아니, 귀관은 벌써 그렇게 한 것으로 알고 있는데…."

"대단히 수준급의 모조품과 대화를 했죠."

사령관은 가만히 입을 다물었다. 위원회 측이 웅성거리며 보이는 반응을 잠자코 듣고 있으리라고 나는 짐작했다.

나는 혹시, 처음부터 의도한 건 아니지만, 나도 모르게 방금 아테나에게 도전장을 내민 건 아닌지 자문해보았다. 하지만 아테나에게는 감정 따위가 없는데, 어떻게 내 말을 도전으로 받아들인단 말인가?

허공이라는 무한한 공간을 가르며 우리는 화성 콜로니를 향해 날아갔다.

대기 중이던 우주선의 모체에는 장기 수면용 투명 유리관 같은 건 없다. 그런 건 배우라는 진짜 인간들을 등장시켜 찍은 오래된 공상과학 영화에나 나오는 것들이다. 스페이스-타임 루프와 더불어 과학이 발전하면서 그러한 소도구는 불필요하게 되었다.

우리의 귀환은 지구 시간으로 삼 주 정도밖에 걸리지 않을 예정이다. 그러므로 우주선의 내부는 21세기형 잠수함의 내부와 흡사해서, 여러 개의 침대가 층층이 배치되어 있었다. 사령부를 위한 독립된 공간이 하나 있어서 화성에서 떠나올 때는 쥘마 중위가 이용했으나, 귀환 길에는 모두의 합의에 따라 타요와 안티나에게 그 공간이 배정되었다.

우주선에서는 모두들 잠이 들었다. 조모들과 내 친구들은 지구에서의 수면 시간을 계속 유지했다.

사실 깨어 있는 사람이 나 혼자만은 아니었다. 관측실에 들

렀던 쥘마 중위가 고민 중인 영혼마냥 고개를 푹 숙인 채 지나
가는 모습이 방금 내 눈에 띄었기에 하는 말이다. 중위는 별들
이나 관찰하면서 자신이 처한 상황을 잊어보려 한 듯했다. 나를
보자 중위는 얼른 다른 곳으로 시선을 돌려버렸다.

중위는 지구를 향해서 날아갈 때와는 달리 더는 대원들을 이
끄는 책임자가 아니었다.

귀환 길의 대장은 바로 나였다.

현재까지, 나는 내 임무가 충분히 만족스러웠다. 모든 것은
거의 내가 예상한 대로 진행되었는데, 그렇게 된 데에는 위대한
족장의 영리함도 크게 한몫했다.

부하 전사들과는 달리 족장은 시종일관 조모들과 내가 자기
편이 되어줄 수 있다고 믿었다. 적어도 공동의 적에 맞서 대항
함에 있어서만큼은 그 점을 의심하지 않았다는 뜻이다. 족장은
우리가 맺은 협상이 틀어져서 언젠가 진정한 의미에서의 침략
을 받는 상황에 처하게 될까 봐 염려했다.

그는 요란스럽게 치장된 의자에 근엄하게 앉아서 나와의 협
상에 응하는 시늉을 했지만, 내가 보기에 그는 내가 이 해괴망
측한 우주선을 아주 멀리 끌고 갈 수 있다고, 그들 눈앞에서 영
원히 사라질 수 있다고 말했을 때 이미 결심을 굳혔음에 틀림없
었다.

포로로 잡혀 있던 조모들은 화려한 의식을 통해서 석방되었
다. 그들을 위한 연회가 마무리될 무렵에는 심지어 조모들에게
함께 밤을 보낼 여인들까지 제안했다.

나는 그 여자들이 걱정되었다. 그러나 그 여자들의 소감을 들은 칼로의 여러 부인 가운데 한 명의 말로는, 처음에는 타지에서 온 전사들과 함께 있는 것이 무서웠으나 알고 보니 그들이 굉장히 상냥하고 배려심도 많더라고 해서, 마음을 놓았다.

화성 콜로니에서는, 가장 용맹한 전사들이라고 할지라도 어린 시절부터 여자들을 존중하도록 배운다. 출발 전까지 쥘마 중위는 내게 족쇄를 풀어달라고 처음에는 명령하다가 나중에는 간청했다. 부하들 앞에서 포로처럼 보이고 싶지 않았기 때문이다.

그러나 나는 거절했다. 풀어주자마자 무슨 수를 써서든 보복할 것 같아 두려웠기 때문이다.

나는 이 모든 모험이 나를 경계심 많고 심지어 교활한 사람으로 만들었음을 깨달았다. 예전의 나는 상당히 순진했는데 말이다. 이런 게 성장한다는 걸까? 아테나는 용도 불명이라는 나의 프로필에서 이와 같은 진화 가능성을 예견했을까?

나는 석방된 조모들이 자기들의 대장이었던 쥘마 중위의 편에 서지 않을까 적잖이 염려할 수도 있는 상황이었다. 그러나 내 예측대로, 그들의 충성심은 나에게로 옮겨왔다. 족쇄로부터 자신들을 해방시켜준 사람은 나니까.

타요와 안티나의 앞날도 나로서는 걱정거리가 아닐 수 없었다. 콜로니로의 출발에 앞서서 나는 두 사람에게 한 번 더 선택할 기회를 주었다. 고향 섬으로 돌아갈 것인가, 우리와 함께 콜로니로 갈 것인가.

두 사람은 완강했다. 우리와 함께 떠나겠다는 것이었다. 게다가 티토까지도! 나는 그들에게 콜로니에서의 삶이라는 현실을 조금이나마 깨닫게 해주려 나름대로 시도해보았다.

"그런데 말이지, 너희들은 거기서 사는 게 어떤 건지 상상도 하지 못할 거야. 사냥이니 바다낚시니 숲에서의 산책 같은 건 전혀 없어. 바람도 없고…."

사실 우리와 함께 가겠다는 티토의 의견이 나는 가장 놀라웠다. 포기함으로써 만족을 느끼던 말은 다 거짓말이었을까?

"아니, 그건 진심이었어, 너희들을 만나기 전까지는. 물론, 내가 진짜 도통한 사람이라면, 분명 떠나지 않을 테지. 어쨌거나 내가 너희들과 같이 가려는 건 그 이상한 음식 때문은 아니야!" 그가 씩 웃으며 대답했다. "솔직히 말해서, 내가 도저히 포기할 수 없는 것들이 있거든…."

"그게 뭔데?"

"모험. 호기심. 나는 예전의 전사의 삶으로 돌아가고 싶은 마음이라고는 손톱만큼도 없어. 그렇게 살아야 한다면, 뭐 그냥 전투에서 이기고, 또 다른 전투에서 이기면 그뿐이니까 못 할 것도 없긴 하지만 말이야. 그런데 그렇게만 하면 새로울 거라고는 없잖아. 이 산에서도 변하는 건 하나도 없더라고. 너희들이 이 산에 오기 전까지는 이런 삶에 익숙해졌으니 나에게는 이제 변화라고는 없겠다는 점을 받아들였지. 사실 늙고 죽는 것 말고 나한테 무슨 새로운 일이 있겠어. 화산이 분출한다면 모를까. 그런데 다른 별을 향해 떠난다니, 이거야말로 새로운 삶, 새로운 세계잖아. 새로운 것과 예상치 못한 것 그 자체지!"

그 마음, 나도 충분히 이해한다. 나 자신만 하더라도 콜로니에서 출발한 이후 줄곧 모험, 그러니까 콜로니에서의 철저하고 완벽하게 조직된 삶과는 너무도 다른 삶이 주는 짜릿한 흥분에 의지해서 하루하루를 살지 않았던가?

타요와 안티나는 어떨까? 두 사람에게는 해변 마을이 아닌 산속 마을에서 소외자로 사는 것마저도 폐쇄적이고 단조로운 콜로니에서의 삶에 비하면 나을 것 같건만….

그러나 두 사람도 확고했다. 우리와 함께 가고 싶다는 것이었다.

"어쨌거나, 우리가 그곳에서 불행하면 네가 언제라도 우리를 고향 섬으로 데려다줄 수 있잖아." 타요가 태평스럽게 말했다.

"무슨 소리야, 거기 가면 나는 더 이상 대장이 아니야. 난 그런 권력을 누릴 수 없다고."

"하지만 너한테도 지구로 돌아가겠다는 의지가 있잖아! 그러니까 그때 다 같이 돌아오면 되지."

안티나가 명쾌한 해결책을 제시했다.

하긴 그렇다. 최악의 경우, 이들은 다음번 원정대와 함께 지구로 떠날 수 있을 것이다. 이곳에서 거둔 성공 덕분에 나는 친구들에게 적어도 그 정도는 해줄 수 있을 테니까.

사령관의 약속을 받아낸 뒤 마침내 화면을 통해서 진짜 유를 보게 된 나는, 그녀가 기진맥진한 데다 심지어 밥도 못 얻어먹은 사람처럼 살이 빠졌음을 한눈에 알아보았다. 그렇지만 나를 다시 보게 된 기쁨에 유의 얼굴은 금세 환해졌다.

　몇 초가 흘렀을까, 우리 두 사람은 너무도 벅찬 감정 때문에 서로의 이름만 중얼거릴 뿐, 제대로 말도 하지 못했다. 그러다가 내가 먼저 물었다.

　"저번에 나한테 보낸 메시지 말인데, 무슨 말이 하고 싶었던 거야? 왜 뭔가가 석연치 않다고 그랬어?"

　유는 내 질문에 당황하는 눈치였다. 당연히 감시를 받는 상태일 테니 속내라고는 한마디도 털어놓을 수 없을 것이 분명했다.

　"너한테 무슨 일이 생길까 봐 겁이 났어."

　그녀는 별다른 뜻이 없었다는 듯 건조하게 대답했다.

　나도 더는 묻지 않았다. 분명 유는 자유로운 몸이 아닐 테고, 게다가 멀리 떨어져 있으니 내가 보호해줄 수도 없었다.

　"우린 이제 곧 다시 만날 수 있어."

　나는 마음이 벅차올랐다. 며칠 뒤면 그녀를 만날 수 있다.

화면 속에서 유가 미소를 지었다. 진솔하고 행복에 보이는 진짜 미소.

"그리고 내가 읽을거리도 보내줄게. 내가 작성한 메모들."

"박물학 관찰 일기라도 되는 거야?"

"아니, 철학이나 심리 성찰 같은 거야. 나도 정확하게 뭐라고 해야 할지 잘 모르겠네."

유의 입꼬리가 슬며시 올라갔다.

"그러니까 자기는 지구에서 사색가가 된 모양이네?"

"놀리지 마."

"그럴 리가, 내 사랑. 내가 열심히 읽어보고 나서 내 의견을 말해줄게."

"내 사랑"이라는 말을 듣자 내 안으로 행복이 물밀듯 밀려들었다. 관측실에서 홀로 별을 관찰하는 동안에도 이 행복감은 여전히 내 안에 머물며 사라질 줄 몰랐다.

잠을 자지 않는 동안에 타요, 안티나, 티토는 매우 바빴다. 아테나의 기억 속에서 성인용 영어 학습 프로그램을 찾아낸 덕분에 이들은 하루에도 여러 시간씩 영어 공부를 했는데, 내가 여러 언어를 배울 때만큼이나 습득 속도가 빨랐다.

조모들은 마치 중요한 손님을 대접하는 것처럼 그들에게 매우 친절한 태도를 보였다. 그들이 배운 영어를 실생활에서 구사할 때마다 기꺼이 모니터링을 해줄 정도였다. 하지만 조모들은 무엇보다도 티토와의 대화를 즐겼는데, 그가 생생한 추억의 정복 원정기를 들려주었기 때문이다. 물론 자동번역기의 도움이 필요했지만 말이다.

전사로서의 삶에 종지부를 찍었다고는 하지만, 내가 보기에 티토는 자신과 비슷하리라고 인정하는 전사들, 다른 세상에서였다면 전우가 되었을 수도 있는 이들, 그의 진정한 전사로서의 무훈담에 열렬한 관심을 보이는 이들에게 과거에 겪었던 전투 무용담을 들려주는 데에서 커다란 즐거움을 맛보는 것 같았다.

"당신들은 어느 정도의 거리까지 화살로 대상을 맞출 수 있습니까?"

한 조모가 물었다. 이런 질문이 나오면 일단 양쪽이 서로 상대편의 거리 단위를 이해하기 위한 복잡한 대화가 오갔다.

그런가 하면 개별 전투에서 창과 단검 중에서 어느 쪽이 공격 효율성이 높은가, 나무 방패와 거북이 등껍질 방패 중에 어느 쪽이 더 보호가 잘되는가, 전투용 투석기의 사정거리나 노 젓는 인력을 태운 배의 최대 속도 같은 다양한 질문들이 계속 이어졌다. 이 모든 내용이 조모들의 귀를 사로잡았다.

반면, 나는 조모들이 일반적으로 패배자와 그의 부인들을 기다리는 운명에 대해 들었을 때 큰 충격을 받았음을 놓치지 않았다. 비록 그들은 손님의 기분을 상하게 할까 봐 애써 감추려 했지만, 그래도 드러나는 건 어쩔 수 없었다. 그러나 조모들은 티토가 바로 그 같은 대량 학살과 노예화 추세를 더는 받아들이기 힘들어 스스로 공동체로부터 소외되었다는 사실을 알고 나자 곧 그와 진짜 형제처럼 가까워졌다.

쥘마 중위는 이런 종류의 대화에는 끼어들지 않았다. 가벼운 마음으로 함께 이야기를 나눌 수도 있으련만, 정식으로 대화 자리에 초대받은 게 아니면 말하지 않았다. 더구나 중위의 상처 입은 자존심이 부하들과 대등한 위치에 놓인다는 사실을 참을 수 없게 만드는 면이 있었다.

우주선은 콜로니에서 원격조종을 하는 데다, 쥘마 중위는 더 이상 항해의 책임자가 아니었기 때문에 그녀는 대부분의 시간을 혼자 외톨이로 지냈다. 나는 중위가 콜로니와 통신하는 일이 없도록 늘 감시했다. 중위는 언제라도 보복할 수 있는 인물이니만큼 감시는 필수적이었다. 순조롭게 나는 팀의 대장이 되었다. 게다가 우주선 내부에서의 생활이 너무도 자연스럽게 굴러갔기에 할 일도 별로 없는 편한 나날이 계속되었다.

흘러가는 시간은 그만큼 나를 유에게 데려다주었다.

나는 내 성찰 메모에 대한 유의 답장을 읽어나갔다.

천성을 따르기만 한다면 일을 하지 않아도 행복이 가능하다

이걸 보니 네가 있는 그 섬은 정말로 낙원인가 보다는 생각
이 들어. 우리의 천성 안에는 폭력과 질투, 탐욕도 자리 잡고 있
으니 말이야.

사실 온화한 날씨, 타후쿠, 그리고 그 버섯이 너무도 독창적
이고 유일무이하다고 할 수 있는 그런 사회를 조성했을 테지.
장 자크 루소라는 철학자는 과거에 그런 사회가 존재하기를 꿈
꿨는데, 그때만 해도 아주 먼 미래에 정말로 그런 사회가 존재
하게 되리라는 건 까마득히 몰랐겠지. 그런데 산속에 있는 소외
자 마을, 특히 그 전사들의 섬에 있는 그 마을을 발견하고는 아
마 엄청 실망했을 거야!

행복은 다른 사람들과 같다고 느끼는 것이다

철학하는 흉내를 내느니, 난 차라리 아테나의 기억 속에서
지난 20세기에 지구에서 유행하던 행복에 관한 연구들을 찾아
봤지. 그랬더니 사람들이 가장 행복하다고 느끼는 사회는 가장

평등하고, 연대 의식이 제일 강한 사회였더라고. 욕심이 적고, 경멸이 적고, 공통의 소속감이 있는 곳.

자유연애 = 행복

나는 이 말에 대해서는 언급을 피하고 싶어. 왜냐하면 무엇이 너에게 이런 생각을 불어넣었을까를 자꾸 곱씹다 보면 짜증이 나거든.

행복은 자유의지에 따라 선택한 목표를 향한 노력이다

아, 이 대목에선 진지해져야겠다는 느낌이 들어. 그래, 맞아, 바로 그 점 때문에 진화는 우리를 선택한 거지. 우리는 생존을 위해 노력하려는 욕망을 지니고 있으니까. 그렇지만 여기서는 자유라는 말이 중요해, 아테나도 그 사실을 알고 있어. 아테나도 우리가 자유롭게 선택한다는 인상을 심어주고 싶어 하잖아. 우리가 각자의 역량에 따라 선호하는 게 뭔지 아테나는 알고 있으니까. 이 주제에 관한 심리학 연구는 너무 많아서 차고 넘쳐. 사람들은 자신들이 임무를 선택했다는 느낌을 가질 때 더 일을 잘한다는 식의 연구들 말이야.

아테나는 우리가 확실하게 성공할 수 있는 것을 선택해줌으로써 우리를 실패로부터 보호해주지.

아테나에게는 행복이 자유보다 중요하기 때문에, 홉스나 스피노자 같은 철학자의 의견에는 절대 동의하지 않을 거야. 이 사람들은 그 반대였으니까.

행복은 우리에게 불필요한 모든 것을 포기하는 데서 얻어진다

지금은 할 일이 있어, 이 문장에 대해서는 나중에 생각해볼게.

화성 콜로니에 도착하기 이틀 전이었나 보다. 쥘마 중위 곁을 지나고 있는데, 커피 한 잔을 앞에 두고 멍하니 앉아 있던 중위가 불현듯 내 쪽으로 눈을 치켜떴다.

"우리, 얘기 좀 합시다." 중위가 먼저 입을 열었다.

패배로 인해 쥘마 중위는 당당함을 잃었으나, 숲에서의 원정과 동시에 이 주간의 우주선 식사가 이어지면서 전사의 본래 자태를 되찾았다. 그러나 스스로를 더는 군인으로 간주하지 않는 까닭에 머리를 길러서 그런지 여성스러운 분위기까지 물씬 풍겨서 조모들마저 조건반사로 중위에게 눈길을 보내기 일쑤였다. 임신 사실은 아직 눈에 띄지 않았다. 나는 지금까지 이 문제를 중위와 터놓고 이야기한 적이 없었는데, 그건 중위가 나와 가장 이야기하고 싶지 않은 주제일 것 같았기 때문이다.

"그러시죠. 어디로 갈까요?"

"관측실."

관측실은 우주선 후미에 마련된 투명한 유리구 같은 공간으로, 이인용 의자 하나가 놓여 있어서 거기 앉아 하늘을 바라볼 수 있다. 나는 중위가 우리 둘만 있는 틈을 타서 나를 공격하려 한다고는 생각하지 않았지만, 그래도 예방 차원에서 티토에게 우리 두 사람을 지켜볼 수 있는 근처에서 대기하라고 일러두었다.

"나를 신뢰하지 않는군요."

의자에 앉으면서 내 친구의 존재를 확인한 중위가 말했다.

"나는 중위님의 의무감은 신뢰합니다. 중위님에게 의무감이란 아마도 이 우주선의 지휘권을 탈환하는 것이겠죠."

중위가 한숨을 내쉬었다.

"그래 봐야 아무 소용없을 텐데요. 어차피 콜로니에서 원격조종 중이니까요. 그다음 일이야 일단 도착한 뒤 알게 될 테죠."

"중위님 생각으로는 어떤 결정이 우리를 기다리고 있을 것 같습니까?"

중위는 계급이 높은 편이니, 나에 비해서 군 상사들뿐 아니라 민간 고위 인사들의 반응을 더 잘 알 수 있을 거라고 짐작했다.

"난 더는 일을 할 수 없을 겁니다. 난 틀렸어요. 다음번 임무는 나 없이 진행될 겁니다. 게다가…"

중위가 손으로 자신의 배를 톡톡 건드렸다.

"자책하지 마세요, 중위님. 중위님은 준비가 잘 안된 상태에서 작전에 투입되었을 뿐입니다. 이런 경우는 과거에도 많이 있었죠…"

나는 쥘마 중위에게 지구 역사상 용맹하고 능력 있는 자들이 무능한 상사에 의해 대량 학살 현장에 파견된 몇몇 경우를 들려줄 수도 있었겠지만, 중위에게 과연 그런 말을 듣고 있을 만한 인내심이 있는지 의심스러웠다.

"지금 나를 위로하려는 겁니까?"

아니나 다를까, 중위의 두 눈이 분노로 이글거렸다. 내가 또 자존심에 상처를 입힌 것이다.

"아뇨, 난 그저 중위님이 공연히 자책하는 모습을 보고 싶지 않아서 그럽니다."

"눈물 나게 고마운 말이로군요." 중위가 야멸차게 말했다.

"이봐요, 보아하니 우리는 서로 잘 맞지 않는 사람들인 것 같은데, 왜 나와 이야기하자고 했습니까?"

"아이 때문에."

중위가 단도직입적으로 꺼낸 그 말에 나는 적잖이 놀랐다. 나는 이제까지 그건 심각한 문제가 아니라고 생각했다. 원하지 않는 임신을 했으니 콜로니에 도착하는 대로 임신 중절 수술을 받는 건 그리 어려운 일이 아닐 테니 말이다.

"난 아이를 낳고 싶어요."

나는 한층 더 놀랐다. 화성 콜로니에서 아주, 아주 오랜만에 자연이 정해준 방식에 따라 태어나는 첫 아기가 아닌가! 보건 분야 인력들은 아테나에게 출산 비디오를 찾아달라고 요청해야 할 판이다.

"쥘마 중위님, 아테나를 포함하여 모두가 동의할 겁니다. 어쨌거나 이건 유전자 풀을 한층 다채롭게 만드는 일이니까요."

"'유전자 풀'이라니, 마치 아테나처럼 말을 하는군요!" 중위가 제대로 짜증을 냈다. "아니, 그 정도가 아니죠, 오히려 아테나가 당신보다는 내 말귀를 훨씬 더 잘 알아들을 것 같으니까."

"죄송합니다, 익숙한 주제가 아니라서요. 중위님이야 소화기 하나만으로 저를 때려눕힌 분 아니십니까."

"마음을 먹었다면 당신을 죽일 수도 있었어."

그건 맞는 말이었다. 중위는 내가 정신을 잃었을 때 얼마든지 나를 죽일 수 있었다. 하지만 어느 모로 보나 중위는 그런 사람은 아니었다. 중위는 방어할 준비가 되어 있지 않은 적—그러니 같은 나라 사람이야 말해서 무엇하겠는가—은 죽이지 않는다는 콜로니의 가치관 속에서 성장한 사람이니까. 그러나 명령이 있었다면, 중위는 분명 타요와 안티나, 그러니까 타지 사람들을 해치웠을 것이다.

나도 지지 않고 내가 아니었다면, 여전히 노예 신분에 머물러 있으면서 미래의 전사들을 탄생시키는 아기 낳는 기계 노릇이나 하고 있을 거라고 중위에게 쏘아붙였다. 그 말에 중위는 할 수 없이 입을 다물었다.

이윽고 나는 조금 더 편안한 어조로 우리의 대화를 재개했다. 아테나까지도 내가 갈등을 중재하는 재능이 있다고 인정하지 않았던가?

"자, 우리가, 생각은 좀 달라도, 서로 적은 아니니 이러지 말죠."

중위는 말이 없었다. 도대체 왜 아이에 대한 이야기를 나에게 하고 싶다는 거지?

중위의 대답은 이랬다.

"난 당신들이 이 아이를 입양해줬으면 해요. 당신과 유가."

처음에 나는 말문이 막혀 꿀 먹은 벙어리처럼 잠자코 있기만 했다. 소화기로 나를 한 번 더 때리는 것만큼이나 놀라운 발상이 아닌가 말이다.

"도대체… 왜죠? 게다가, 유와 나 둘이서 그러라니?"

"유는 언제나 아기를 갖고 싶다고 했어요. 어느 날 나한테 그렇게 말하더라고요."

그야말로 점입가경이었다. 유와 중위가 그토록 가까운 사이였다는 건 금시초문이었다. 유와 헤어진 뒤 서로 아무 연락 없이 지내던 무렵에 유에게 내가 모르는 새로운 삶이 있었다고 인정하는 수밖에.

"걱정하지 말아요. 이건 어디까지나 유가, 겉으로는 그런 표시를 하지 않았지만, 나를 떼버리려고 한 소리일 테니까. 유가 그러더라고요. 언젠가 짝을 만나 지속적인 커플을 형성하게 된다면, 그건 아이를 기르고 싶어서일 거라고요."

"유가 나에 대해서도 이야기하던가요?"

"아뇨, 그 무렵 유는 이미 당신과는 끝났고, 카반과는 아직 시작하지 않았죠. 이 기간에 나는 혹시 나한테도 유와 사귈 기회가 있을까 은근히 기대했거든요…."

중위가 고개를 푹 떨구었다.

"그런데 중위님이 직접 키울 수도 있잖아요, 그 아기?"

"난 못할 것 같아요. 게다가 모성애 테스트에서 동기 중에 최하점을 받았거든요."

"그렇다면 더더욱 왜…?"

나는 차마 문장을 끝내지 못했다. 이번에도 중위가 아테나만도 못하다는 핀잔을 퍼부을 테니까.

"내 배 속에 있는 아기가 느껴져요…. 왜 그런지 그 이유는 나도 잘 모르겠는데, 아무튼 난 못 해요. 하고 싶지 않아요."

"그런데 왜 하필 유와 나를 고른 겁니까?"

"그야 유라면 내 아기에게 제일 좋은 엄마가 되어줄 것 같아서죠."

결국 중위와 나 사이에는 한 가지 공통점이 있는데, 그건 바로 우리 두 사람이 같은 여자를 엄청 사랑한다는 점이다.

"그럼 왜 아이 아빠로는 나를?"

중위는 그저 어깨를 한 번 으쓱 들어 올릴 뿐이었다.

"내가 무엇보다도 아이 엄마로 원하는 사람은 유예요."

중위가 관측실에서 나간 뒤 나는 아기까지 둔 완벽한 커플을 상상했다. 미래의 아빠가 못 될 것도 없잖아.

그러나 곧 불안감이 엄습했다. 나는 계속 *뭔가 석연치 않은 게 있다*는 유의 메시지를 되새김질했다.

하지만 내 사랑은 생각을 멈추지 않는지, 곧 나는 유로부터 새로운 메시지를 받았다.

시간이 조금 흐르고 나서야 나는 유가 새로 보낸 메시지를 읽기 시작했다.

(…) 여러 척의 카누에는 매력적인 모습 때문에 그를 양보하지 않으려는 여자들로 가득했는데, 대다수는 유럽 여자들이었다. 이들은 육체의 아름다움에 있어서라면, 누구랄 것도 없이 모두 유리한 입장에서 다른 여자들과 경합을 벌일 수도 있을 터였다. 이 아름다운 요정들의 대부분은 벌거벗은 차림이었는데, 이들을 따라다니는 남자들과 노파들이 평소 이 여자들의 몸을 감싸고 있던 간단한 천 조각을 벗겨버렸기 때문이다. 요정들은 타고 있던 카누에서 우리들에게 교태를 부렸는데, 천진한 모습에도 불구하고 뭔가 곤혹스러워하는 모습이 눈에 띄었다. 자연이 도처에서 여성을 교활한 수줍음으로 한층 더 아름답게 만들었거나, 황금시대의 솔직함이 지배하는 나라에서조차 여자들은 자신들이 가장 강렬하게 욕망하는 것을 원하지 않는 것처럼 보이게 했기 때문이다. 남자들은 여자에 비해서 훨씬 더 단순하거나 자유로운 탓에 속마음을 금세 드러냈다. 남자들은 우리에게 여자 한 명을 선택해서 육지로 그 여자를 따라가라고 재촉했는데, 이들의 의심할 여지없는 명백한 몸짓은 그 여자와 어떤 방식으로 알아가야 하는지를 보여주었다. 나는 묻는다. 한창 작업 중에, 이런 광경이 펼쳐지는 와중에, 사백 명의 프랑스 남자들, 젊고 혈기왕성한 선원들, 게다가 육 개월째 여자라고는 구경도 하지 못한 남자들을 무슨 수로 붙잡아둔단 말인가?

바로 이 글이 내가 우리 문서 은행에서 찾아낸 거야, 내 사랑. 프랑스의 한 항해사가 쓴 글인데, 그 사람은 18세기에 벌써 자기가 처음으로 도착한 그 섬 근처를 지나갔대. 자기도 그 섬의 여자들이 왜 자기에게 몸을 제공하겠다고 나섰는지 조금 더 이해할 수 있겠지. 그건 그 여자들조차 기원도, 이유도 모르지만, 아무튼 그 섬에 전해져 내려오는 전통이었던 거지.

그 대목은 그렇다 치고, 자기가 보낸 메시지들이 자꾸만 나에게 생각할 거리를 주는데, 그러다 보니 행복에 대한 몇 가지 정의가 떠올랐어. 전혀 독창적인 건 아니야. 아테나라면 그 정도는 얼마든지 해치우거나 훨씬 더 잘할 테지. 하지만 자기가 사랑하는 여자가 하는 말이니, 자기에게 영감을 불어넣어줄 수 있다면 나야 더 바랄 것 없이 좋지. 이걸 읽다 보면 자기는 행복에 대한 자기의 성찰들 가운데 몇몇은 자기가 원하면 읽어볼 수도 있는 저들의 글에서도 발견된다는 사실을 알 수 있을 거야. 솔직히 일부 작가들의 글은 너무 어려워서 읽기 힘들어. 철학에서는 그러고 보면 언어가 문제될 때가 자주 있는 것 같아. 더구나 내가 가장 좋아하는 철학자—내가 철학에 관심을 가졌던 시절에 그랬다는 말이야—는 비트겐슈타인이라는 사람인데, 그 철학자는 인공지능보다 훨씬 먼저 이런 문제를 깨달았어.

사실 비트겐슈타인 이전의 철학자들에게, 행복이란 그야말로 아무거나 다 넣고 끓이는 잡탕찌개 같은 거였어. 똑같은 한 단어를 놓고서 우리 자신과 관계되는 것, 우리의 행동이며 사물을 바라보는 관점, 상황에 따라 발생하는 것 등, 모든 것에 대해서 저마다 다른 이야기들을 늘어놓았거든. 자신들이 어떤 한 순간 정점에서의 행복(가령, 내가 자기를 다시 만나는 순간의 기쁨)을 말하는지, 흐름으로서의 행복(내가 바라는 것처럼 우리가 오래도록 함께 사는 것, 그런데 남자들은 이런 생각을 두려워한다는 것쯤은 나도 잘 알아)을 말하는지 정확하게 구분하지 않으면 아무 말 대잔치가 되어 버리는 거지.

그렇다면 정리해볼게. 우선 상황에 따라 달라지는 정점의 행복은 자기가 첫 번째 섬, 그중에서도 항상 축제 속에서 사는 것처럼 보이는 해변 마을에서 맛본 것과 같은 부류의 쾌락을 가리켜. 다음으로, 무엇보다도 우리 각자가 하기에 따라 달라지는 정점의 행복은 가령 목표를 달성하는 기쁨 같은 거지. 거기에 이르기까지 본인이 많은 노력을 쏟아부었기 때문에 그 기쁨은 더 클 수밖에 없어. 노동, 그리고 안타깝게도 전쟁 같은 것들이 이런 부류의 고양 상태를 제공하지. 반면, 물레를 돌리는 조모들에게는 이런 기쁨이 없는데, 아리스토텔레스는 본인이 자유의지에 따라 선택한 목표를 달성했을 때에만 행복할 수 있다고 명확하게 말했어. 그렇기 때문에 아리스토텔레스는 노예는 절대 행복할 수 없다고도 했지!

이번에는 상황에 따라 달라지는 흐름으로서의 행복을 볼까. 모든 것이 순조로울 때 느끼는 안분지족을 가리킨다고 볼 수 있으며, 우리에게 필요하지 않은 건 아예 욕망하지도 않는다면 한층 더 큰 행복이라고 할 수 있지. 이게 바로 에피쿠로스라는 철학자의 입장인데, 그는 그래도 행복해지기 위해서는 집과 텃밭, 그리고 함께 철학을 이야기할 수 있는 몇몇 친구들이 있는 편이 유리하다고 인정했어. 솔직히 당시에는 누구나 다 충족시킬 수 있는 조건은 아니었지. 특히 노예들에게는 언감생심이었을 테고.

이제 우리 각자, 즉 각자의 세계관에 따라 달라지는 흐름으로서의 행복을 보자. 사실 난 이 부류의 행복에 대해서는 '평정심'이라는 단어가 더 적합하지 않을까 생각해. 어떤 상황에서도 마음의 고요함을 유지하는 것을 가리키니 말이야. 계급 강등과 방랑 생활을 묵묵히 감수하는 자기 친구 티토나, 나쁜 주인집에서 노예로 살아야 했던 에픽테토스 같은 사람들이 이런 행복을 실천한 사람들일 거야. 그런데 에픽테토스 자신도 진정한 스토아주의자는 만나지 못했다고 고백했다잖아!

난 여기에다 기독교인들의 행복이라는 별도 항목을 하나 만들까 생각했어. 행복이란 자신의 행복을 남과 나누는 것이라고 말하면 기독교인들은 아주 마음에 들어할 거야. 왜냐하면 그들이 믿는 종교에서는 타인에 대한 사랑이 아주 중요하기 때문이지. 오죽하면 자신의 적까지도 사랑하라고 하겠어. 비록 적이라도 우리를 사랑하는 하느님의 피조물인 건 마찬가지니까 그렇게 해야 한다는 거지. 그렇긴 해도, 사실 실천에 옮기기란 의도만큼 쉬운 일이 아닐 거야.

그런데 이제 보니 자기는 기독교인 같은 데가 있는가 봐(프랑스대혁명과도 비슷해. 그 혁명으로 많은 사제들이 처형당했잖아). 왜 그런 말을 하느냐 하면, 자기는 모든 사람이 똑같은 존엄성을 가졌다고 여기는데, 바로 그 점이 기독교인들이 성취한 위대한 혁신이거든. 동등한 존엄성이라는 이 개념이 그 망할 놈의 사령관이 용도 불명들을 소외시키려 했을 때 콜로니에서는 사라질 뻔했지.

하지만 자기는 좋은 기독교인은 되지 못했을 거야. 왜냐고? 자기는, 나도 마찬가지지만, 지상에서의 행복만이 다른 사람들의 행복과 더불어 유일하게 가치 있다고 믿으니까.

우리, 더 많은 이야기는 다시 만날 때, 그때 하자. 어휴, 그래도 다시 만나자마자 그런 이야기로 시작하진 않기를 바라지만.☺

나는 계속 읽어 내려갔다.

물론, 이 모든 건 어쩌면 나이 탓이기도 해. 달리 어떻게 해볼 도리가 없으면 자연스럽게 포기하고 받아들이는 게 낫다고 생각하게 되니 말이야. 그런데 뭔가 아직 해볼 수 있다면 왜 굳이 투쟁을 멈추고 순간의 쾌락에 빠져들겠어?

아테나라면 우리 모두에게는 각자에게 어울리는, 각자의 재능과 개성에 따른 행복 프로필이 있다고 자기한테 말할 수도 있을 거야. 그런데 우리는 우리의 재능이니 개성에 대해선 아직 확실하게 의식하지 못하고 있잖아.

아테나는 우리 자신들보다도 우리를 더 잘 알고, 언제나 우리에게 가장 적합한 길을 알고 그리고 인도해주는 것으로 간주되고 있어. 아테나는 우리를 자유의 굴레, 과거 선진사회에 속하는 인간들을 퍽이나 고민하게 만들었던 그 멍에로부터 벗어나게 해준다고도 하지.

우리를 도와주는 존재로 간주되고 있다?

나는 유의 신랄한 표현에 적잖이 충격을 받았다. 아테나는 절대 틀리지 않는 존재로 간주되고 있지 않았던가?

나에게는 오래도록 이 문제를 가지고 고민할 시간이 없었다. 우주선이 도킹을 위한 조종을 시작했기 때문이다. 이제 우리의 시야에 들어오는 것이라고는 화성뿐인가 싶더니, 이내 거울처럼 빛을 반사하는 유리구 콜로니의 모습이 서서히 눈앞에 펼쳐졌다.

나는 개선 장군 같은 대접을 기대하진 않았지만—난 상부의 지시를 여러 번이나 어긴 하급 병사에 불과하니까— 그렇다고 로뱅 노르망디 신병 접견위원회 따위는 전혀 예상 밖이었다.

　우리를 태운 우주선이 무사히 도킹에 성공하여 문이 열리자마자 네 명의 부하를 대동한 경찰 지휘관이 나를 체포하려고 들이닥쳤다. 나를 위해 준비된 영접 방식에 충격을 받은 타요와 안티나에게 작별 인사를 할 겨를도 없었다. 두 사람이 보는 앞에서 즉시 나에게 수갑과 족쇄가 채워졌다.

　끼어들려고 소란을 피우는 타요를 티토가 제지했다. 그는 여느 때처럼 조용했다. 전직 전사이니만큼 군사 관련 상황과 명령에 불복할 경우 치러야 할 대가에 대해 잘 알고 있으니 그런 태도를 보일 수 있었을 것이다.

　조모들도 놀라기는 마찬가지였다. 그들을 해방시켜준 은인인 내가 그들이 보는 앞에서 죄인 신세로 전락하다니. 사람들이 나를 끌고 가려는 순간, 조모들은 가슴을 한껏 부풀리더니 쩌렁쩌렁한 목소리로 나를 위한 지지의 구호를 외쳤다.

　너는 조모다, 너는 조모다, 너는 우리의 동료이며, 앞으로도

영원히 그럴 것이다!

젊은 병사가 모든 선발 관문을 통과한 뒤 마침내 조모라는 지위와 베레모를 부여받는 순간 동료들이 불러주는 노래이자 구호였다.

어느 순간 다가온 쥘마 중위가 내 귀에 대고 속삭였다.

"유에게는 내가 말할게요."

말하자면 이건 잠깐의 소강 상태인 셈이다. 그러나 언젠가 유와 단둘이서 오붓하게 만날 수 있기 위해서는 내가 가진 능력으로 알려져 있는 '갈등을 완화하는 역량'을 최대한 발휘해야 하는 순간이 곧 닥쳐올 것이다.

결국 나는 자그마한 독방에 갇히는 신세가 되었다. 그 어떤 화면도, 통신수단도 전혀 없는 방이었다. 있는 거라곤 썩은 생선처럼 죽은 눈으로 나를 하루 종일 노려보는 감시 카메라뿐이었는데, 이 카메라는 내가 샤워를 할 때도 내게서 눈을 떼지 않았다. 아, 샤워실이 방의 다른 부분과 분리되어 있지 않으니 어쩌랴.

군사 식량이 전부인 식사는 인간의 손을 거칠 필요 없이 자동으로 배달되었다. 감옥의 네 벽 너머로는 아무 소리도 들리지 않고, 사람이라고는 그림자조차 보이지 않는 까닭에 나는 마치 폐허가 된 화성 콜로니에 최후까지 살아남은 한 사람이 된 것 같은 기분이었다.

지구로의 여행 외에는 고독이라고는 전혀 겪어보지 못한 나

같은 사람에게 이는 분명 시련임에 틀림없으나, 그래도 나는 비교적 잘 적응해나갔다.

나는 푸른 행성에 머무는 동안 겪은 모든 사건과 모든 장면을 되새김질하면서 시간을 보냈다. 그중에서도 특히 가장 행복했던 순간들, 가령 처음으로 맛본 망고, 타요, 안티나와 나무 그늘에서 주고받은 말들, 바다에서의 낚시, 밤의 어둠 속에서 모닥불 주변에 둘러앉아 모두가 함께 즐긴 저녁식사 장면 등이 먼저 떠올랐다. 물론 가끔은 카시아와 나눈 육감적인 쾌락의 추억도 떠올랐지만, 나는 그런 추억들은 지워버리려고 노력했다. 왜냐하면 여기, 유가 가까이에 있는 이 화성 콜로니에서는 그 기억들이 나를 불편하게 만들었기 때문이다. 나는 또 카누를 타고 나갔다가 바다에서 폭풍을 만났을 때, 내가 전사 한 명을 도발했을 때, 또 쥘마 중위와 몸싸움을 벌여야 했을 때처럼 아주 끔찍했던 순간들도 떠올려보았다.

그러나 사실 난 이 모든 기억을 다 합한 것보다도 유와 함께 보낸 모든 순간, 처음 만났을 때부터—"네가 정말 체스의 대가야?"— 가장 최근에 화면을 통해서 대화를 나누었을 때까지의 그 많은 순간을 되새겨보는 데 더 많은 시간을 보냈다.

나는 만에 하나 내 사랑을 오래도록 다시 볼 수 없을 경우에 대비해서 어떻게 해서든 유에 대한 나의 기억이 희미해지는 것을 방지하고 싶었다.

나는 콜로니로의 귀환 길 내내 우주선에 타고 있는 친구들과 했던 것처럼, 비록 지금은 혼자가 되었고 기계장치의 도움도 받을 수 없지만, 그래도 운동을 계속해나갔다. 목표치를 아주 높게 잡아서, 이제까지의 내 팔굽혀펴기나 근육운동의 개인 기록을 깨기로 마음먹었다.

나는 이곳에 갇혀 있으면서 시간 개념을 잃어버렸다. 시간을 알 수 있는 그 어떤 장치도 없었을뿐더러 군용식량마저도 불규칙적으로 배달되었다. 그건 사실 콜로니 측이 의도적으로 그렇게 한 것이었다. 흘러간 시간의 의미를 지워버리는 것은 포로를 나약하게 만들고 그의 의지를 약화하니까.

그렇지만 나는 희망의 끈만은 놓지 않았다. 나를 산산조각 내려는 권력이라면 나를 더러운 오물 속에, 어둠 속에 방치하면 될 터였다. 콜로니는 작은 나라지만 어디까지나 법치국가이며, 따라서 군율이 존재한다. 자세한 세부 사항까지는 잘 모르겠지만, 독방에 가둬두는 처벌에도 분명 제한이 있을 것이다.

뿐만 아니라, 이곳 사람들이 나를 하찮은 존재로 만들려는 욕망이 내가 지구 여행 중에 발견한 것들에 대한 한층 더 상세한 묘사를 원하는 욕심과 팽팽하게 대립하는 양상이었다.

체포된 지 일주일쯤 지났을 때—비록 간간이 조각조각 파편화되기도 했지만, 나는 각성 상태와 수면 상태가 바뀐 횟수로 미루어, 시간을 얼추 추정했다— 독방의 문이 열렸다. 나는 높은 계급을 가진 인물, 심지어 콜레트 사령관급의 누군가를 기대했지만, 예상은 보기 좋게 빗나갔다. 방문객은 체구가 작은 민간인 복장의 남자였다. 그래서 나는 그도 나처럼 용도 불명일 거라고, 나보다 나이만 약간 더 많은 별 볼일 없는 사람일 거라고 지레 짐작했다.

"안녕하십니까?" 그가 나에게 한 손을 내밀며 인사를 건넸다. "조나탕이라고 합니다."

확실히 용도 불명의 이름임에 틀림없다. 그래서 나는 경악했다. 아니, 어떻게 나를 심문하는 중차대한 임무를 한낱 용도 불명에게 맡긴단 말인가?

"난 당신의 변호사입니다."

그가 반갑다는 듯 빙긋 웃었다.

비록 용도 불명이긴 해도, 조나탕은 얼굴 표정을 읽는 데 상당한 재능이 있었다. 그는 내 얼굴에 드러난 놀라움과 실망을 제대로 간파했다. 만일 내가 변호사를 쓴다면, 당연히 최고로 똑똑한 사람을 고용할 터였다.

"염려 마세요, 난 항상 법에 관심이 많았던 사람입니다. 그런 사람은 콜로니에서 내가 유일하죠."

그제야 내 머릿속에서 모든 것이 명쾌해졌다. 콜로니에서 일상적으로 자행되는 위반 행위의 대부분은 법의 판결 따위는 필요 없고, 그저 규율위원회가 소상하게 정해놓은 내부 규정을 적용하기만 하면 된다. 진정한 의미에서의 마지막 소송은 대폭동 이후의 시대나 과민성 완화치료 혜택을 받을 수 없었던 과거 세대에서 벌어지곤 했던 치정 사건들까지 거슬러 올라간다. 따라서 변호사의 기능은 콜로니에서 이미 사라진 지 오래였다. 그런데 심심할 때 취미 삼아 계속 법을 연구해온 이 용도 불명을 어디선가 찾아서 내게로 보낸 것이었다.

"나는 무슨 죄로 고소되었습니까?"

"피고소인이라는 말은 정확하지 않고, 이 경우에는 용의자가 맞는 듯하군요. 단어의 선택은 중요합니다."

그가 단정적으로 말했다. 아니, 이 사람은 나를 어떻게 변호할 것인지 설명은 안 하고 나한테 법학이라도 가르치겠다는 건가?

"사실, 이건 사소한 규정 위반이긴 한데, 원래는 당신에게 당신이 혐의를 받고 있다는 사실을 고지했어야 하죠."

"우주선에서 내리려는 나를 체포하러 온 지휘관은 그렇게 했어요. 그는 나한테 내가 폭동죄로 피고인이라든가 용의자가 되었다고 말했어요."

"그래요? 그런데 어떻게 나는 그 사실을 모르고 있을 수가 있죠?" 그가 태블릿에서 파일들을 들여다보며 혼잣말처럼 중얼거렸다.

"이거야 원 도무지 마음이 놓이지 않는군요."

솔직한 내 말에 그가 다시 나를 쳐다보았다. 코가 약간 길고, 밤색 빛깔 두 눈은 제법 큰 데다 치아는 고르지 않고 들쭉날쭉한 모습이, 어디를 보나 콜로니의 기준과는 멀어도 한참 멀었다. 콜로니 주민들의 얼굴은 우량 유전자 선택과 개조 과정 덕분에 훨씬 조화로웠다. 그러나 나는 곧 외모로 그를 평가하려는 스스로를 나무랐다. 나에게 필요한 건 외모의 아름다움이 아니라 유능한 변호사가 아닌가.

"사실, 당신은 폭동죄만으로 고소된 게 아닙니다. 읽어드릴 테니 들어보시죠. 상사에 대한 무례함, 상사에 대한 공격, 여성에 대한 폭력, 민간 이방인을 군사용 우주선에 탑승시킨 죄, 허가 없이 타인을 체포한 죄."

"이 정도면 어떤 형을 받게 될까요?"

"추방형."

그 말을 듣자 나는 정말로 더럭 겁이 났다. 추방형은 대폭동 이후 폭동에 가담했다가 살아남은 장교들에게 적용된 형이었다. 이들 각자를 콜로니에서 멀리 떨어진 관측소로 유배 보냈는데, 그 관측소도 제각기 멀리 떨어진 곳에 자리 잡고 있었다. 일단 배정받은 곳에 도착하면 화성의 대기를 견딜 수 있는 적절한 장비와 이동 수단 없이 다시 그곳을 빠져나오기란 불가능했다. 유배형을 받은 사람들에게 그런 장비가 있을 리 만무할 테니까. 이를테면 사막 한가운데에 지어놓은 독방에서 통신수단이라고는 없이 혼자 살면서 그저 형기를 마칠 때까지 배급받은 식량만 축내는 일이라고나 할까.

그런데 그 형기라는 건 사실 그다지 길지 않았다. 수감자들이 훨씬 빨리 노화되거나 암에 걸리곤 했기 때문이다. 아마도 오래전에 지은 관측소들이라 장기 체류하기에는 방사능에 대한 방비가 부실했을 것이다. 대부분의 유배자들은 몇 개월, 혹은 길어야 몇 년 뒤 스스로 목숨을 끊었는데, 아예 콜로니 측에서 이에 필요한 약품을 구비해놓음으로써 이들의 마지막 고통을 그나마 줄여주었다고 한다.

"그렇지만 미리 풀 죽을 거 없습니다!" 조나탕은 믿는 구석이라도 있는지 큰소리쳤다. "내가 당신을 변호할 겁니다. 우리는 그들에게 이길 수 있어요!"

조나탕은 자신이 하는 말을 정말로 확신하는 것처럼 보였다. 그러나 나는 그가 콜레트 사령관, 아니 그보다 더 무서운 자생트 총독, 아니 분명 재판에 참석할 아테나 앞에 서는 광경을 상상해보았다….

"어떻게 할 건데요?"

약간의 의심스러움을 품은 채 그에게 물었다.

"당신이 한 모든 행동이 콜로니의 복지를 위해서였음을 내가 입증해 보이겠습니다!"

그건 내가 보기에도 아주 좋은 생각 같았다. 용도 불명이 곧 바보 멍청이를 의미하지는 않는다. 실제로 나 자신이 그 점을 입증하지 않았나. 그러고 보니 내가 조나탕을 너무 성급하게 판단한 모양이다.

"만일 당신이 그걸 입증한다면 나는 무죄 판결을 받게 되나요?"

별안간 그가 한숨을 지었다.

"아, 그건 아닙니다. 그럴 확률은 제로입니다."

"왜죠?"

"여성에게 물리적 힘을 가한 것은 그 자체로 범죄입니다. 당신은 쥘마 중위와 몸싸움을 벌였습니다."

"하지만 그건 또 다른 범죄를 막기 위해서였습니다. 죄 없는 민간인을 살해하도록 보고만 있을 순 없으니까요."

"물론 그랬을 테죠. 그렇지만 그건 달리 생각하면 쥘마 중위가 명령을 실행에 옮기는 것을 방해한 행위도 됩니다."

"콜레트 사령관의 지시가 애초부터 잘못된 명령이었다고 말할 수는 없는 겁니까?"

"으음… 시도는 해보겠지만, 아주 어려울 겁니다. 콜레트 사령관은 쥘마 중위가 그 순간에 제공한 정보에 입각해서, 당신들이 무사히 귀환할 수 있도록 우주선을 보호한다는 명분하에 결정을 내렸습니다. 내가 그 녹음 파일을 들어봤는데, 아테나는 원주민들을 죽일 것을 권유했더군요…."

나는 콜레트 사령관이 타요와 안티나를 죽이라는 명령을 내리면서 불편한 기색을 감추지 못하던 기억을 떠올렸다. 그러니 사령관의 명령은 아테나와 고등위원회의 결정에 따른 것이었다.

"…따라서 내가 보기에는, 그런 식으로 접근하면 좋은 결과를 얻을 수 없을 것 같군요." 조나탕이 결론을 내렸다.

"그런데 죄 없는 사람들을 죽이는 건 콜로니의 헌법에 위배되는 거지 않습니까."

조나탕은 얼굴을 찌푸렸다. 그 표정이 마치 나는 '헌법' 같은 전문적인 법률 용어는 쓸 자격이 없는 사람이라고 알려주는 것처럼 보였다.

"그럼요, 그럼요, 헌법 차원에서는 그렇습니다. 헌법은 아주 일반적인 원칙만을 말하니까요. 더구나 조모들이 비살상 무기만 가진 채 지구로 파견된 것도 다 이런 원칙을 준수하기 위해서였습니다."

"그렇다면 우리는 내가 헌법을 준수했을 뿐이라고 주장하면 되겠네요!"

조나탕은 또다시 얼굴을 찌푸렸다. 그런 그의 모습이 이제 슬슬 내 신경을 거스르기 시작했다.

"그렇죠, 그런데 이건 같은 수준의 법이 아닙니다. 군법에서는 더 높은 차원에서 콜로니의 이익을 보존하기 위해서라면, 예외적으로 인명의 희생이 허락되기도 합니다. 그때 그 상황이 예외적이었음은 누구도 부정하지 않는다, 이런 말씀입니다."

"그 말은, 아무리 해도 무죄는 어렵다는 뜻입니까?"

그가 나를 향해 한쪽 눈을 찡끗했다.

"그렇죠, 하지만 내 생각에 가벼운 처분을 노려볼 순 있습니다."

"예를 들면?"

"내 생각에 칠 년 정도."

아니, 내 앞에서 그걸 좋은 소식이라고 떠벌리는 변호사라니!

"그리고, 어쩌면 사 년이나 오 년 정도로 줄일 수 있을 테죠."

그가 싱긋 웃으며 말했다.

콜로니의 역사를 공부한 덕분에 나는 그 어떤 유배자도 오래도록 살지 못했다는 사실을 잘 알고 있다. 방사능 관련 질병으로 인해 죽지 않은 사람은 스스로 목숨을 끊었다.

만일 내가 살아서 그곳을 나오게 된다면, 그리고 그때까지 유가 나를 기다려준다면, 나이답지 않게 폭삭 늙어버린 내가 과연 유에게 행복을 약속할 수 있을까?

나는 여전히 수감 상태지만, 다른 사람의 방문은 허용되었다.

이 결정은 아테나의 동의를 받은 거라니, 아테나가 내 정서적 건강에 공을 들이는 모양이다. 그래야 미래의 내 역량에 지장이 없을 테니까.

오늘 아침, 쥘마 중위, 아니 이제 우리 두 사람이 전보다 훨씬 가까워졌으니 그냥 쥘마라고 해야 하나, 그녀가 방문을 했다.

쥘마가 내 방 문턱을 넘어설 때, 나는 정말로 내가 아는 그녀가 맞는지 확인하기까지 시간이 좀 걸렸다. 우선 뒤로 넘겨서 한 치의 흐트러짐도 없이 틀어 올린 쪽머리 스타일. 새로운 헤어스타일 때문에 쥘마는 전보다 훨씬 여성적이면서 동시에 훨씬 권위적으로 보였다. 그와 동시에 나는 나를 바라보는 그녀의 눈길이 너무도 온화하고 부드러워 깜짝 놀랐다. 지구로 출발하기 전에 내가 그녀의 얼굴에서 읽었던 명백한 욕망과는 달라도 너무 달랐다.

자세히 보면 드러나진 않았지만, 광대뼈 부근이 살짝 그늘져 보였다. 그건 거의 사라져가고 있는 멍 자국이었다.

"롭 때문이야." 쥘마가 설명했다.

그녀는 원정대가 겪은 서글픈 모험담을 털어놓았다. 전투에서의 패배, 부하들의 죽음, 노예 생활, 그리고 로뱅이 어떻게 해서 모든 장애물을 다 극복하고 그들을 이곳으로 무사히 데려왔는지에 이르기까지.

내 사랑, 난 자기가 약한 사람이어도 사랑했을 텐데, 이렇게 용감무쌍한 일을 척척 해냈다니 어떻게 감격하지 않을 수 있겠어?

그러더니 쥘마는 내게 '그' 소식을 전했다.

"도대체 누구의?"

생각하기도 싫은 끔찍한 예감이 내 마음을 가로지른다고 고백해야 하려나? 아냐, 그럴 리 없어….

"나를 포로로 만든 전사."

쥘마가 고개를 푹 숙였다. 나에게 눈물을 들키지 않으려고.

그 이야기를 듣자 나는 마음이 아파서 쥘마를 향해 두 팔을 벌렸다. 쥘마는 내 어깨에 기대 눈물을 펑펑 쏟았다. 그녀의 커다란 덩치가 내 품에 안겨 들썩거렸다. 난 그녀가 나에 대해 가졌던 감정—어쩌면 영원히 간직하고 있을 감정—을 아는 터라 이 포옹이 너무 오래 지속되기는 원하지 않았다. 쥘마도 그걸 알아차렸는지 먼저 내 품에서 몸을 떼더니 침대로 가서 걸터앉았다.

"정말로 끔찍했지만, 그래도 나쁜 사내는 아니었어. 출신으로 봐도 그렇고."

"정말?"

"게다가 그 동료들과 비교해봐도 그렇고."

"그 남자가 너를… 사랑했어?"

"응, 내 생각에는 그랬던 것 같아. 그는 물론 아기에게 집착했지만, 그래도 나를 정말로 좋아했던 건 사실이야. 그의 다른 부인들이 모두 질투할 정도였으니까."

그러더니 쥘마는 이제 약간 부풀어 오르기 시작한 자기 배를 가리키며, 나를 빤히 바라보았다.

"난 너희가, 너랑 롭이 이 아이를 입양해주면 좋겠어."

"나랑 누구?"

왜 쥘마는 "너랑 카반"이라고 말하지 않는 걸까? 난 늘 로뱅을 사랑하지만, 그건 불가능한 사랑이다. 그래서 나는 카반과 같이 늙어가기로 결심했다. 카반은 좋은 아빠가 될 것이라고 나는 확신했다.

"그래, 그런데 넌 여전히 롭을 사랑하잖아."

"사랑은 이성이 아니니까."

"게다가 넌 수명 연장 프로그램 명단에 들어 있고."

"내가 거기 들어 있다고?"

나는 그런 프로그램이 있다는 말은 들었지만, 장기 연구 프로젝트라서 내가 상당히 나이를 먹도록, 그러니까 적어도 로뱅보다 훨씬 늙도록, 끝이 나지 않을 것으로 알고 있었다.

"그런데, 너, 그거 확실해? 그 프로그램, 정말 시작할 거래?"

"응, 자생트 총독에게 들은 이야기야."

세간에는 쥘마가 자생트 총독과 그렇고 그런 관계라는 말이 돌았는데, 난 이렇게 해서 그 소문이 사실임을 확인했다.

쥘마는 우리 대화가 녹음되고 있으리라는 사실을 잊은 것 같았다. 이런 식으로 비밀을 폭로하면서 자생트 총독 같은 민간 고위급 인사의 실명을 거론한다면 상당한 파장을 몰고 올 수도 있을 것이다. 그래서 난 쥘마에게 신호를 보냈다.

"아냐." 쥘마가 아무렇지도 않게 말했다.

"아니라니, 뭐가?"

"우리 대화는 녹음되지 않는다고."

"그건 왜?"

"알마."

"알마한테 부탁했어?"

"사실, 나는 스탄한테 부탁했고, 스탄은 알마한테 부탁했지."

사랑이란 얼마나 제어하기 어려운 것인가. 게다가 그 사랑을 포기한다는 건 더 말할 나위가 없다. 나를 바라보는 쥘마의 눈길에서 다시금 느껴지는 그 사랑만 봐도 그건 확실하다.

수명 연장 프로그램이라. 로뱅과 내가?

"그리고, 너도 짐작할지 모르겠는데, 틀림없이 굉장히 예쁜 아기일 거야." 쥘마가 강조했다.

하지만 나에게 더 이상 그런 말은 들리지 않았다. 질문에 대답하는 나의 응답기는 벌써 작동을 시작했다. 어떻게 해야 로뱅의 석방을 얻어낼 수 있을까?

다음번에 방문한 사람은 스탄이었다.

스탄은 늘 전쟁의 반신반인 같은 모습에 환하고 사람 좋은 얼굴을 하고 있었다. 마치 자신의 신체적인 우월함과 조모들에게서는 좀처럼 볼 수 없는 빠른 머리 회전, 그리고 재치 덕분에 절대 그 무엇으로부터도 위협당한다고 느낄 일이 없는 사내처럼 말이다. 사실 그렇기 때문에 그는 로뱅의 우정에 감사할 줄도 알았다. 그런데 오늘 내 독방으로 들어오는 그의 안색이 영 어두웠다.

"롭은 곧 재판을 받게 될 거야." 그가 나지막이 중얼거렸다.

"누가 재판한대?"

"군사재판은 아니고, 민간과 군인들이 함께 참여하는 고등법원에서."

그 말이 담고 있는 깊은 뜻을 헤아려보니 가슴이 미어졌다. 내가 태어난 이후 콜로니에서는 단 한 번도 재판이 열린 적이 없었다.

"어쩌면 더 잘된 게 아닐까. 군인들이 자기들끼리만 재판을 하면 더 엄격하지 않겠어?"

"아니, 오히려 그 반대야. 이건 좋은 징조가 아니야. 게다가 재판이 비공개로 열린다고 하더라고."

스탄은 민간과 군인이 함께 참여하는 고등법원이 열린다는 건 이 사건을 단순히 군사 폭동이 아니라 콜로니 전체의 안전에 대한 위협으로 간주한다는 걸 의미한다고, 그렇기 때문에 훨씬 더 심각하다고 설명해주었다.

"그런데 도대체 왜 그러는 거야? 롭이 지구 원주민들을 콜로니로 데려왔기 때문에?"

"아니, 그 사람들에 대한 검사는 벌써 끝났는데, 아무런 질병도 없는 사람들이래. 아테나는 심지어 우리 유전자 풀에는 아주 소중한 보완재가 될 거라고 판단했대."

"그렇다면 더더욱 왜 그러는 거야? 규율 위반은 지구에서 발생했지, 콜로니에서 일어난 일도 아닌데."

"그렇지, 바로 그 점이 이해할 수 없단 말이야. 마치 그의 귀환 자체가 콜로니의 안위에 대한 위협이라는 것 같잖아…."

당연히 그가 옳아. 그가 옳다는 사실은 내가 이전에 이미 이해한 모든 사실로 확인할 수 있어. 난 그에게 내가 발견한 것들에 대해서는 아무 말도 하지 않았다.

"…이런 종류의 범죄라면, 추방형을 받을 가능성이 높아."

"추방형이라고?"

"응, 최소한 칠 년… 어어, 유, 왜 이래, 무슨 일이야…?"

정신을 차렸을 땐 나는 바닥에 누워 있는 상태였다. 걱정스러운 얼굴로 나를 내려다보고 있는 스탄의 모습이 눈에 들어왔다.

"유, 아직 모든 게 완전히 끝난 건 아니야, 롭의 변호사가 잘할 거야…."

그러나 나는 그런 말은 믿지 않는다. 절망이 다시금 나를 집어삼켰다.

"너는 조모다, 너는 조모다, 너는 우리의 동료이며, 앞으로도 영원히 그럴 것이다!"

비디오를 보고 나더니 조나탕은 버럭 화를 냈다. 우선, 조모들이 나를 향해 보여준 이처럼 열광적인 태도는 전혀 콜로니의 안정을 위협할 만한 요소가 아니라는 것이었다. 이어서 그는 원고 측이 조모들을 나를 고소하는 구실로 삼는다면, 나를 방어하는 입장에서도 그들을 재판에 참여시킬 수밖에 없다면서, 당장 조모들의 법정 소환을 신청하겠다고 알렸다.

그러나 엠마 판무관은 그러한 요청은 불가능하다면서 사법적인 논리를 제시했다. 재판이 진행 중인 상태에서 비공개로 결정된 재판을 공개로 바꿀 수는 없다, 등등.

나는 판무관과 조나탕 중에 누가 옳은지는 알 수 없었으나, 누가 권력을 쥐고 있는지 정도는 알았다. 두 사람은 여전히 언쟁을 벌였지만, 나는 더 이상 그런 말싸움 따위는 듣지 않았다.

배심원단이 퇴장했다.

저 멀리 돔의 정상이 시커먼 하늘을 배경으로 언뜻 보이는가 싶더니 이내 나를 태운 이동 수단이 방금 지나온 능선 뒤로 사라진다.

지금까지 한 번도 느껴본 적이 없는 엄청난 불안감이 엄습했다. 나는 제멋대로 가빠지기 시작한 호흡을 진정시키려고 애를 쓰면서 몸을 웅크렸다. 절대로 희망을 버려서는 안 된다고 거듭 반복해서 되뇌자 그래도 조금씩 마음이 진정되는 것 같았다. 세상에! 이것이야말로 나의 최대 강점 가운데 하나가 아닌가.

그렇지만 역시 쉬운 일은 아니었다. 나는 지금 홀로 관측소로 향하는 이동 수단 안에 있다. 관측소는 콜로니에서 천 킬로미터 이상 떨어진 곳에 세워졌으나 오래전에 방치된 곳이다. 나에게는 나를 목적지까지 호송하도록 프로그래밍된 이 이동 수단의 여정을 바꾸거나 콜로니와 연락을 취할 아무런 수단이 없다.

평온한 속도로 이틀 정도를 달려서 목적지에 도착하면, 이동 수단은 관측소 건물 한쪽에 마련된 장소에 정차할 것이다. 그러면 문이 열리고, 내가 내리고 나면 다시 문이 닫힐 테지. 나는 그곳에서 십 년 동안 혼자서 지내야 할 것이다. 나를 태워다준 이동 수단은 곧 콜로니로 다시 떠날 것이며, 나는 형기가 끝나

는 날이나—그때까지 내가 살아 있다면 말이다— 이 이동 수단
을 다시 보게 될 것이다.

이곳에는 타후의 문 같은 건 없지만 거기에 해당되는 대체
물은 있다. 관측소에서 감압실의 안전 개폐 장치만 열면 내 몸
은 화성의 희박한 가스층에서 부글부글 끓어오르게 될 테니
말이다.

기내의 창을 통해 나는 시커먼 하늘 아래로 장엄한 풍경들이
지나가는 광경을 지켜보았다. 거대한 절벽과 불은 꺼졌으나 항
상 조심스럽게 우회하던 화산, 생명이라고는 존재하지 않는 광
대한 고원지대 등이 죽음 또는 지옥의 배경처럼 위협적인 모습
을 뿜냈다. 이따금씩 나는 프로그램 오류로 이동 수단이 궤도를
이탈하여 골짜기로 굴러 떨어지는, 그리하여 이 악몽 같은 모험
이 결말을 맞이하는 장면을 상상하고 있는 나 자신을 발견했다.

그렇지만 그건 도저히 불가능하다는 사실을 잘 알고 있다.
이중 삼중으로 교차되는 안전장치가 엄청 많을 뿐 아니라, 수백
만 킬로미터를 주파하는 우주선을 조종할 수 있는 역량을 갖춘
문명권이, 비록 요철이 심하다고는 하나 고작 화성 표면만을 달
리는 이동 수단 하나를 제어하지 못한다는 건 있을 수 없는 일
이기 때문이다.

나는 이동 수단 내부에서, 화성의 자연적인 중력의 영향으로
콜로니에서보다 체력이 삼분의 일 정도 약화된 상태를 경험했
다. 이 때문에 나는 벽에 부딪치지 않기 위해 움직임을 최대한
줄이는 데 익숙해져야 했다. 처음에는 오히려 재미있다는 느낌

이었으나, 곧 꾸준히 강도 높게 신체 단련 훈련을 하지 않으면, 받아온 예방약을 아무리 복용해도 점점 골밀도가 낮아질 것임을 직감했다. 아무튼 무슨 일이 있어도 하루에 한 알씩 반드시 약을 복용할 것.

쉽고 간단한 일로 머리를 채우기 위해 나는 약의 개수를 세기 시작했다. 그런데 그건 그다지 좋은 생각이 아니었다. 콜로니 측은 정확하게 십 년 치를 준비해주었으며, 거기에 최후의 귀환에 걸리는 이틀 치의 약이 별도로 들어 있었다.

이동 수단 안에서는 나의 숨소리를 제외하면, 그리고 내가 아주 세심하게 귀를 기울이면 들리는 둔중한 엔진 소리 외에는 거의 아무 소리도 들리지 않았다.

나는 유를 생각했다.

유를 다시 만나지 못한 채 콜로니를 떠나야 했다.

아테나는 마지막으로 사랑하는 연인을 품에 안아보는 것도 막을 정도로 잔인함으로 똘똘 뭉친 존재였던가?

사랑하는 유를 생각한다는 건 이제 고통일 뿐이다. 유에 대한 그리움만 자꾸 커지니까.

그래서 나는 푸른 행성에 대한 기억 속으로 탈출했다.

배에 올라 행복감으로 함박웃음을 짓던 타요와의 낚시.

바다, 바람, 바위에 부서지는 파도 소리.

숲에서 맞이하는 새벽. 새들의 노랫소리가 들려오기 시작하면 순식간에 자취를 감추는 별들.

모닥불에 구운 생선으로 차린 만찬과 저녁 무렵 보금자리를 찾아가는 새들의 노래.

나는 앞으로 얼마나 더 오랫동안 이 기억들을 간직할 수 있을까?

이윽고 나는 다시금 엄마를 생각했다. 내가 처음으로 대양에서 헤엄을 쳤을 때 그랬던 것처럼.

배심원단이 심의를 마치고 법정으로 돌아오기 전, 법정 구석의 문이 열렸다. 그 사이로 엄마의 모습이 보였다. 내가 한 번도 본 적이 없는 간호사가 밀어주는 바퀴의자에 앉은 엄마가 들어오고 있었다. 엄마는 어떻게 그렇게 할 수 있었을까?

경비들은 어리둥절해서 이 광경을 바라보더니 이내 바퀴의자에 앉은 사람이 누구인지 알게 되자 암묵적으로 모두들 눈길을 돌렸다. 덕분에 엄마는 바로 내 곁까지 다가왔다.

"저 사람들은 너한테 아무 짓도 할 수 없어." 엄마가 나에 대한 사랑과 콜로니에 대한 신뢰가 가득 담긴 눈길로 그렇게 말했다.

"부인, 우리는 피고인의 변호를 위해 할 수 있는 모든 것을 다했습니다." 조나탕이 말했다.

"엄마, 와주셔서 너무 기뻐요."

나는 자리에서 일어나 엄마를 얼싸안았다. 경비들은 멀리서 고집스럽게 지켜만 보았다.

"로뱅, 넌 정말이지 굉장한 일을 했더구나…!"

내 소식은 순식간에 온 콜로니에 퍼졌다. 본래 살아남은 조모들과 고등위원회 구성원들만 내 모험을 상세하게 알고 있었다. 그런데 도대체 누가 엄마를 보러 갔을까? 아마 스탄일 거야. 나는 엄마가 내 뺨을 어루만지는 동안 그렇게 생각했다.

안티나, 타요, 그리고 티토는 엄마에게 매료되었다. 그들에게는 너무도 이상하기만 한 환경 속에서 마침내 자연스러운 몸짓을 발견한 것이었다. 아들을 향한 엄마의 애정의 표현. 그 친구들도 나와 엄마에게 달려오고 싶어 했으나, 이번에는 경비들이 막아서면서 그들에게 자리로 돌아갈 것을 명령했다.

이윽고 배심원단이 들어왔다.

경비들은 그제야 엄마의 출현을 알아차렸다는 듯이 엄마와 간호사에게 피고인으로부터 떨어지라는 주의를 주었다.

자생트 총독이 판결문을 읽자, 밖으로 제대로 터져 나오지도 못하는 울음소리가 들려왔다. 엄마는 그대로 혼절했다.

나는 잠에서 깨어났다.

아니, 그보다는 비정상적인 뭔가가 나를 깨웠다.

고요하다. 이동 수단이 움직이지 않는다.

창을 통해서 보이는 것이라고는 그저 휑한 벌판뿐이다. 그리고 저 멀리 시커먼 하늘 아래로 뭉툭한 봉우리 몇 개. 이상한 점은 발견할 수 없었다. 고장인가?

이 상황이 도저히 믿기지 않았다. 너무 무섭기도 했다. 체온유지에 필요한 에너지가 바닥나면 나는 군용식량처럼 냉동된채 죽게 될 것이다….

아, 다시 움직인다!

그런데 방향을 바꾸었나?

이동 수단이 계속 커브를 돌 때마다 눈앞에서 지평선의 다른부분이 펼쳐졌다. 그러다 곧 직선 주행이 시작되었다.

콜로니로 되돌아가는 것이었다.

모든 것은 유가 스탄과 알마의 도움을 받아 계획한 것이었다.

나의 재판이 비공개로 진행되는 동안 방청석의 감시 카메라들 가운데 한 대가 비밀리에 재판 과정을 녹화했다. 다음 날 그 영상은, 아테나도 모르는 사이 감쪽같이 콜로니의 몇몇 화면에 올랐다.

이틀 뒤 조모들이 행동에 돌입했다. 유를 석방하고 그들과의 동조를 거부한 모든 상급 인사들을 체포한 것이다.

석방되기 무섭게 유가 가장 먼저 한 일은 아테나의 방해 공작을 방지하는 것이었다. 아닌 게 아니라 아테나는 폭동에 가담한 지역에 에너지 공급을 끊거나 더 고약하게는, 가짜 유를 만들어 로뱅에게 보여주었듯이, 통신을 교란시키고 가짜 뉴스를 퍼뜨리는 식으로 얼마든지 역공에 나설 가능성이 있었다.

벌써 여러 해째 내 사랑 유는 머릿속으로 자신의 기억을 제외한 다른 어디에도 흔적을 남기지 않고 아테나를 마비시키는 프로그램을 짜왔다. 유는 언젠가 그 무기를 실제로 활용하게 될 날이 오리라고는 꿈에도 생각하지 못했지만 말이다. 아테나가 발전을 거듭할수록 아테나의 결정 기제가 점점 더 흔적을 남기지 않게 되면서 유의 걱정은 커져만 갔던 것이다.

그리고 나를 태운 이동 수단은 나를 콜로니로 데려오라는 명령을 받았다.

사랑하는 유와 재회의 행복감을 만끽한 나는, 우리를 영원히 갈라놓고 싶어 한 장본인을 만나 담판을 짓고 싶었다.

나를 가상화면 앞으로 데려간 유는 자신의 헤드폰을 내게 씌워주더니 두 무릎을 구부리고는 가부좌 자세를 취했다.

몇 초가 흘렀을까.
아테나가 나타났다.

아니, 아테나라기보다는 아주 젊은 여인이 미소를 지으며 모습을 드러냈다. 어째서 저 여자는, 유가 내 옆에 있는데도, 이토록 내 마음을 심란하게 하는 걸까?
그러나 나는 곧 그것이 엄마의 젊은 시절, 아마도 엄마로서의 운명을 선택하기 이전의 모습임을 깨닫고는 충격에 빠졌다. 아테나가 젊은 시절 엄마의 모습으로 나타난 것이다.
"아테나, 왜 이런 모습으로 나타나는 거죠?"
"나는 이렇게 하면 당신이 기뻐할 거라고 생각했죠. 사람들은 자신이 사랑하는 사람에 대해서는 모든 것을 알고 싶어 하잖아요, 그 사람을 더욱 잘 기억하기 위해서 말이에요."

아테나가 뭐라고 궤변을 늘어놓든, 나는 아테나가 나를 감정적으로 흥분하게 만들어 나에 대한 자신의 영향력을 강화하려는 목적에서 이렇게 하는 거라고 생각했다.

"그건 확실히 맞는 말이긴 하지만, 그 추억이 사랑하는 사람을 죽인 자에 의해서 소환된다면 그건 좀….'

"아니, 난 네 엄마를 죽이지 않았어!"

아테나가 비난하는 투로 악을 쓰는데, 그 모습이 마치 자기를 판단하려 든다며 나를 비난하던 카시아를 상기시켰다.

"오히려 그 반대지. 내가 잘 보살핀 덕분에 네 엄마는 최대한 오래 숨이 붙어 있었어…."

그렇다, 엄마는 돌아가셨다. 엄마는 재판 중에 혼절한 이후 줄곧 반(半)혼수상태에서 깨어나지 못했다. 그렇지만 유가 엄마의 귀에 대고 내가 곧 콜로니로 돌아올 거라고 속삭이자 엄마가 유의 손을 꽉 쥐는 게 느껴지더라고 유가 내게 말해주었다.

"내가 네 엄마를 죽였다고 생각하다니, 정말 내 기분이 언짢군…."

양미간을 잔뜩 찡그린 아테나에게서는 미소 지을 때보다 훨씬 인간미가 풍겼다. 십중팔구 인간들의 예의 바름이 분노보다 기계적으로 더 완벽하게 흉내 내기 쉽기 때문일 것이다.

"아테나, 우리 다른 이야기를 해보는 게 어떨까요. 당신은 내가 다시는 콜로니에 돌아와서는 안 된다는 결정, 혹은 돌아오더라도 모든 것에서 배제되어야 한다는 결정을 언제 내렸습니까?"

"…."

아테나는 똑똑한 줄로만 알았던 제자가 멍청해서 실망한 선생님처럼, 한숨만 푹푹 내쉬었다.

"난 네가 떠나기도 전에 다시는 돌아와선 안 된다는 결정을 내렸어."

나는 너무 기가 막혔다. 그런 대답은 무의미했다. 아니, 나의 지능으로는 그 대답에서 아무런 의미도 찾을 수 없었다. 아테나는 왜 나를 보내겠다는 콜레트 사령관의 선택에 동의했으며, 그런 다음 곧 나의 귀환을 방해했을까? 나는 아테나에게 직접 묻기로 했다.

"그래, 난 콜레트 사령관의 선택에 동의했어, 네가 그 임무에 가장 적합한 지원자였으니까. 그런데 난 네가 출발하기 직전에 마음을 바꿨지."

"내가 출발하기 전에? 아니, 그럼 그게 언제였습니까?"

"네가 임무를 준비하겠다면서 스탄과 다른 조모들을 보러 갔을 때."

"그건 왜죠? 그 사람들이 나를 제대로 준비시키지 않았다고 생각해서? 내가 그 임무에 어울리지 않는다고 판단해서?"

"아니."

"그러면 왜?"

"그 사람들이 너한테 환호했을 때."

"아니, 도대체 왜냐니까요?"

"그 사람들의 열광을 느꼈으니까. 난 언젠가 네가 생존 동료들을 다 데리고 무사히 돌아온다면—난 네가 그 임무에 성공할 확률을 아주 높게 잡았어— 모두가 너를 우두머리로 앉히고 싶어 할 것이고, 너도 그걸 수락할 거라고 예견했지. 난 네가 어떤 사람인지 아니까."

"그러니까 당신은 내가 누구의 복제인간인지 알고 있다는 말이로군요."

"그래…."

"그리고 그 사람은 용도 불명이 아니었고요, 부사령관이었으니까."

이건 전부 다 유가 내게 알려준 내용이었다. 나와 똑같은 모습을 한 남자, 그 남자는 오십 년 전에 용도 불명들이 그들을 유배지로 보내려는 사령관에 대항해서 일으킨 폭동을 주동하던 중에 사망했다.

"맞아. 그리고 너 또한 사실은 용도 불명이 아니었어."

"나도 어쩐지 의심이 가던 참이었습니다. 하지만 그래도 내 시험 결과는…."

"그 시험 결과라는 걸 누가 계산하지?"

그야 물론 아테나였다.

아테나는 내가 세상에 태어나자마자 용도 불명으로서의 나의 운명과 그에 따른 교육을 철저하게 준비했다. 그래야 나의 진짜 적성이 발현되는 것을 막을 수 있을 테니까.

"결국 당신은 모든 것을 예견할 수 있다고 알려져 있지만, 실제로는 반쪽짜리였던 거군요."

아테나는 두 눈을 내리깔았다. 양어깨를 축 늘어뜨리고, 우울한 표정으로 실패자의 의기소침한 모습을 완벽하게 연기했다.

"하지만 아테나, 어째서 내가 출발하기 전에 콜레트 사령관에게 내가 용도 불명이 아니라는 사실을 알려주지 않았나요?"

아테나는 씁쓸하게 미소 지었다.

"넌 정말이지 언제나 나를 조금씩 실망시키는군. 비록 용도 불명은 아닐지라도 말이야."

"그야 뭐 나도 인정해요, 난 절대로 당신처럼 똑똑해질 수는 없을 겁니다."

이번에는 아테나가 허심탄회하게 웃었다. 혹시 아테나도 아첨에 민감한가? 아니면 나와 어떤 식으로든 접점을 찾고 싶은 걸까? 어쨌거나 아테나는 앞으로 자신에게 닥칠 일을 예견할 수 있는 능력을 지니고 있고, 나는 그런 능력 발휘를 억제할 권한을 가지고 있으니 말이다.

"그래, 내가 똑똑한 건 사실인데, 이 복제인간을 파괴하지 않고 보관하고 있었던 건 크나큰 실수였지."

아테나가 실수를 자인하며 한숨을 쉬었다.

"당신은 그 실수를 감추고 싶었나요?"

내 질문에 아테나가 발끈해서 대답했다. 마치 내가 일부러 상처를 입히기라도 했다는 듯이.

"그건 내 실수가 아니었어. 내 이전 버전들이 저지른 실수였으니까!"

"그런데 왜 그 실수를 숨겼던 거죠?"

"그야, 그 실수가 발각되면 너희 인간들이 나를 덜 신뢰할 테고, 내가 내린 결정을 의심하기 시작하겠지. 그러면 나는 콜로니를 보호하는 데 효과적인 역할을 하지 못할 테니까 그랬던 거지. 하지만 내 판단에는 오류란 없어. 그리고 난 항상 모두의 복지를 위한 판단을 내리거든."

아테나는 아주 편안한 어조로 이 마지막 말을 마무리 지었다. 마치 자신이 무죄라는 사실을 아는 피고인이 다른 사람들의 의견 따위는 나와 상관없다고 말하는 것처럼 들렸다. 그 순간 아테나는 순교를 앞둔 성녀 같은 태도를 보였다. 도대체 아테나는 고요한 가운데 찬란한 빛을 뿜어내는 이 같은 표정을 어떻게 짓는 거지? 거대한 기억 장치 속에 비축해둔 성화들에서 찾아냈을까?

"아테나, 방금 당신은 늘 콜로니의 복지를 위해 일했다고 말했죠. 그런데 그 말은 모두 진실일까요?"

"아니, 어떻게 그렇지 않을 수가 있다는 거지? 나는 오직 그 한 가지 목적만으로 창조되었는데."

"그렇긴 한데, 내가 어디에서 왔는지 그 기원을 감추려는 당신의 결정에는 순전히 그런 의도뿐이었을까요?"

"난 네가 무슨 말을 하는 건지 통 모르겠어."

"자, 그렇다면 이렇게 바꿔 말하죠. 사람들이 당신의 실수, 즉 부주의로 보관하게 된 그 태아를 발견하게 될 경우, 당신은 당황할 것 같습니까, 아니면 죄책감을 느낄 것 같습니까?"

처음으로 나는 아테나가 망설이는 모습을 보았다.

"아마…."

"지금 이 순간, 당신은 슬프다고 느낍니까?"

아테나는 나를 바라보았다. 그와 동시에 눈빛이 달라지면서 눈가에 눈물이 글썽글썽 고였다.

"그래, 난 지금 슬퍼. 왜냐하면 난 지금까지 최선을 다해왔는데, 당신들이 나를 계속하지 못하도록 막으려 하니까."

아테나는 눈물이 흘러내리는 걸 막으려는 듯 고개를 뒤로 젖혔다.

"아테나, 당신은 정말로 슬픕니까?"

"보면서도 몰라?"

눈물 범벅이 된 아테나의 시선에 분노의 기색마저 감돌았다. 그 순간 오래전부터 나의 뇌리를 떠나지 않던 질문이 자연스럽게 튀어나왔다.

"아테나, 당신에게는 양심이 있습니까?"

아테나는 어깨를 들썩거렸다.

"넌 그 질문에 내가 어떻게 대답하기를 바라는 거지? 아무도 다른 사람들에게 자신이 양심을 가졌다는 걸 증명해 보일 수 없어. 심지어 너라도 마찬가지야. 다른 사람의 양심이란 마치 신이나 자유의지 같은 거야. 철학자들이 책으로 열심히 써내려가야 할 주제이긴 하지만, 과학적인 답이란 기대하기 어려운 그런 거…."

나는 특별히 놀라지 않았다. 유가 언젠가 이 주제에 대해 나에게 간단한 강의를 해준 덕분이다. 우리는 자신의 양심에 대해 확신하는데, 그건 우리가 그걸 직접 느끼고, 다른 사람들도 그걸 가졌으리라고 생각하기 때문이다. 왜냐하면 다른 사람들도 우리와 닮았으니까. 양심의 거처인 그들의 뇌 또한 우리의 뇌와 닮았을 테고. 하지만 그것을 증명하기란 불가능하다…. 아테나는 말을 이어갔다.

"난 말이지, 감정이니 양심 같은 건 필요로 하지 않아. 사람들은 언제나 콜로니의 이익을 위해, 다시 말해서 체제 안정을 위해 일하라고 나를 프로그래밍했거든. 화성 같은 곳에서 불안정성은 너무도 큰 위험이지. 나는 너의 귀환이 불안정성을 야기하는 중대한 위험이라고 예상했어. 그런데 그런 결정을 하기까지 나한테 양심이나 감정 같은 건 전혀 필요하지 않았지."

"필요하지 않았다지만, 혹시 그런 걸 느낀 적은 있습니까?"

아테나는 나를 향해 미소를 던졌다.

"넌 우리가 대화를 시작한 이후 줄곧, 내가, 지금 이 순간에도, 그런 걸 느끼고 있다는 걸 모르겠어?"

"어쩌면 그럴 수도 있겠죠. 그런데 그 전에도 감동을 느낀 적이 있습니까?"

아테나는 잠시 생각에 잠겼다.

"그럼, 물론이지. 예를 들어 네가 나한테 놀라움을 안겨준 적이 있어."

"그래요? 그게 언제였습니까?"

"네가 우주선에서 튕겨 나갔을 때."

"그야 자연스러운 일이었죠. 난 우주선이 미사일을 피하지 못할 수도 있겠다고 생각했으니까요."

"그럴 테지. 하지만 모두가 우리의 기술을 신뢰했을 거야. 너보다 앞서서 조모들은 첫 번째 미사일이 자기들을 향해서 날아올 때 그랬으니까."

"내가 잘못했다는 겁니까? 결국 내 우주선은 미사일을 피했습니까?"

"아니, 미사일에 파괴되었지."

"거봐요, 내 판단이 옳았잖아요!"

"그래, 네가 옳았어, 하지만 그 이유까지 옳진 않았어. 우리의 기술력과 내 능력으로 우리는 쉽게 네가 그 미사일을 피하도록 인도했을 테니까."

"그렇다면 왜?"

"내가 다른 결정을 내렸기 때문이지. 그런데 넌 네가 알아서 뛰어내렸어…."

나는 나를 죽이려 한 아테나를 노려보았다. 아테나의 얼굴에는 가벼운 미소가 어렸다. 마치 커다란 잘못을 저질러놓고는 부모의 너그러운 처분을 기대하는 아이처럼.

나는 전혀 증오심을 느끼지 않는, 아니 증오심을 느끼지 않는 정도가 아니라 대화를 나누는 가운데 일종의 즐거움마저 느끼는 스스로에 놀랐다. 왜 그럴까? 아테나는 한낱 프로그램에 지나지 않으므로 자신의 행위에 대해서 인간에 비해 책임이 덜하다는 사실을 내가 충분히 인식하고 있기 때문일까, 혹은 아테나가 엄마의 젊은 시절 모습을 하고 나타났기 때문일까?

물론 이런 모습으로 나타난 건 내 호감을 얻기 위해서임을 나도 모르지 않았다. 아테나는 목적 없이는 아무것도 하지 않기 때문이다.

"난 당신을 미워하지 않아요." 내가 말했다. "당신은 당신이 좋은 거라고 생각하는 걸 했으니까요."

"나에게 좋은 것이란 언제나 콜로니를 보존해나가는 거였어. 난 네가 그 점을 이해해줬으면 해."

"그건 나도 이해합니다. 그렇지만 당신은 콜로니가 지녀야 할 모습에 대해서는 다소 경직된 생각을 가지고 있군요. 화성에서의 삶은 인류 입장에서 볼 때 이상적인 삶은 아닙니다. 지구에서 우리는 다른 방식으로 살아가는 방법을 찾아낼 수 있을 겁니다."

아테나가 경멸하듯 입을 비죽 내밀었다.

"다른 인간들에 의해서 모든 종류의 삶의 방식이 이미 다 시도되었고… 우리는 그 결과를 다 알고 있어. 내가 없으면, 당신들은 똑같은 과정을 다시 밟아야 할 테고 똑같은 시행착오를 겪게 될 거야. 나는 지금도 얼마든지 너희들을 인도해줄 수 있어, 난 너희들을 도와주고 싶다니까!"

아테나는 자신의 가치에 대해서 굳게 확신하는 지원자처럼 열정을 담아 말했다. 앞으로 진행될 일을 떠올리니 아테나에게 미안해질 지경이었다. 그래도 아직 한 가지 질문이 남아 있었다.

"그런데 왜 당신은 내가 화성 콜로니로 돌아와서도 유용할 수 있다는 가능성은 전혀 고려하지 않았나요?"

"너는 성격상 예측하기 어려운 즉흥적인 행동을 너무 많이 하니까. 그 때문에 우리의 모든 계획에 차질이 생길 수 있거든."

"그러니까 결국 당신은 당신의 결정 방식이 우월하다는 전제를 재고하고 싶지 않았던 거로군요."

"…그 덕분에 당신들은 살아남았고 화성에서 발전을 거듭할 수 있었어. 그리고 지구에서도 같은 방식으로 계속해나갈 수 있고!"

별안간 내 안에서 모든 게 명백해졌다.

"아테나, 나는 당신이 개입 과잉의 희생자였다고 생각합니다."

"뭐라고? 너는 지금 나한테 고리타분한 준법 감시 이론을 들먹이는 거야?"

아테나는 또다시 분노했다.

"그래요, 유가 나한테 설명해줬습니다. 나를 예측 불가능한 존재로 살게 내버려둔다면 당신은 앞에서 한 일이 모두 헛수고였다는 느낌을 갖게 될 것이고, 그런 걸 못 견뎠을 거라고 말이죠."

아테나는 비웃음이 혼합된 일그러진 미소를 지었다.

"말도 안 돼. 나를 데리고 심리학자 놀이를 하는 인간이라니!"

"아테나, 난 우리가 당신에게 너무도 큰 자유를 허용한 건 잘못이었다고 생각해요. 당신의 활동 영역은 이제부터 훨씬 축소될 겁니다…."

"안 돼!"

잠시 동안이지만 아테나의 얼굴이 분노에 휩싸인 괴물처럼 변했다. 그러더니 금세 평온한 모습을 되찾았다.

"나의 자유는 당신들을 보호하기 위해서 필요한 거야."

아테나가 스스로를 설득하려는 듯 고개까지 끄덕이며 말했다.

"당신은 당신의 자유에 대해서 말하는군요. 그런데, 우리 인간들은 행복해지기 위해서 자유를 필요로 한다는 생각은 해봤습니까?"

아테나는 다시 한번 어깨를 들먹거렸다.

"자유라니, 너는 어떻게 그런 환상을 믿을 수 있지?"

"내가 지구에서 직접 경험했으니까요. 나는 그곳에서 자유롭고… 그리고 행복하다고 느꼈습니다."

"너라면 그랬을지도 모르지. 그런데 인간들이 자유라고 알려진 그걸 가지고 무얼 했는지 네가 알아야 할 필요가 있어. 그건 결국 대재앙으로 막을 내렸으니까."

"우리도 알고 있습니다. 우리는 같은 실수는 피할 수 있을 겁니다."

"어쩌면 같은 실수야 피할 수 있을 테지. 하지만 나만이 너희들이 저지를 만한 모든 새로운 실수를 예측할 수 있어! 난 지금도 벌써 그렇게 할 수 있는걸. 난 너희들의 지구 귀환을 위해서 반드시 필요한 존재야."

아테나가 나를 노려보았다. 아테나는 나 자신보다도 나를 잘 알고 있으니, 내가 지금 무슨 말을 하려는지 벌써 예측했을 것이다. 그래도 이제는 내 입으로 아테나의 운명을 말해주어야 할 때다.

"아테나, 우리는 다른 결정을 내렸습니다."

"제발 부탁이야…."

마침내 아테나는 울음을 터뜨렸다. 마치 어린아이처럼 큰 소리로 엉엉 울었다. 나는 마음이 약해지지 않기 위해서 그 겉모습 뒤에 도사리고 있는 현실을 자꾸만 떠올려야 했다.

"내가 보기에는 이 정도에서 끝내는 게 좋을 것 같아."

유가 내 팔을 잡으며 면담을 마무리 지었다.

나는 아테나가 양심을 가지고 있는지 아닌지 앞으로도 영영 알 수 없을 것이다. 유는 아테나가 양심을 가지고 있다고 여겼다. 양심은 어느 정도 수준의 복잡성을 넘어섰을 때, 가령 고등 동물들이 복잡한 상황에서 빠른 결정을 내려야 할 때라거나 비슷한 부류와 상호 작용을 해야 할 때, 그리고 아테나의 경우라면, 인간들을 좀 더 잘 이해해야 할 필요가 있을 때 나타난다고 믿었기 때문이다.

그렇긴 해도 나는 여전히 아테나가 감정을 느낄 수 있다는 사실을 의심하지 않을 수 없다. 비록 우리가 면담하는 동안 아테나가 완벽하게 감정을 흉내 냈다고 해도 그 의심은 가시지 않았다. 정말로 감정을 느낄 수 있다면, 아테나는 자신에게 닥친 일을 충분히 예측할 수 있었을 테니까….

나를 구한 건, 사랑이었다.

나를 향한 유의 사랑은 물론이고, 스탄의 우정, 스탄에 대한 알마의 사랑, 유를 바라보는 쥘마의 사랑, 그리고 다른 사람들과의 우정, 이 모든 것이 우리의 폭동을 피 한 방울 흘리지 않고 권력을 쟁취한 무혈혁명으로 마무리 지어주었다.

나는 처음으로 푸른 행성에 도착했을 때처럼, 해변의 미지근한 모래에 누워 있다.

　미풍이 지나갈 때마다 아침 햇살이 나의 피부를 따뜻하게 데워준다.

　나는 두 눈을 감는다.

　가까운 숲에서 조모들이 경주용 배를 짓겠다고 나무를 베는 소리가 들려온다.

　우리는 인간의 기척은 없지만 거의 대륙만큼이나 광대한 무인도를 선택했다.

　우주선들이 꼬리에 꼬리를 물고 푸른 행성으로 날아들었다. 콜레트 사령관—조만간 다른 사람으로 바뀌겠지만—의 지휘 아래 화성에 남게 될 소수의 과학자들만 빼면 콜로니 전체가 옮겨오는 것이다.

　카반도 그곳에 남았다.

　아테나는 살아남았으나, 이를테면 족쇄가 채워진 노예 신세다. 아테나의 활동은 기술과 과학 영역으로 제한되었다.

그리고 나는 우리가 일군 지구 최초의 콜로니 리더로 뽑혔다. 내가 원한 건 아니었지만, 난 모든 사람이 원하는 걸 거절하지 못했다. 정확히 아테나가 예측했듯이.

용도 불명으로 살았던 몇 년 동안 내 안에는 스스로의 역량에 대한 항구적인 의심이 켜켜이 쌓였던 까닭에, 나는 이제 내 조상들이나 복제품인 나의 원본이 지니고 있던 유전자를 믿으면서 자신감을 가지려 노력 중이다.

내 원본의 사진은 이제야 비로소 콜로니에서 원래 놓여 있어야 할 자리를 찾았다. 콜레트 사령관의 집무실에 이르는 복도 벽에 걸렸다는 말이다.

바람이 실어다 주는 소리가 귓전을 간지럽힌다.

감았던 두 눈을 뜬다.

멀리서 유와 안티나가 팔짱을 끼고서 해변을 따라 걷고 있다.

두 여자는 절친한 친구가 되었다.

그리고 안티나는 임신 중이다.

타요와 티토는 함께 고기를 잡으러 갔다.

햇빛 때문에 눈이 부신 나는 금빛으로 반짝이는 바다 위에서 두 사람이 타고 나간 배를 구별해낼 수가 없다.

이제 곧 나무 그늘에서는 잡아온 물고기를 구울 것이다.

우리가 이곳에서 어떻게 살아갈 것인지 결정해야 한다.

이곳에는 나를 대신해서 결정해줄 아테나도 고등위원회도 없다.

나는 다시 두 눈을 감고 생각에 잠겼다. 엄청난 무게의 의무감이 나를 짓눌렀다.

바로 자유의 무게.

자유연애냐, 진보냐? 안분자족이냐, 야심이냐?

한 사회에서 질투나 경멸 같은 부정적인 감정을 촉발하지 않으면서 받아들일 수 있는 불평등으로는 어떤 것을 꼽을 수 있을까?

내가 확신하는 거라고는 소외되는 사람, 용도 불명, 잉여 인간이 없는 세상을 원한다는 사실이다.

후드득 떨어지는 빗방울에 나는 몸을 떨었다. 지척에서 유의 웃음소리가 들려왔다.

"자기도 물놀이 할래, 오, 나의 왕이여?"

"그대의 뜻이 이루어지이다, 오, 나의 여왕이여."

푸른 행성이 있었다

제1판 1쇄 발행 | 2022년 11월 21일
제1판 3쇄 발행 | 2024년 7월 1일

지은이 | 프랑수아 를로르
옮긴이 | 양영란
펴낸이 | 김수언
펴낸곳 | 한국경제신문 한경BP
책임편집 | 최경민
교정교열 | 김기남
저작권 | 박정현
홍보 | 서은실 · 이여진 · 박도현
마케팅 | 김규형 · 정우연
디자인 | 장주원 · 권석중
본문디자인 | 디자인 현

주소 | 서울특별시 중구 청파로 463
기획출판팀 | 02-3604-590, 584
영업마케팅팀 | 02-3604-595, 562   FAX | 02-3604-599
H | http://bp.hankyung.com   E | bp@hankyung.com
F | www.facebook.com/hankyungbp
등록 | 제 2-315(1967. 5. 15)

ISBN 978-89-475-4860-1   03860